**PETRA STEPS**
Mörderisches
aus Sachsen

**ECHT SÄCHSISCH** Idyllisch, abwechslungsreich und vielfältig. Im südöstlichsten aller Bundesländer findet sich alles auf engstem Raum vereint: Vom Vogtland übers Erzgebirge bis hin zur Sächsischen Schweiz, vom deutschen Kleinparis Leipzig bis zum Elbflorenz Dresden, verträumte Mittelgebirgslandschaften, ausgedehnte Wälder oder kulturträchtige Städte. Alles lädt zum Besuch und Urlaub ein. Doch die Schönheit trügt. Auf ihren Erkundungen im Freistaat Sachsen stößt die Journalistin Adina Pfefferkorn auf Opfer und Täter. Ihr Freund, der Annaberger Kommissar Uhlig, ist zutiefst beunruhigt, da sie sich nicht nur einmal in Gefahr begibt. Sie rettet einen Opa vor Trickbetrügern, gerät bei einem Anschlag im Weinkeller unter Verdacht und gibt der Polizei die entscheidenden Hinweise zur Aufklärung von Straftaten.

*Petra Steps, Jahrgang 1959, ist waschechte Vogtländerin, jedoch im Kuckucksnest Zwickau geboren, Diplomphilosophin, Hochschullehrerin, Journalistin, Herausgeberin, Autorin, Ehefrau, Mutter und Oma. Sie ist (Mit-)Herausgeberin von Krimianthologien und Autorin bzw. Mitautorin von Reisebüchern, veröffentlicht Beiträge in Regionalia sowie Krimianthologien und gibt Schreib-Workshops. Für den Förderverein Schloss Netzschkau e.V. veranstaltet sie die KrimiLiteraturTage Vogtland (www.krimi-literatur-tage.de). In der vorliegenden Anthologie wird sie von Roland Spranger, Jahrgang 1963, unterstützt. Er arbeitet neben seiner Autorentätigkeit als Betreuer in Wohnprojekten für geistig Behinderte und ist Glauser-Preisträger in der Sparte Bester Kriminalroman.*

**PETRA STEPS**

# Mörderisches aus Sachsen

*Krimis*

GMEINER

Immer informiert

Spannung pur – mit unserem Newsletter informieren wir Sie
regelmäßig über Wissenswertes aus unserer Bücherwelt.

Gefällt mir!

Facebook: @Gmeiner.Verlag
Instagram: @gmeinerverlag
Twitter: @GmeinerVerlag

MIX
Papier aus verantwor-
tungsvollen Quellen
FSC® C083411

Besuchen Sie uns im Internet:
www.gmeiner-verlag.de

© 2021 – Gmeiner-Verlag GmbH
Im Ehnried 5, 88605 Meßkirch
Telefon 0 75 75 / 20 95 - 0
info@gmeiner-verlag.de
Alle Rechte vorbehalten
1. Auflage 2021

Lektorat: Claudia Senghaas, Kirchardt
Herstellung: Mirjam Hecht
Umschlaggestaltung: U.O.R.G. Lutz Eberle, Stuttgart
unter Verwendung eines Fotos von: © Lars Meinel / stock.adobe.com
Druck: CPI books GmbH, Leck
Printed in Germany
ISBN 978-3-8392-0057-5

# INHALT

# 1 VERGANGEN IST NICHT VORBEI

## ERZGEBIRGSKREIS

Adina Pfefferkorn versuchte, gleichmäßig zu atmen. Als der Rhythmus einigermaßen passte, drückte sie auf ihr Handy. »Wann kommst du heute nach Hause?« Sie fürchtete, dass Oli ihr Herzklopfen am anderen Ende der Leitung hören konnte.

»Pünktlich, warum fragst du?«

»Ich möchte uns Spaghetti Carbonara kochen. Die warten nicht gern in der Schüssel.«

Oli lachte. »Ich kenne da noch jemanden, der nicht gern wartet. Wenn nichts mehr passiert, bin ich halb sechs da. Küsschen!«

»Küsschen zurück!« Adina drückte den roten Button und leckte sich hastig über die Lippen. Puh, das war gut gegangen. Oli hatte nichts von ihrer Aufregung mitbekommen.

Sie bewegte sich in Richtung Küche und schaute auf die Uhr. Zwei Stunden blieben ihr, dann musste sie fertig sein. Sie wollte alles perfekt haben, den gedeckten Tisch, die Kerzen, den Wein und das Essen. Und sich selbst.

Adina legte die Zutaten auf den Küchentisch und stellte den Topf auf den Herd. Dann ging sie ins Bad, nahm eine Dusche und wusch ihre Haare mit dem Limetten-Shampoo, das Oli so gern roch. Die Haare waren noch ein wenig feucht, als sie mit den Vorbereitungen für das Essen begann.

Als Erstes schnitt sie den Schinkenspeck in kleine Würfel. Dann stellte sie einen Topf für die Spaghetti bereit. Die Schüssel für das fertige Essen holte sie aus dem Wohnzimmerschrank. Das Sonnengelb passte zu ihrer Stimmung. Auf dem Tisch legte sie sich Eier, Parmesan, einen Rührbesen und einen großen Löffel zurecht. Dann rückte sie die Salz- und Pfeffermühlen näher an den Ort des Geschehens und nahm die Spaghettipackung aus dem Schrank. Für den Vorspeisensalat schichtete sie Tomatenscheiben, Mozzarella und Basilikum übereinander, würzte mit Salz und Pfeffer und gab Balsamico und ein paar Spritzer Olivenöl dazu. Bevor sie das Wasser aufsetzte, brachte sie ihre Haare in Form, schminkte sich dezent und wählte ein schwarzes Etuikleid aus ihrem nicht ganz so üppigen Kleiderangebot. Schließlich lebte sie erst seit Weihnachten bei Lars-Oliver Uhlig, den sie liebevoll Oli nannte. Die meisten Klamotten waren in ihrer Berliner Wohnung. Und wann brauchte man im Erzgebirge schon einmal das kleine Schwarze!

Das Spaghettiwasser begann zu simmern. Die Eier waren mit Parmesan und Gewürzen verrührt, der Schinkenspeck ausgelassen. Adina wartete ein paar Minuten, ehe sie die Spaghetti in den Topf beförderte. Dann zog sie sich flink um, steckte ihre Mähne hoch und zündete die Kerzen an. Der rote Shiraz funkelte in den Gläsern.

Adina schaltete die Soundanlage ein. Ihre Wahl fiel auf ein Jazz-Album des *Yogev Shetrit Trios* aus Israel. Sie hatte den ehrgeizigen Drummer bei ihrer letzten Reise live erlebt und sich für den einzigartigen Mix begeistert: nordafrikanische Rhythmen und andalusische Musik seines familiären Erbes, kombiniert mit zeitgenössischem Jazz, jüdischen und mediterranen Klängen sowie Funk und Drum & Bass. Alle seine bisher erschienenen Alben hatte sie gekauft. Außerdem hielt sie ihn für einen coolen Typen, der sie auch persönlich beeindruckte. Sie mochte Leute, die etwas Eigenständiges kreierten und mit Ehrgeiz an der Verwirklichung ihrer Ziele arbeiteten, also ein bisschen wie sie selbst waren.

Adina tanzte mit leichten Bauchtanzschwüngen zurück an den Herd. Sie umrahmte dabei ihren Kopf mit angewinkelten Armen. Ihre Hüften wippten zum Trommelsolo im Instrumentalstück *Mama Dialy*. Nur jetzt nichts auf das Kleid spritzen, dachte sie, während sie die Spaghetti abgoss und anschließend mit der Eiermasse und den Schinkenwürfeln in der Schüssel vermischte. Da hörte sie schon die Tür ins Schloss fallen.

Oli öffnete die Wohnzimmertür und schaute erst auf Adina und dann auf den festlich gedeckten Tisch. »Schatz, du weißt es also schon. Und ich habe den ganzen Tag überlegt, wie ich es dir beibringe. Für dich ändert sich natürlich nicht viel. Du kannst bei mir wohnen bleiben. Und die Wochenenden … Schöne Musik hast du ausgewählt …«

»Moment«, unterbrach Adina Olis Redefluss. »Was wolltest du mir schonend beibringen? Eigentlich wollte ich dir etwas sagen. Aber geh schnell Händewaschen, damit wir essen können.«

Oli hob erstaunt die Augenbrauen. »Bist du schwanger? Aber dann darfst du keinen Alkohol trinken.«

Adina prustete los. »Nein, ich bin nicht schwanger. Zumindest weiß ich nichts davon. Dann haben wir wohl beide eine Neuigkeit. Zuerst du!«

»Nach dem Essen. Es wäre schade, wenn alles kalt wird. Dann wechseln wir zusammen mit dem Wein auf das Sofa und besprechen alles, ok?«

Oli kehrte vom Händewaschen zurück. Adina legte Spaghetti auf. »Salat nimmst du dir bitte selbst, ja!«

»Die Spaghetti Carbonara sind köstlich. Manche ertränken sie in Sahne und wundern sich über die glitschige Masse. Du machst das richtig wie die Italiener.«

Adina fühlte, wie die Röte über ihren Hals ins Gesicht strömte. Sie erhob ihr Rotweinglas und streckte es Oli hin. »Danke schön. Auf was auch immer, Schatz«, sagte sie. Die Gläser klirrten ganz leicht, als sie aneinanderstießen. Die CD hatte inzwischen wieder von vorn angefangen und war mit *I will wait* beim passenden Titel angelangt.

Oli goss nach und nahm die Gläser mit zur Couch. Adina bevorzugte den Sessel, damit sie Oli anschauen konnte. Sie tänzelte mit Beckenkreisen dorthin. Die

Dielen knarzten unter ihren Füßen. »Schieß los«, forderte sie Oli auf.

Der machte es kurz und scheinbar schmerzlos. »Ich werde für etwa ein Jahr nach Dresden versetzt.«

Adinas Augen begannen zu strahlen. »Aber das ist doch prima. Ich werde demnächst viel in dieser Gegend sein. Wir können uns in Dresden ab und an sehen.« Adina überlegte kurz. »Ach so, ich habe es dir noch gar nicht gesagt. Zuerst wusste ich nur von Mia, dass mein Auftrag erweitert werden soll. Dann hat Markus angerufen. Ich bin jetzt Beauftragte für ganz Sachsen, nicht mehr nur für das Erzgebirge.«

»Mensch, Adina. Herzlichen Glückwunsch. Ich hatte schon Angst, dass ich dich an Berlin oder weiter weg verliere. Hier ist wenig los für dich Großstadtpflanze. Aber dann dachte ich mir, du hast hier ewig zu tun. Du musst schauen, was aktuell ist. Es gibt ständig Veränderungen. Denk nur an die Montanregion. Weltkulturerbe verpflichtet. In den kommenden Jahren wird sich vieles entwickeln.« Oli hielt Adina das Glas hin. »Cheers«, sagte er, und wieder ploppten die Gläser aneinander.

Adina weilte im Auftrag einer Berliner Marketingagentur im Erzgebirge. Deren Inhaber Markus hatte ein kreatives Tourismusportal entwickelt, in dessen Mittelpunkt mehr das Storytelling stand und weniger die bloße Aneinanderreihung von Daten. Bei dieser Arbeit fühlte sich Adina in ihrem Element. Geschichten erzählen, das konnte sie schon in der Schule recht gut. Deshalb war sie Journalistin geworden. Als sie nach der

Trennung von ihrem langjährigen Lebenspartner Sascha den Job in der Redaktion verlor oder besser gesagt aufgab, suchte sie nach einer neuen Herausforderung. Ihre Freundin Mia war ihr zu Hilfe gekommen. Sie kannte Markus und hatte von seinen Plänen für das deutschlandweite Projekt gehört.

Adina plauderte munter los. »Klimawandel, Corona-Virus, Spannungen in einigen Ländern – ich glaube, alles spricht gerade für uns. Viele besinnen sich mangels möglicher Auslandsreisen auf Urlaub in Deutschland. Sie werden lieber mehrmals fahren, denn planen kann man nicht mehr so langfristig. Markus hat das recht schnell begriffen. Und Sachsen ist geradezu prädestiniert für kürzere Aufenthalte mit all den verschiedenen Landschaften, seinen Schlössern und Burgen, den Talsperren und sehenswerten Städten. Allein Dresden …«

»Ich sehe, die Begeisterung hat schon Besitz von dir ergriffen. Nun müssen wir nur alles Logistische klären, dann werden wir sicher gut über die Zeit kommen. Nach der Schwangerschaftsvertretung kehre ich nach Annaberg zurück. Alles hat seine Zeit.«

Adina blickte Oli in die Augen. »Ich will nächste Woche nach Berlin fahren. Begleitest du mich? Ich stelle dich Markus als meinen persönlichen Berater in allen Lebenslagen vor. Ihr seid euch doch nie persönlich begegnet, oder?« Adina kicherte, ging zum Sofa und bettete ihren Kopf in Olis Schoß.

»Da waren ein paar Lagen dabei, auf die ich gern verzichtet hätte«, sagte Oli. Sein Blick wechselte von

Adinas Gesicht zum Fenster und von dort in die weite Ferne.

»Ich weiß, woran du denkst. Die Schießerei in Annaberg ging glimpflich aus. Die Neonazis in Grillenburg haben mir nichts getan. Ein paarmal habe ich dir sogar bei den Ermittlungen geholfen. Denk an die Prostituierte in der Annaberger Post. Bei der Leiche im Markus-Röhling-Stollen habe ich dir den Täter wie auf dem Tablett serviert. Nur der durchgeknallte Polizeibeamte in Dippoldiswalde hat mir ein paar Tage Krankenhausaufenthalt verschafft …«

»Adina, du weißt, dass du die Verbrechen magisch anziehst, keine Ahnung, warum das so ist. Ich will mir nicht ausmalen, was alles hätte passieren können. Versprich mir etwas: Lass bitte die Polizei ermitteln und kümmere du dich um Touristen.«

»Oli, wie kann ich dir so etwas versprechen! Ich kann nichts dafür, dass mir ständig Leichen vor die Füße purzeln, so wie der Opa auf dem Waldgeisterweg bei den Greifensteinen. Sieh es so: Alles hat einen Sinn, nur manchmal erkennt man ihn nicht sofort. Ohne die Opas hätten wir uns vermutlich nie getroffen. Und jetzt lass uns ein paar Dinge besprechen. Kommst du mit nach Berlin?«

»Ich fürchte, ich muss die ganze Woche arbeiten. Ich will unbedingt einen Fall abschließen, bevor ich nach Dresden gehe.«

»Worum geht es?« Adina setzte ein Sonntagsgesicht auf und versuchte, ihre Neugierde zu verbergen.

»Du weißt, dass ich dir das nicht sagen darf. Und bitte: Das ist nichts für dich. Ich fürchte, ich habe vor zwölf Jahren einen Fehler gemacht. Das war in meiner Anfangszeit im Annaberger Revier.«

»Ein Cold Case?«

»Nein, kein offener Fall. Ich glaube, ich habe damals etwas übersehen und die Sache vorschnell zu den Akten gelegt.«

Adina schaute Oli an. »Du meinst das mit dem Alkoholiker? Dem Manfred aus Mildenau.«

Oli erschrak. »Woher weißt du das schon wieder? Du bist mir nicht geheuer. Oder hast du heimliche Beziehungen in unser Polizeirevier? Ich meine damit nicht mich. Diese Art von Beziehung ist ja nicht mehr heimlich.«

»Das pfeifen die Annaberger Spatzen von den Dächern, selbst bei dem Schneetreiben, das wir heute hatten. Und du weißt doch: Es gibt keine Zufälle!«

»Namen, Adina, Namen! Wie heißen deine Spatzen?«, hakte Oli nach.

»Du hast mich ihnen nicht vorgestellt, also kenne ich keine Namen. Als ich heute den Schinken beim Fleischer kaufte, unterhielt sich die Verkäuferin mit einer Kundin. Es ging um einen Alkoholiker, der vor mehr als zehn Jahren gestorben ist. Die Verkäuferin sagte, dass sie das schon damals gewusst habe, nur habe sie keiner ernst genommen. Und jetzt beschäftige sich die Polizei mit der Witwe. Aber ich war viel zu aufgeregt wegen des Anrufs von Markus, als dass ich nachgehakt hätte.

Außerdem wollte ich zurück sein, bevor der Schnee unsere Haustür zugeweht hat.«

»Ach, die Liane. Sie hat mich gestern gesehen, als ich in Mildenau war. Die knöpfe ich mir morgen vor. Sie wohnt da draußen gleich in der Nähe der Witwe. Mal schauen, ob sie dann noch so gut Bescheid weiß wie im Laden.«

»Verrate ihr bloß nicht, dass du das von mir hast. Sonst musst du demnächst ollen Supermarkt-Schinken essen. Was ist denn eigentlich passiert, da in Mildenau?«

»Das ist eine ziemlich verfahrene Kiste. Ein Mann starb unter etwas, sagen wir, mysteriösen Umständen. Die Obduktion schloss zwar ein Fremdverschulden nicht aus, bestätigte jedoch nicht den Verdacht, dass da jemand nachgeholfen haben muss.« Oli nahm einen Schluck Wein aus seinem Glas und goss den Rest aus der Flasche nach.

»Jetzt lass dir mal nicht jeden Brocken aus der Nase ziehen. Habt ihr gar nicht ermittelt?«

»Nun ja, der Mann war ein stadtbekannter Alkoholiker, auch wenn er draußen in Mildenau wohnte. Oder anders: Er war schon vorher bekannt. Ein karrieregeiler junger Parteifunktionär in der DDR. Er hatte vermutlich nach der Wende nie wieder Fuß gefasst und war dem Alkohol verfallen. Wir hatten ihn mehrmals betrunken am Steuer erwischt und ihm den Führerschein abgenommen. Ich war mir damals sicher, dass der Schwächeanfall verbunden mit der Alkoholmenge von fast drei Promille tödlich gewesen sein musste.«

»Und habt ihr niemanden befragt? Die Witwe, die Nachbarschaft, Kinder?« Adina gab nicht nach.

»Natürlich habe ich mit der Frau gesprochen. Nichts Auffälliges.«

»Und jetzt?«

»Stehen wir quasi wieder am Anfang.«

»Warum das?«

»Es gab eine Anzeige.«

»Von wem?«

»Adina, du weißt, dass ich dir das nicht erzählen darf. Du bringst mich um meinen Job, wenn das herauskommt.«

»Lass uns ein wenig darüber sprechen. Vielleicht wird dir dabei manches klarer und dir kommt eine Idee für das weitere Vorgehen.«

»Es ist ziemlich kurios. Wenn etwas an der Verdächtigung dran ist, dann dreht es sich nicht nur um ein Tötungsverbrechen.«

»Worum sonst?«

»Strafvereitelung im Amt zum Beispiel oder unterlassene Hilfeleistung. Aber das wäre alles verjährt.«

»Puh, starker Tobak, würde der Berliner sagen.«

»Schlimmer. Der Sohn hat seinen Vater angezeigt, weil dieser die Sache mit dem Tod des Mannes gewusst und vertuscht haben soll. Und weißt du, wer dieser Vater ist?«

»Nein, natürlich nicht.«

»Mein damaliger Dienstgruppenleiter Erwin. Er ging kurze Zeit später in den Ruhestand. Und er hat damals festgelegt, dass wir die Ermittlungen einstellen. Ich war jung und ein wenig ungestüm. Vermutlich hätte ich weiter ermittelt, wenn er die Akte nicht geschlossen hätte. Ich habe nachgegeben und mich nicht gewehrt.«

»Und der Sohn? Was hat der für ein Motiv für die Anzeige?«

»Die Witwe behauptet, er sei neidisch, weil Erwin sie als Universalerbin eingesetzt hat und er nur den Pflichtteil bekommen sollte. Bei Erwins Familie ist ordentlich Geld da, ein großes Grundstück mit Ferienwohnungen, ein Vierseithof, Wald, verpachtete Felder und Wiesen. Der Sohn war lange Zeit im Ausland, ich kannte ihn gar nicht. Erwin hatte wohl nicht damit gerechnet, dass er die mallorquinische Sonne wieder gegen den Dauerwinter im Erzgebirge tauschen würde. Nach erfolgloser Glückssuche auf Malle zieht es den Burschen offenbar in die alte Heimat zurück. Und dann das: In seinem früheren Zuhause schwingt inzwischen die lustige Witwe vom Hang gegenüber das Zepter. Das findet er nicht amüsant.«

»Hat sie was mit deinem früheren Kollegen?«

»Das muss ich herausfinden. Und wenn, dann wäre interessant, wie lange das schon geht.«

»Daran dachte ich gerade. Wenn nicht sie, sondern er ein bisschen nachgeholfen hat?«

»Adina, bitte. Nimm mir nicht jede Illusion. Erwin war mein väterlicher Chef. Bei ihm habe ich praktisch die ersten Schritte auf eigenen Füßen gelernt.« Oli seufzte. »Aber du hast recht, ich habe schon daran gedacht. Er war allein mit dem Erbe seiner Eltern. Sie hatte Aussicht auf Haus und Hof in Mildenau. Und ihr Mann muss ein echtes Ekel gewesen sein, vor allem, wenn er blau war.«

»Hat er sie geschlagen?«

»Nicht nur einmal. Sie hat ihn mehrfach angezeigt. Dabei hat sie meinen Kollegen kennengelernt. Sie behauptet das zumindest.«

»Und du kannst die Sache nicht auf sich beruhen lassen? Es macht ihn nicht mehr lebendig, und sie wurde durch seinen Tod vielleicht gerettet.«

»Was hast du nur für seltsame Gedanken, Adina. Man kann nicht wissentlich ein Unrecht ignorieren oder gegen ein anderes aufrechnen. Wenn ich etwas von einer Straftat weiß, bin ich zum Ermitteln gezwungen.«

»Man kann so oder so ermitteln. Denk an deine Kollegen, die auf dem rechten Auge blind sind. Bei denen ist es Usus, nur bestimmte Sachen zu sehen. Ich sage nur Nationalsozialistischer Untergrund NSU. Es ist keinem geholfen, wenn ihr einen angeblichen Mörder oder Helfer findet. Der Mann ist tot und die Frau fühlt sich definitiv besser als vorher.«

»So darfst du nicht denken, Adina. Wenn ich mit dieser Einstellung an meinen Job herangehe, brauche ich gar nicht mehr ermitteln. Irgendjemandem ist stets geholfen. Alles hat zwei Seiten. Aber Verbrechen ist Verbrechen. Und der Sohn lässt bestimmt nicht locker. Der will den ganzen Besitz.«

»Weil der Herr Sohn nichts auf die Reihe gebracht

hat, soll sein Vater oder die Witwe in den Knast. Wie alt sind die denn?«, wollte Adina wissen.

»Die Frau, Birgit heißt sie, war damals 45, ihr trinkender Herr Gemahl 13 Jahre älter. Und mein Kollege? Lass mich rechnen. Er ging vor dem 60. Geburtstag in Pension. Also sie Mitte 50, er knapp über 70.«

»Was sagt dein Bauchgefühl?«

»Wenn ich an die Ermittlungen damals denke, kann schon etwas an der Sache dran sein. Ich mache jetzt erst mal weiter mit den Befragungen. In der Rechtsmedizin, bei meinem Kollegen, in Mildenau und nicht zu vergessen die Liane, die ich besuchen werde. Fleischverkäuferinnen sind wie die Verkäuferinnen im früheren Dorfkonsum. Die hörten es läuten, da hatten die Glocken noch gar nicht geschlagen.«

Adina kuschelte sich näher an Oli heran. »Ich wäre gern mit dir nach Berlin gefahren. Wenigstens der Abend gehört uns. Morgen spreche ich mit Mia und Markus. Und um meinen Blog muss ich mich kümmern, jetzt, wo es so viele Neuigkeiten gibt. Nächste Woche in Berlin unterschreibe ich den Verlängerungsvertrag und besuche meine Eltern. Echt schade, dass du nicht mitkommen kannst. Aber das holen wir nach. Meine Eltern sollen dich richtig kennenlernen, ich meine offiziell.«

»Danke, dass du mich verstehst. Beziehungen mit Polizeibeamten sind nicht einfach. Deshalb habe ich auf eine Frau wie dich gewartet.«

Oli nahm Adina zärtlich in den Arm. »Was hast du eigentlich für eine wunderbare Musik ausgewählt? Ich glaube, die muss ich mir einmal in Ruhe reinziehen. Es hört sich an wie zuhause.«

»Du bist hier zuhause, Oli. Oder fühlst du dich nicht wohl? Vermisst du irgendetwas?«

»Um Himmels Willen, so war das nicht gemeint. Ich dachte an mein früheres Zuhause. Der Drummer erinnert mich an meine Eltern. Ich bin mit Jazz-Platten groß geworden. Und meine Mutter liebte vor allem die Schlagzeuger, Günter »Baby« Sommer, Klaus Selmke und so. Sie hatte viele Jazz-Platten. Louis Armstrong natürlich, der war auch in der DDR gern gesehen. Satchmo, wie er genannt wurde, durfte einmal durch den Osten touren, mitten im Kalten Krieg. Vielen anderen Künstlern wurde das bekanntlich verwehrt. Als die Wende kam, gab meine Mutter ihr komplettes Begrüßungsgeld für Jazz-Platten aus, Art Blakey, Gene Krupa, Peter Erskine, später dann Brian Blade und wie die Jazz-Drummer alle heißen. Das Plattenregal füllte sich. Die Plattenläden freuten sich. Viele gibt es heute gar nicht mehr. Ich meine, Plattenläden. Und auch von den legendären Jazz-Musikern weilen etliche nicht mehr unter uns. Die ganze Miles-Davis-Generation, Duke Ellington, Keith Jarrett, Chick Corea, der Deutsche Wolfgang Dauner. Auf BR Klassik mehren sich die musikalischen Nachrufe für Mamas Idole. Mich meldete sie gleich nach der musikalischen Früherziehung beim Schlagzeugunterricht an. Ich konnte kaum über die Snare Drum gucken und bis an die Becken reichen.«

»Du hast Schlagzeug gelernt? Warum hast du mir bisher noch nie davon erzählt?«

»Keine Ahnung. Es hat sich nicht ergeben. Das gute Teil steht noch im Keller. Vielleicht packt es mich irgendwann wieder einmal.«

»Warum hast du aufgehört zu spielen?«

»Kennst du den alten Schlagzeuger-Witz? Kommt ein Sohn zu seiner Mutter und sagt: Wenn ich erwachsen bin, möchte ich Schlagzeuger werden. Die Mutter schüttelt den Kopf und antwortet: Mein Sohn, du musst dich entscheiden, beides zusammen geht nicht.«

Adina prustet los. »Und da hast du dich für das Erwachsenwerden entschieden? Biederes Beamtendasein, immer regelmäßig Kohle auf dem Konto. Und kein verarmter Drummer. Erfährt ein Schlagzeuger beim Arzt, dass er noch drei Monate zu leben hat. Fragt er zurück: und wovon?«

Oli musste lachen. »So ungefähr«, sagte er.

»Aber Drummern sagt man auch ein abwechslungsreiches Leben nach. Kennst du das Bild, auf dem der Schlagzeuger mit drei hübschen Frauen im Bett liegt, während der Gitarrist eine romantische Monogamie pflegt und der Bassist sich seinem Lover zuwendet?«

»Ach, Adina! Wer braucht schon drei Frauen, wenn er eine wie dich haben kann! Eine Journalistin, die gleichzeitig Köchin und Beamtenversteherin ist. Komm, lass uns die Stellung wechseln. Das Bett wartet.«

»Ich räume schnell noch die Küche auf. Du darfst zuerst ins Bad«, schlug Adina vor. Vom Küchenfenster aus sah sie die orangefarbenen Lichter des Winterdienstes, der den am Abend gefallenen Schnee zu den schon vorhandenen Schneebergen am Straßenrand schob. Jetzt funkelten ungezählte Sterne über der Erzgebirgsstadt. Das Thermometer zeigte minus 15 Grad. Adina fror schon vom bloßen Hinsehen. Sie fragte sich, ob die harten Winter im Erzgebirge ihr nicht zusetzen würden, wenn sie sich für ein Leben mit diesem Mann hier entschied. Wenn ... Oli verließ das Bad. »Heute Nacht werden es sicher minus 20 Grad. Ich glaube, ich brauche eine Wärmflasche«, sagte Adina. »Mache hin, ich bin schon ganz heiß«, lachte Oli.

Als Oli am Morgen ins Polizeirevier gegangen war, begann Adina, ihren Arbeitstag zu organisieren. Bevor sie sich bei ihrem Arbeitgeber und ihren Eltern in Berlin ankündigte, schrieb sie einen Beitrag in ihren Reiseblog:

*Hallo Freunde vom sanften Inlandtourismus, entschuldigt bitte, dass ich mich in jüngster Zeit ein wenig rar gemacht habe. Aber jetzt habe ich Neuigkeiten für Euch: Ich werde meinen Aktionsradius auf ganz Sachsen ausdehnen. Wenn ihr also Orte kennt, die man unbedingt gesehen haben muss, dann her damit. Aber schreibt am besten dazu, was ihr mit Eurem Vorschlag persönlich verbindet. Vielleicht lassen sich interessante Geschichten daraus zaubern. Und denkt bitte an den Datenschutz. Wer seinen Namen hier nicht sehen will, vermerke das bitte. Also los, ran an die Tasten. Ich bin gespannt. Eure Adina*

Oli hatte die Ermittlungen wie angekündigt fortgesetzt und war auf dem Weg nach Hause. Er fuhr vorsichtig, denn links und rechts der Straße lagen hohe Schneehaufen, die die Sicht zusätzlich einschränkten. Auf der Geyersdorfer Hauptstraße zwischen Mildenau und Annaberg kam ihm ein Raser in einem weißen BMW entgegen. Aufgrund der völlig unangepassten Geschwindigkeit benötigte der Fahrer deutlich mehr als seine Spur auf der serpentinenartigen Strecke. Hinter der nächsten Kurve sah Oli das Unglück. Ein Pkw hatte sich überschlagen und im angrenzenden Feld tiefe Furchen in die Schneedecke gezogen, bevor er auf dem Dach liegen geblieben war. Aus dem Auto springen und die Notruftaste auf dem Handy bedienen war für den Beamten eins. Oli lief ein paar Meter auf der Straße. Dann benutzte er die Vertiefung im Schnee, die ins Feld führte. Bevor er am Auto ankam, hatte er bereits die Rettungsleitstelle erreicht und einen Notarzt geordert.

»Nein, bitte nicht«, murmelte er, als er ins Wageninnere blickte. Ob das dem Unfall allgemein gegolten hatte oder mit dem jähen Erkennen der Fahrzeuginsassen verbunden war, konnte er im Nachhinein nicht mehr sagen. Aus dem Wageninneren ertönte ein schriller Hilfeschrei. Oli ging zur Beifahrertür. Er hatte nicht damit gerechnet, dass er sie öffnen könnte, doch mit ein paar Handgriffen war es ihm gelungen. Dann half er der Frau, die er erst gestern im Revier als Zeugin befragt hatte, aus dem Wagen. Sie setzte sich sofort auf den Boden. »Er ist tot.« Ein Blick auf Erwins starre Augen und das aus der Nase gesickerte Blut bestätigten Oli, dass sie recht hatte. Er legte seinen Finger trotzdem auf die Halsschlagader. Da war nichts.

Die Frau starrte Löcher in den Schnee. Oli versuchte, in den Kofferraum des Autos zu gelangen und das Erste-Hilfe-Set herauszufischen. Als er es in der Hand hielt, öffnete er den Reißverschluss und entnahm die Rettungsdecke. Er breitete sie mit der goldenen Seite nach unten aus, zog die Frau auf die silberne Seite und wickelte sie ein. Sie leistete keinen Widerstand. Im Auto fand er eine Abdeckplane, die er zwischen Schneedecke und Frau schob. Ganz langsam kehrte ihre Sprache zurück.

»Er hat ihn umgebracht.«

»Erwin hat Ihren Mann umgebracht, damals?« Es dauerte noch einen Moment, dann brach es aus ihr heraus. »Ja, das auch. Aber das meine ich nicht. Sein Sohn … Er hat uns von der Straße abgedrängt. Erwin hat das Lenkrad verrissen, und wir flogen aus der Kurve. Jetzt ist er tot.«

»Fährt der Sohn zufällig einen weißen BMW?«

»Ja.«

»Wissen Sie das Kennzeichen?«

»Irgendetwas mit DD und einer 13 am Ende. 313, 3013 – ich erinnere mich nicht an mehr. Die eigene Brut. Es ist nicht zu fassen.«

Während die Witwe weiter vor sich hinsprach, hatte Oli seine Kollegen vom Annaberger Revier in der Leitung. »Gebt eine Fahndung raus. Weißer BMW aus

Dresden, Kennzeichen DD und irgendetwas mit 13 am Ende. Oder schaut, ob ihr ein auf Erwins Sohn zugelassenes Fahrzeug findet, zu dem die Beschreibung passt. Ich denke, er fährt in Richtung A72/A4.«

»Wird gemacht, Scheffe. Die Kollegen vom Verkehr sind schon unterwegs. Die Rettung hast du informiert?«, fragte Sebastian. Er war Olis Zimmerkollege im Revier.

»Ich höre ein Martinshorn in der Ferne. Wir benötigen einen Bestatter, etwa in einer Stunde, wenn auch der Staatsanwalt durch ist. Vollprogramm. Erwin ist tot. Der Arzt ist gerade eingetroffen. Bis dann.«

Den Beamten war es gelungen, Erwin aus dem Auto zu bergen und auf das Feld zu legen. Sie hatten ihn mit einem Tuch bedeckt. Der Arzt überprüfte die Vitalfunktionen, dann nickte er nur kurz und das Tuch wurde wieder über den Körper gelegt.

»Sie haben Glück gehabt. Dem Fahrer konnten wir nicht mehr helfen. Mein Beileid. Ihr Schleudertrauma muss behandelt werden, damit sich nichts daraus entwickelt. Ich würde Sie gern für ein paar Tage zur Beobachtung mit ins Krankenhaus nehmen«, sagte der Notarzt zu Birgit, nachdem er sie kurz befragt und sie über Rückenschmerzen geklagt hatte. Er instruierte das Team des Rettungswagens, das Birgit ins Erzgebirgsklinikum fahren sollte. Dann füllte er die Papiere für das Unfallopfer aus.

»Wen sollen wir benachrichtigen? Haben Sie jemanden, der Ihnen ein paar Sachen bringen kann?«, fragte Oli, als er von der Krankenhauseinweisung erfuhr.

»Nein, nicht wirklich. Meine Tochter wohnt nicht mehr in der Gegend. Und Manfred … Aber das wissen Sie ja. Würden Sie das übernehmen? Ich gebe Ihnen die Schlüssel.«

Oli war so perplex, dass er gar nicht ablehnen konnte. Er ließ sich erklären, wo die gepackte Krankenhaustasche für alle Fälle stand. Der Rettungswagen war gerade mit Birgit zum Annaberger Krankenhaus gestartet, als sein Handy klingelte. »Am Dreieck Nossen haben die Handschellen klick gemacht. Was sollen wir dem Richter erzählen?«

»Der Knabe hat seinen Vater von der Straße abgedrängt, worauf dieser sich überschlagen hat und an der Unfallstelle verstarb. Zeugin ist Birgit, die Lebensgefährtin von Erwin. Der Notarzt hat sie ins Annaberger Krankenhaus bringen lassen. Mir kam der BMW entgegen. Er ist mir aufgefallen, weil er die Kurve schnitt. Gefährlicher Eingriff in den Straßenverkehr mit Todesfolge. Vielleicht Mord. Das Motiv? Er hat seinen Vater angezeigt wegen Beihilfe zum Mord, um an das Erbe zu gelangen. Wir ermitteln in der Sache bereits. Vielleicht ging es ihm nicht schnell genug. Oder er hat kein Vertrauen in die sächsische Polizei.«

»Ok, ich gebe das an die Kollegen durch. Ich hoffe, es reicht für einen Haftbefehl«, sagte Olis Mitstreiter. Oli ging die paar Schritte zur Unfallstelle zurück und vergewisserte sich, ob alles den bei derartigen Unfällen vorgeschriebenen Lauf nahm.

Der Bestatter hatte seinen Transporter an der Straße

abgestellt. Er lief über das Feld, um sich einen Überblick zu verschaffen und von den Beamten die Papiere für den Transport des Toten zu übernehmen. »Hier können wir nicht heranfahren. Wir kommen mit der Trage und einer Unfallhülle«, erklärte er. Und nach einem Blick auf das Unfallopfer: »Kann uns jemand beim Tragen helfen?« Einer der Beamten der Verkehrspolizei sagte sofort zu.

»In die Rechtsmedizin nach Chemnitz. Ich informiere den Bereitschaftsdienst«, sagte Oli zum Bestatter, der sich auf den Weg zum Auto begab, um seinen Kollegen und die notwendigen Utensilien zu holen.

Es war Zeit für Oli, zu Hause anzurufen. »Adina, ich komme später. Wir sind bei Mildenau. Ein Unfall.«

»Oh Mist, ich habe Rumpsteak gekauft. Ruf mich an, wenn du auf dem Heimweg bist. Ich will das Fleisch nicht totbraten. Mildenau? Sag nicht, dass dein früherer Kollege beteiligt, nein, das Opfer ist.«

»Adina, woher weißt du das schon wieder?«

»Die Fleischverkäuferin, Liane. Sie hat zu einer Kundin gesagt, dass da bestimmt etwas Schlimmes passiert mit dem Sohn und Erwin. Sie hätte so ein Gefühl.«

»Die Gefühle einer Fleischverkäuferin. Aha. Es ist schlimmer, als du denkst. Ich will dir nicht den Appetit verderben, aber ich glaube, blutiges Rumpsteak ist heute nicht das Richtige für mich. Ich liebe dich. Bis dann.«

Oli fuhr zurück nach Mildenau in Birgits Haus und suchte die Dinge, die sie sich für den Krankenhausaufenthalt gewünscht hatte. Ohne Mühe fand er alles, was sie ihm aufgetragen hatte. Ein Umschlag auf dem Küchentisch erregte seine Aufmerksamkeit. Da er offen war, zog Oli das Schreiben heraus. »Aha«, sagte er zu sich.

Im Annaberger Krankenhaus eingetroffen, fragte sich Oli zu Birgit durch. Sie saß auf einem der beiden Stühle am Tisch ihres Einbettzimmers und tippte auf dem Telefon herum. »Mah-Jongg, zur Entspannung«, sagte sie zu Oli. »Ich will an nichts denken.«

»Schauen Sie, ob ich alles habe. Hier ist der Schlüssel. Ich glaube, Sie sind mir eine Erklärung schuldig.«

Birgit begann vor sich hin zu sprechen, ohne Oli anzuschauen. »Es existiert ein Testament. Sie haben es sicher liegen sehen auf dem Küchentisch. Erwins Erbe geht an mich. Den Pflichtteil dürfte sein Sohn heute verwirkt haben. Dabei hat Erwin gerade letzten Sonntag zu mir gesagt, dass er mit ihm sprechen und ihm ein Angebot machen wolle. Ich weiß eh nicht, was ich mit dem ganzen Grundbesitz soll. Am Ende werde ich es verkaufen müssen. Erwin hatte gestern mit seinem Sohn telefoniert. Es ging um Schulden, die der Auswanderer bei seinem Spanienabenteuer aufgehäuft hatte. Der hätte nur ein wenig Geduld haben müssen …«

»Danke, das habe ich aber nicht gemeint. Mich interessiert die Sache mit Erwin und Ihrem früheren Mann. Sie haben oben auf dem Feld etwas gesagt.«

»Ja. Alles lief so ab, wie es damals in der Akte vermerkt wurde. Nur dass Erwin ein bisschen nachgeholfen hat. Er war zufällig in der Wohnung und wollte mit Manfred sprechen, nachdem ich ihm im Revier von den Misshandlungen berichtet hatte. Manfred war wieder einmal blau. Plötzlich sackte er zusammen. Wir dachten, es sei der Alkohol. Im Affekt nahm Erwin die Flasche vom Tisch und flößte ihm zusätzlich eine ordentliche Portion mit ein paar Schlaftropfen ein. Damit wollte er verhindern, dass es wieder mit Schlägen endet. Ich schleifte Manfred zum Bett, wie so häufig, wenn er besoffen war. Erwin war inzwischen gegangen. Den Rest wissen Sie. In der Nacht röchelte Manfred ziemlich laut, und ich rief den Notarzt. Ich hatte gar nicht gemerkt, dass es mit einem Mal still um mich herum geworden war. Als der Arzt draußen bei uns eintraf, war der Säufermond für Manfred ein letztes Mal untergegangen, für immer. Eigentlich wollte ich all das vergessen. Auf einmal kehrte Erwins Sohn zurück, und ihm folgte Gerede in der Stadt, die Liane und dann die Vorladung auf das Revier. Wissen Sie, wie das ist, wenn man jahrelang vom eigenen Mann misshandelt, geschlagen, vergewaltigt wird und einem keiner hilft, obwohl die Leute rundherum genau Bescheid wissen? Erwin war der Erste und Einzige, der sich um mich gekümmert hat. Und jetzt lassen Sie mich bitte allein. Ich habe nichts getan.«

Es war schon spät, als Oli die Tür zu seiner Wohnung aufschloss. Er setzte sich in den Sessel. »Birgit muss eine Aussage im Revier machen. Dann kann ich die Akte schließen. Der Rest ist Sache der Staatsanwaltschaft. Wenn du erst am Dienstag nach Berlin fährst, begleite ich dich.«

Adina schaute erstaunt auf. Ein Lächeln erschien auf ihrem Gesicht. »Ok, dann sage ich meinen Eltern, dass ich nicht allein komme. Du bist ein Schatz!«

# 2 DAS AUTO IM SCHLOSSTEICH

## CHEMNITZ

»Da bin ich.« Adina warf ihre Tasche schwungvoll auf den Tisch im Besprechungszimmer der Berliner Marketingagentur. Dann zog sie ihre Jacke aus und hängte sie über den Stuhl.

»Wir sind hocherfreut, dass du uns die Ehre gibst, wo du doch gerade von der Berliner Pflanze zum Erzgebirgsmädel werden willst. Herzlich willkommen«, begrüßte Markus seine Mitarbeiterin. Seit Corona im Land gewütet hatte, verzichtete Adina auf die freundschaftliche Umarmung und winkte Markus stattdessen zu. Sowohl Berlin als auch das Erzgebirge hatten lange Zeit einen vorderen Platz in der Infektionsstatistik eingenommen. Die Vorsicht war zum Alltag geworden.

Markus hatte seinen Laptop angetöpselt und eine Deutschlandkarte an die Wand geworfen. Sie zeigte den Stand der Arbeiten für das Tourismusportal, das die Agentur aufgebaut hatte. Adina sah weiße, rote, grüne oder gelbe Flächen und wurde ganz still. »Du, Markus, ich möchte dir Danke sagen. Die Entscheidung, mich weiter in Sachsen arbeiten zu lassen, ist dir sicher nicht leichtgefallen angesichts der vielen weißen Flecken. Ich bin froh, dass du mich nicht in die Pfalz oder die Eifel schickst.«

»Schau auf die gelben Flächen im Erzgebirge. Hier musst du sicher einiges überarbeiten und auf den neuesten Stand bringen. Und rundherum hast du ein breites Betätigungsfeld.«

»Ich war schon zu ein paar Recherchen unterwegs und muss nur noch den Computer füttern. Parallel dazu werde ich erste Informationen zu den neuen Orten sammeln. Du hast doch sicher gehört, dass Teile des Erzgebirges inzwischen zum grenzüberschreitenden UNESCO-Welterbe Montanregion Erzgebirge/Krušnohoří erklärt wurden. Wir können also einiges für uns entdecken. So ganz richtig scheinen mir die Erzgebirger noch nicht aus den Puschen gekommen zu sein, aber vielleicht kann ich ein wenig nachhelfen. Wenn erst die Besucher strömen, wird sich manches bewegen.«

»Ich glaube, Corona hat sich da sogar positiv ausgewirkt. Der Trend zur Rückbesinnung auf Urlaub in Deutschland ist unübersehbar. Das sagen auch deine Mitstreiter, die in den alten Bundesländern unterwegs sind.« Markus tippte mit dem Mauszeiger auf Köln, wo sich Adinas direkter Konkurrent weniger erfolgreich als sie anstellte. Die gelben und weißen Flächen in der Stadt und ihrer Umgebung deuteten darauf hin.

»Warum hinkt er so hinterher?«, fragte Adina.

»Ich verstehe es auch nicht. Er hat deutlich bessere Bedingungen als du. In Köln ist vieles konzentriert und nicht so zertragen wie bei dir im Erzgebirge. 22 Orte Montanregion, dabei allein 17 in Sachsen. Das sagt doch alles. Vermutlich kann er nicht so gut mit Menschen wie du. Dir kommen deine journalistischen Erfahrungen zugute. Aber er stolpert nicht dauernd über Leichen.«

Adina schaute zu Markus. Sein Grinsen verriet ihr, dass er die Bemerkung nicht als Vorwurf betrachtete. Also lächelte sie ebenso. »Ich habe übrigens Oli mit nach Berlin gebracht. Ich wollte ihm den Berliner Winter zeigen, der so ganz anders ist als der im Erzgebirge. Hoffentlich vermisst er das Knirschen des Pappschnees unter den Füßen nicht zu sehr. Zurzeit ist es wieder arg in Annaberg. Dauerfrost und kein Ende in Sicht. Ohne Winterreifen und manchmal sogar Schneeketten geht da nichts. Oli ist gerade auf der Museumsinsel. Demnächst übernimmt er eine Schwangerschaftsvertretung in Dresden. Ich dachte, das passt ganz gut, denn hier wie da gab es spektakuläre Diebstähle in Museen. Deshalb habe ich ihn dorthin geschickt.«

»Ach ja, ich vergaß, dass er ein Kriminaler und stets den Kriminellen auf der Spur ist. Die Verbindung zwischen dir und ihm gefällt mir. Ich hoffe, du pfuschst ihm nicht zu sehr ins Handwerk und er passt ein bisschen auf dich auf.«

»Sagen wir mal so: Er ist nicht immer begeistert von den vielen Zufällen, mit denen ich ständig in Berührung komme. Wobei ich ja nicht wirklich an Zufälle glaube. Aber eine Erklärung habe ich halt auch nicht. Wenn du magst, können wir gemeinsam Mittagessen gehen. Ich könnte Mia fragen, ob sie Zeit hat. Oder wir treffen uns heute Abend«, schlug Adina vor.

»Lass uns erst alles besprechen. Um 14 Uhr habe ich einen Termin. Heute Abend wäre also besser. 19 Uhr. Wo soll ich reservieren?«

»Warte, ich schreibe Mia schnell eine Nachricht.« Kurz nachdem Adina auf Senden geklickt hatte, ertönte der Kuckucksruf, der eine Antwort signalisierte.

»Ok, alles klar. Mia hat zugesagt. Wie wäre es bei *Feinberg's* in Schöneberg? Vom Nollendorfkiez aus kommen wir alle schnell nach Hause. Ich mag die Vielfalt der jüdisch-israelischen Küche. Und ich habe lange keinen richtigen Hummus gegessen. Wenn ich in Chemnitz bin, gehe ich immer ins *Schalom*. Leider bin ich nicht sehr oft dort, aber das kann sich ändern. Schließlich wird Chemnitz Europäische Kulturhauptstadt 2025. Das war für mich eine Überraschung. Immerhin gehörte Nürnberg zu den Bewerbern. Ich bin gespannt, was sich da im Schatten des Nischels entwickelt.«

Markus hakte ein. »Du tust den Chemnitzern unrecht, wenn du sie auf den Karl-Marx-Kopf reduzierst, obwohl der schon beeindruckend ist. Aber das muss ich dir wohl nicht sagen.«

Adina nickte. »Genau. Wobei ich glaube, die Chemnitzer tun sich manchmal selbst unrecht. Das haben die Diskussionen um diverse Kunstprojekte und um die Kulturhauptstadt-Bewerbung bewiesen. So ein bisschen Provinzmief schwingt da immer mit, obwohl die Stadt Potenzial hat. Die Bewerbung um den Kulturhauptstadt-Titel ist ein gutes Beispiel. Das war schon ausgefallen, was die Chemnitzer vorgelegt haben. Der Darm von Karl Marx. Das Größenverhältnis passte sogar irgendwie zum Nischel. Und woran schieden sich die Geister? Na?«

Markus überlegte. »Keine Ahnung.«

»Na, an des Deutschen liebstem Spielzeug – am Auto im Schlossparkteich.«

»Jetzt, wo du es sagst. Was ist eigentlich aus dem Auto geworden? Weißt du das?«

Adina überlegte. »Es wurde aus dem Teich gefischt und eingelagert. Für bessere Tage, mit mehr Kunstverständnis und weniger Kulturbanausen. Kann also dauern.«

Markus wandte sich seinem Laptop zu. »Lass uns die Karte durchgehen. Ich erkläre dir meine Vorstellungen. Du kannst mich gern ergänzen. In zwei Wochen legst du mir ein erstes Konzept vor. Nur grob. Die Reihenfolge überlasse ich dir, da bist du vollkommen frei und kannst auch gern umswitchen, wenn es sich anders ergibt. Dann das Übliche: Recherche, Schreiben, Fotos machen, Blog vervollständigen. Und vergiss nicht, die Daten regelmäßig zu aktualisieren. Wir wollen uns doch von der großen Masse mit ihrer unsäglichen Informationsfülle und veralteten Daten abheben. Nimm dir ruhig zwischen den neuen Orten immer wieder Zeit für alles, was du schon beackerst hast. Wenn du dann bitte den unbefristeten Vertrag unterschreibst … Ich habe dich ein wenig höhergestuft.«

»Oh Markus, das ist klasse. Unbefristet ist noch besser als Verlängerung. Ich danke dir. Dann reicht es bei *Feinberg's* heute Abend für ein zweites Glas Wein. Wo ich schon auf mein Israel-Volontariat verzichtet habe! Bevor dein Angebot kam, hatte ich mich bereits beworben. Ein Jahr ohne deutschen Winter! Aber wie so oft durchkreuzte das Leben all die schönen Pläne. Also, dann wenigstens israelisch in Berlin, mit sonnengereiftem Wein aus dem Galil. Weit gereist und schon deshalb nicht so billig.«

»Scherzkeks. Ich lade euch natürlich ein. Geht aufs Haus«, erwiderte Markus, ohne Adinas geöffneten Mund wahrzunehmen. Sie hatte heute ihren Stauntag und wunderte sich schon nicht mehr sehr über Markus' Großzügigkeit.

Nach der Besprechung traf sich Adina mit Oli bei einem Kaffee. »Wir sind das Projekt komplett durchgegangen. Ich freu mich so auf die Recherchen.« Das Strahlen ihrer Augen unterstrich die Begeisterung, mit der sie sich am liebsten sofort in die Arbeit gestürzt hätte. Aber jetzt war sie erst einmal in Berlin, hatte einige Pflichtbesuche zu erledigen und wollte Oli ein paar Hauptstadt-Raffinessen zeigen.

»Du sagst gar nichts. Bist du schon Berlin-müde?«

»Das Revier hat angerufen. Ich soll eher nach Dresden kommen. Die Akten auf dem Schreibtisch türmen sich, und deine Kollegen vor Ort nerven.«

»Aber das ist doch kein Problem. Dann fahren wir am Freitag zurück und haben das Wochenende in Annaberg vor uns. Am Montag beginnen wir beide mit einer neuen Aufgabe. Ich werde kommende Woche in Chemnitz unterwegs sein. Du kannst dich in Dresden eingewöhnen. Ich komme bald nach.«

»Du bist toll, Adina. Ich dachte, du möchtest vielleicht länger hierbleiben. Bei deiner Familie und deinen Freunden.«

»Berlin läuft nicht weg. Du hast irgendwann frei, und wir können wieder herkommen. Wir haben morgen den ganzen Tag. Heute Abend treffen wir uns mit Mia und Markus im *Feinberg's*. Markus hat uns eingeladen. Ich freue mich schon auf das Essen.«

»*Feinberg's*? Ein jüdisches Restaurant, ja? Die stehen doch öfter in den Schlagzeilen wegen Bedrohung, Antisemitismus und so was.«

»Ja, aber hier in Berlin musst du nicht ermitteln, und der Abend soll ganz entspannt werden. Die Küche ist jüdisch-sephardisch, also mehr dem Morgenland zugewandt als im *Schalom* in Chemnitz. Das habe ich dann nächste Woche wieder.«

Am Donnerstag kümmerte sich Adina um ihre Berliner Wohnung, die schon eine Weile nicht mehr gelüftet war. Mia hatte zwar einen Schlüssel, war jedoch im Winter auch nicht so oft vor Ort. »Ich sollte meine privaten Sachen einlagern, was ich brauche, mit nach Annaberg nehmen und die Wohnung an einen Studenten oder Azubi vermieten, was meinst du?«, fragte sie Oli. »Keine schlechte Idee. Bezahlbare Wohnungen auf Zeit sind gefragt. Ich kenne einen Veranstaltungstechniker, der immer eine Woche hier zur Ausbildung ist und dringend eine Bleibe sucht. Er muss jedes Mal im Hotel schlafen, wenn er zur Berufsschule geht.«

»Na, das wäre doch etwas. Wenn du ihn sogar kennst! Sprich mit ihm. Ich packe noch ein paar Sachen ein, die wir morgen mitnehmen. Und meine Papiere und persönliche Dinge kann ich wegsperren.«

Für den Nachmittag waren Adina und Oli zu Adinas Eltern eingeladen.

Zurück in Annaberg nahm Adina die *Freie Presse* zur Hand. Der tägliche Blick in die regionale Tageszeitung gehörte zu den Ritualen am Beginn ihrer Arbeitstage. Durch die Zeitung war sie schon auf manche Attraktion aufmerksam geworden, die dann später gut recherchiert Eingang ins Tourismusportal gefunden hatte.

»Guck dir das an!« Ihre Stimme ließ Olis Alarmglocken schrillen.

»Was gibt es? Ich hätte mich beinahe geschnitten vor Schreck. Wenn ich fertig bin mit Rasieren, komme ich zu dir.«

Adina begann, den Artikel hastig zu überfliegen.

»In Chemnitz hat man einen Toten gefunden.«

»So etwas ist nicht ungewöhnlich. Was meinst du, wie oft die Feuerwehr zu Türnotöffnungen gerufen wird!«, erwiderte Oli.

»Das glaubst du nicht!«

»Na los, sag schon!« Olis Neugier war geweckt, obwohl er in Boxershorts und weißem Feinripphemd gerade keine klassische Beamtenfigur abgab. Der Rest

Rasierschaum am Kinn störte ihn nicht, als er ins Wohnzimmer lief. Auf dem Titelblatt war ein riesiges Foto von einem Auto mit geöffnetem Kofferraum. »Das ist doch …«

Adina ließ ihn nicht ausreden. »Genau das ist es. Das Auto der Kunstaktion in Chemnitz, über das wochenlang heiß diskutiert wurde.«

Adina drückte Oli die Zeitung in die Hand und begab sich zum Computer. »Das muss ich mir genauer anschauen«, sagte sie und begann mit der virtuellen Suche nach Informationen.

Als sie zurück ins Wohnzimmer kam, hatte Oli die Zeitungen der letzten Tage gelesen. »Ein Mann, Mitte 40, offenbar schon tot, als er mit dem Auto in Berührung kam.«

»Das habe ich genau so im Internet gefunden. Kein natürlicher Tod. Und das auf dem Weg zur Kulturhauptstadt und in einem Auto, das als umstrittenes Kunstwerk in der Bewerbungszeit für Schlagzeilen sorgte.«

»Stand im Internet etwas zur Todesursache, ich meine, außer Spekulationen?«

»Deine Kollegen scheinen sich bedeckt zu halten. Ich habe nicht herausbekommen, ob die Leiche mit im Wasser war oder erst später in den Kofferraum befördert wurde. Das Übliche: Ermittlungen nicht gefährden und so. Aber kommende Woche bin ich in Chemnitz. Da kann ich ein bisschen herumhorchen.«

»Adina, du weißt doch: Dein Part ist das Tourismusportal, unsere Arbeit sind die Verbrechen. Wie oft soll ich dir das noch erklären? Bring dich bloß nicht wieder in Gefahr!«

»Keine Sorge, Oli. Ich bin schon groß und kann ganz gut auf mich aufpassen. Ob der Künstler etwas damit zu tun hat?«

»Er lebt im Ausland und ist wohl zurzeit mit einem Projekt in Schweden beschäftigt. Irgendetwas mit Schnee. Ich weiß nur, was in der Medieninformation der Polizeidirektion und in der Zeitung steht.«

»Du bist doch am Montag im Revier. Vielleicht haben deine Kollegen mehr erfahren. Jetzt lass uns fix einkaufen und etwas kochen. Worauf hast du Appetit?«

»Buttermilchgetzen oder etwas anderes Regionales. Aber einkaufen, nee, null Bock. Komm, lass uns essen gehen. Ich lade dich ein. Oben im Restaurant *Zum Türmer* oder am Markt im *Neinerlaa*? Ich mag beides.«

»Das *Neinerlaa* ist nicht so weit.« Oli musste lachen. Die erzgebirgische Aussprache des traditionellen Weihnachtsgerichtes, nach dem das Restaurant im Rathaus benannt war, beherrschte Adina noch immer nicht. Diesen A-Laut brachten nur Sachsen richtig heraus. Berliner hatten da keine Chance. Dafür reichten nicht einmal Adinas Chemnitzer Wurzeln.

»Du willst wegen des Schnees nicht so weit laufen, stimmt's? Mir ist erst in Berlin aufgefallen, was ich dir mit der sibirischen Kälte hier zumute.«

»Naja, ich habe schon ein wenig Angst vor dem Alleinsein, wenn du in Dresden bist. So ganz ohne Wärmflasche am Nordpol!«

»Soll ich dir fix noch eine besorgen? Vorn in der Apotheke? Was möchtest du? Ein Krokodil, einen Yogi-Bär, eine Ente?«

»Ich hatte mehr an etwas Zweibeiniges gedacht.«

»Fremde Männer kommen mir nicht ins Haus, meine liebe Adina! Im rechten Schrankteil unten sind Kuscheldecken, die Heizung kann man höher drehen. Und hol dir einfach einen Schlafanzug. Die Negligés sehen zwar schön aus, aber sie wärmen nicht. Und wenn ich eh nicht da bin, musst du auch nicht schön aussehen!«

Adina verdrehte die Augen. »Männer-Egoismus? Ich brauche das für mich persönlich! Aber du hast recht. Vielleicht finde ich einen Schlafanzug, der meinen Ansprüchen genügt und erzgebirgskonform ist. Ich werde es zumindest versuchen.«

Obwohl beide neugierig auf ihre neuen Aufgaben waren, durchzog Olis Wohnung am Wochenende eher ein Hauch von Trägheit. Nach und nach wurde klar, dass ihre sehr junge Beziehung einer ersten Belastungsprobe entgegenging. Adina wusch Wäsche. Oli begann, seine Reisetasche zu packen.

»Wo wirst du in Dresden wohnen?«

»Die Polizei hat ein paar kleine Apartments in der Neustadt. Ich werde eines davon beziehen. Ich denke, es ist Platz für dich, wenn du in der Nähe zu tun hast. Zumindest, wenn du allein unterwegs bis. Mit Mia oder einer anderen Begleitung im Gefolge wird es schwierig.

Und am Wochenende bin ich wieder da. Wir schaukeln das schon. Es ist ja nicht für immer.«

Den Montag verbrachte Adina am Computer. Sie plante drei Tage in Chemnitz. Am Freitag stand die Aufarbeitung der gewonnenen Erkenntnisse am Computer an. Dann würde sie sehen, ob sie mehr Zeit brauchte. Sie schrieb eine E-Mail an die Jüdische Gemeinde, um ein Treffen zu vereinbaren. Bei ihrem ersten Besuch im Jahr zuvor war dafür keine Zeit gewesen. Inzwischen rannte ihr die Zeit davon, denn lange würde es nicht mehr dauern, und sie fände keine Bekannten ihrer Urgroßmutter mehr.

Dann erklärte sie dem Team vom Kulturhauptstadtbüro, was sie nach Chemnitz trieb, und fragte nach einem Treffen für ein Gespräch. Der Termin am Dienstagnachmittag war perfekt. Vorher wollte sie in die Kunstsammlungen gehen.

Die Antwort von der Jüdischen Gemeinde traf schnell ein. »Sicher erinnern wir uns an Sie und den merkwürdigen Mann mit seinem Verfolgungswahn. Sie können sich am Mittwochvormittag mit Frau Rosenkranz treffen. Sie kannte Ihre Urgroßmutter und kann Ihnen etwas von ihr erzählen. Außerdem habe ich unseren Historiker angefragt. Er forscht seit vielen Jahren zu den Spuren jüdischer Geschichte in Chemnitz und hat die Ergebnisse für ein Buch zusammengetragen. Wir suchen zurzeit nach Sponsoren, um es drucken zu lassen.« Auch der Besuch des Jüdischen Friedhofes wurde bestätigt. Im Abspann der

Mail fand Adina die Kontaktdaten und die Adresse der Frau, die sie bei sich zu Hause zum Gespräch erwartete. Sie verfasste eine Bestätigung und schickte sie mit einem Klick nach Chemnitz. Für den Abend hatte sie sich im *Schalom* einen Platz reservieren lassen. »Wir freuen uns«, hatte Uwe vom Team kurz und bündig geantwortet.

Oli war noch einmal im Annaberger Revier gewesen. Er kehrte am frühen Nachmittag zurück, um die restlichen Sachen einzupacken. Am Dienstag wollte er frühzeitig nach Dresden aufbrechen.

»Und?«, fragte Adina nach dem Begrüßungskuss.

»Lass mich erst einmal ankommen. Es gibt ein Amtshilfeersuchen.«

»Amts-hil-fe-er-su-ch-en.« Adina zog die Silben des Wortes weit auseinander. »Wer denkt sich solche Wörter aus?«

»Willst du etwas über den Toten in Chemnitz wissen oder dich mit mir über Fachbegriffe streiten? Das heißt eben so. Wir können nicht einfach ins Ausland fahren und dort ermitteln. Außerdem darf ich dir das gar nicht erzählen.«

»Och, Oli, nun sei nicht gleich so gereizt. Das war doch nur ein Scherz.«

»Du hast recht. Normalerweise hebt mich das nicht an. Aber ich bin nun doch aufgeregt und sehr gespannt, was mich in Dresden erwartet.«

»Es wird nicht schlimmer werden als hier. Und du

wirst genau wie hier arbeiten. Oder was befürchtest
du?«

»Ich war seit dem Studium nie lange von Annaberg
weg, nur im Urlaub. Und dabei nach zwei Wochen
zurück in meiner Wohnung.«

»Oli, du hast diese Woche effektiv dreieinhalb Tage.
Bis Dresden sind es keine 100 Kilometer. Und am Freitag sehen wir uns wieder.«

»Stimmt. Übrigens glauben die Ermittler nicht, dass
der Künstler etwas mit der Autoleiche zu tun hat. Und
ich auch nicht.«

Adina war froh, dass Oli den Faden wieder aufgenommen hatte. »Weiß man denn schon, wer der Tote
ist? Das Geschlecht steht wohl fest.«

»Ja, es ist ein Mann. Und vermutlich … Nein, Adina,
das ist Spekulation und das darf ich dir nun wirklich
nicht …«

»Oli, ich kann schweigen. Glaub mir.«

»Es könnte etwas mit der Kulturhauptstadt zu tun
haben. Oder mit Geld. Oder mit beidem. Er war Berater oder so etwas. Du fährst doch morgen nach Chemnitz. Vielleicht erfährst du dort mehr. Halt mich auf dem
Laufenden. Und bitte: keine Alleingänge!«

Oli war bereits aus dem Haus gegangen, als Adina
erwachte. Sie beschloss, in Chemnitz zu frühstücken.
Es dauerte nicht lange, und sie begab sich zum Auto. Je
mehr sie sich Chemnitz näherte, desto mehr schwand
der Winter. Die Straßen waren komplett frei. Ihr erster

Weg führte sie in die Kunstsammlungen, die sie bereits von ihrem Erzgebirgsprojekt her kannte. Hier war sie in den Medienrummel geraten, nachdem sie der Polizei entscheidende Hinweise gegeben hatte und dadurch der Diebstahl eines Bildes aufgeklärt werden konnte. Inzwischen war die Direktorin von damals in den Ruhestand gegangen. Der neue Generaldirektor stand mit der Bewerbung für die Kulturhauptstadt und dem 100-jährigen Jubiläum der Kunstsammlungen gleich vor einer richtigen Herausforderung.

Für ein komplettes Frühstück war es ein wenig spät. Deshalb lief Adina zur Gastromeile in der Inneren Klosterstraße und suchte sich ein Café mit einem kleinen Speiseangebot. Von hier aus war es nicht so weit zum Kulturhauptstadtbüro.

»Adina Pfefferkorn? Sie hatten einen Termin mit unserem Chef. Leider müssen Sie mit mir vorliebnehmen. Er musste kurzfristig weg. Die Geschichte mit dem Auto, Sie wissen schon. Ich bin seine Vertretung«, stellte sich die Blondine am Tresen vor. »Schauen Sie, das hat er für Sie vorbereitet.«

Adina nahm eine Mappe mit Papieren entgegen. »Wie war Ihr Name?«, fragte sie die Mitarbeiterin. »Frau Kemnitzer. Wie Chemnitz, nur mit K und er am Ende. Das kann man sich leicht merken. Nehmen Sie doch Platz und schauen Sie alles in Ruhe durch. Wenn Sie Fragen haben, sprechen Sie mich an. Für Details würde ich vorschlagen, dass Sie einen neuen Termin vereinbaren, wenn der Trubel hier nachgelassen hat.«

»Das wäre dann 2026, schätze ich. So viel Zeit habe ich nicht«, erwiderte Adina. Die Blondine prustete los.

»Ich meine den Trubel mit dem Mord.«

Oha, dachte sich Adina. Endlich hat jemand das böse M-Wort ausgesprochen. »Ja, ich glaube, das ist das Beste. Wenn Sie nichts dagegen haben, nehme ich die Mappe mit nach Hause. Ich melde mich dann telefonisch oder per Mail.« Adina packte die Sachen in ihre Tasche, ohne eine Antwort abzuwarten.

»Natürlich. Wir hoffen, die Sache ist bald aufgeklärt. Mit dem Skoda haben wir einiges vor.«

»Ach ja?«

»Klar, er war so ein toller Aufreger. Und bewährte Waffen nutzt man bekanntlich weiter. Sie sind eine Frau, da muss ich nichts erklären!«

»Stimmt! Hatte das nicht Brigitte Reimann in ihrem Kultroman *Franziska Linkerhand* über den Minirock gesagt? ›Bewährte Waffen verschrottet man nicht.‹ Ein Lieblingsspruch meiner Mutter. Dann tschüss bis zu besseren Tagen«, verabschiedete sich Adina. Die freie Zeit nutzte sie für einen Spaziergang durch den Wasserwerkspark, der direkt an der Strecke nach Annaberg liegt. Angesichts der Temperaturen reichte ihr eine kleine Runde. Dann fuhr sie die B95 zurück in ihre Annaberger Bleibe.

Am Abend schickte Oli eine Sprachnachricht.

»Ich bin ziemlich fertig, früh die Fahrt, dann arbeiten und Wohnung einrichten. Aber meine Bude ist wunderschön, in Dresden-Neustadt, gleich an der Kunsthof-

Passage. Das wird dir gefallen, Adina. Lass uns morgen telefonieren. Ich gehe duschen und ins Bett.«

»Ich war fleißig, obwohl nicht alles wie erwartet lief. Der Chef vom Kulturhauptstadtbüro konnte mich nicht empfangen. Er war wegen einer Mordsache unterwegs, sagte seine Mitarbeiterin. Mehr konnte ich nicht erfahren. Bis morgen, Schatz«, sprach Adina ins Handy.

Als der Handywecker Adina mit sanftem Israel-Jazz weckte, klingelte auch ihr Handy. »Guten Morgen, Schatz«, flötete ein gut gelaunter Oli durch die Leitung.

»Ich bin gerade am Aufwachen«, hauchte Adina zurück.

»Ist es warm im Bett, so ohne mich?«, fragte Oli.

»Es könnte wärmer sein. Ich hoffe, bei dir auch«, erwiderte Adina.

»Ich bin schon vor einer Weile aufgestanden, also ganz kalt. Ich muss gleich los und wollte dir nur einen guten Morgen wünschen«, verriet Oli.

»Ich bin schon fast aufgestanden und auf dem Weg nach Chemnitz. Heute treffe ich mich mit der Frau, die meine Urgroßmutter kannte. Und abends bin ich im *Schalom*«, sagte Adina.

»Ich will dich gar nicht aufhalten. Eine gute Fahrt wünsche ich dir. Vielleicht können wir heute Abend telefonieren.«

Adina nahm eine Dusche, putzte ihre Zähne und zog mehrere Lagen übereinander an, um sowohl für innen als auch außen gerüstet zu sein. Nach einem kleinen Kaffee startete sie. Der Verkehr war mäßig. Als sie Klaffenbach passierte, fiel ihr ein, dass sie lange nicht am Wasserschloss war. Sie dachte noch nach, wie sie einen Besuch in ihren Terminplan einbauen könnte, als der Blitzer in Harthau ping machte. Na prima, das geht gut los, sagte sie laut vor sich hin. Bis zum Ziel waren es noch etwa 15 Minuten auf der Bundesstraße und ein kurzes Stück Nebenstraße.

»Hübsch haben Sie es hier. Und so eine schöne Aussicht auf den Kaßberg. Wie muss das erst sein, wenn alles grünt und blüht oder der Herbst seine Farben ausschüttet«, sagte Adina nach der Begrüßung zu Frau Rosenkranz. Der Tisch war für vier Personen gedeckt. »Das ist meine Tochter Leah. Frau Kievernagel von der Jüdischen Gemeinde wird gleich kommen. Nehmen Sie doch inzwischen Platz. Kaffee oder Tee?«

Adina entschied sich für Tee. Einen Kaffee hatte sie schon in Annaberg getrunken, bevor sie losgefahren war. Die Tochter übernahm das Eingießen.

Frau Rosenkranz wärmte ihre Hände an der Tasse, obwohl der Raum gut geheizt war. Dann begann sie zu erzählen: »Ihre Urgroßmutter Adina war eine bemerkenswerte Frau. Was wissen Sie von ihr?«

»Nicht viel. Als sie starb, war ich erst vier. Meine Großmutter hat immer davon gesprochen, dass sie ihre Mutter Adina nach Berlin holen wollte. Aber es ist offenbar nicht so leicht, einen alten Baum zu verpflanzen. Sie war wohl zwei, drei Mal bei uns in Westberlin, aber sie mochte den Großstadttrubel nicht. Dabei ist Chemnitz nicht unbedingt ein Dorf. Und jetzt, wo es Kulturhauptstadt werden soll …«

»Das mit der Kulturhauptstadt ist eine feine Sache. Nur leider hat sie schon ein erstes Opfer gefordert. Haben Sie von dem Toten im Schlossteich-Auto gehört?«

»Ich habe es in der *Freien Presse* gelesen. Wissen Sie mehr darüber?« Adina nahm die Fährte auf, obwohl ihr Besuch ein ganz anderes Ziel verfolgte.

»Na ja, etwas Genaues weiß ich nicht. Nur dass der Mann etwas mit der Chemnitzer Bewerbung zu tun hatte. Und dass es da gewisse Neider gibt, zum Beispiel in Mittelfranken, kann man aus diversen Zeitungsbeiträgen herauslesen.«

Adina dachte nach. Ihr war bekannt, dass Ostdeutsche mehr zwischen den Zeilen lasen als in den Zeilen. Vor allem herauslasen. »Sie meinen, da wollte jemand die Entscheidung für Chemnitz verhindern und den Titel nach Nürnberg holen?«

»Ganz so vielleicht nicht. Dafür wurde er zu spät umgebracht. Aber irgendwer hat ihm den Erfolg nicht gegönnt und war vielleicht sauer, weil es in Nürnberg nicht geklappt hat.« Es klingelte. Die Tochter von Frau Rosenkranz stand auf und betätigte den Türöffner.

»Frau Kievernagel. Ich habe gehört, Sie kennen sich bereits«, sagte sie zu Adina. »Ja, wir hatten schon miteinander zu tun, nur hatte ich damals nicht viel Zeit für meine privaten Forschungen.«

»Bevor ich es vergesse: Unser Historiker erwartet Sie um 13 Uhr am Friedhof. Ich werde Sie begleiten. Widerspruch zwecklos«, sagte Frau Kievernagel im Anschluss an die Begrüßung.

Nachdem Frau Rosenkranz die letzte Tasse mit duftendem Tee grusinischer Art, wie sie betonte, gefüllt hatte, begann sie über Adinas Urgroßmutter zu sprechen.

»Adina Pfefferkorn hatte nach dem Ersten Weltkrieg ein Lehrerseminar besucht. Sie sprach fließend Englisch. Eine Karriere blieb ihr jedoch verwehrt, und genauso ihrem Mann, einem Arzt. Der war katholischer Christ, durfte aber trotzdem nicht mehr praktizieren. In seiner Akte stand, dass er eine Frau mosaischen Glaubens hatte. Es half nichts, dass sich die beiden pro forma scheiden ließen. Damals lebten sie in Niederschlesien, nicht weit entfernt von Waldenburg, das heute Walbrzych heißt.«

Adina versuchte, ihr Herzklopfen zu unterdrücken.

»Wie kam sie nach Chemnitz?«

»Sie hatte hier Freunde, die ihr halfen, nachdem sie mit den Kindern allein war und die Ostgebiete geräumt wurden. Sie wissen sicher, dass ihr Mann frühzeitig starb und sie allein durchkommen musste. Da sie fließend Englisch sprach, konnte sie als Übersetzerin arbeiten, allerdings wurde Englisch vorerst im Osten nicht so sehr gebraucht. Da war man mit Russisch besser dran. Im hohen Alter gab sie Kurse an der Volkshochschule und Privatunterricht für Studenten. Bestimmt begeisterte sie ihre Tochter für Sprachen, also Ihre Großmutter Flora. Die wurde Dolmetscherin.«

»An sie kann ich mich gut erinnern. Sie wohnte damals bei uns in der Nähe, in Westberlin. Mein Großvater war schon tot. Lebt eigentlich noch jemand von ihren Freunden hier?«

»Es wurde etwas von einem Gönner oder Liebhaber gemunkelt, aber keiner von uns hat je erfahren, wer er war. Wir wissen nicht, ob er hier lebte oder nur ab und an zu Besuch kam. Ich glaube, er ist kurz vor Adina gestorben. Sie hatte mit einem Mal keinen Lebensmut mehr. Die Tochter war in Berlin, der älteste Sohn ging gleich nach dem Krieg in einen Kibbuz in Palästina. Der jüngere war ständig für seine Firma im Ausland unterwegs. Die Enkel hat sie auch nicht so oft gehabt wie andere, deren Kinder zu DDR-Zeiten in Karl-Marx-Stadt zu Hause waren. Ich hatte aber nicht den Eindruck, dass sie einsam war.«

Adina überlegte kurz. Als Frau Rosenkranz weiter schwieg, sagte sie: »Vielleicht sind die unerfüllten Lieben die dauerhaftesten.« Dann blickte sie aus dem Fenster bis zur Kaßberg-Auffahrt ihren Gedanken hinterher.

»Kommen Sie, ich zeige Ihnen etwas«, riss Frau Rosenkranz Adina aus ihren Gedanken. Sie stand auf und ging durch den Flur in ein leer wirkendes Zimmer. »Das Bild hat sie für mich gemalt. Wussten Sie, dass sie künstlerisch begabt war? Bild und Text stammen von ihr.«

Adina las ein Gedicht, in schnurgeraden Lettern auf den Zeichenkarton gemalt, inmitten sich kunstvoll rankender Verzierungen.

»Das klingt sehr nach unerfüllter Liebe«, stellte Adina fest, nachdem sie die drei Strophen halblaut rezitiert hatte.

»Ich möchte Ihnen das Bild schenken. Ich würde mich sehr freuen, wenn es einen guten Platz bei Ihnen findet.«

Adina schaute Frau Rosenkranz überrascht an. »Aber das kann ich doch nicht annehmen.«

»Natürlich können Sie das. Meine Tage hier sind gezählt. Ich ziehe in eine Seniorenresidenz und habe nicht mehr so viel Platz. Und was meinen Sie, was meine Kinder mit dem ganzen Zeug hier machen! Da ist es mir viel lieber, wenn wenigstens einige Stücke in gute Hände kommen.«

Adina umarmte die Frau, ohne nur einen Moment zu zögern. »Ich weiß nicht, wie ich Ihnen danken soll.« Ein Tränchen kullerte über Adinas Gesicht.

Frau Kievernagel schaute auf die Uhr, dann zu Adina. »Bei dem Wetter …«, begann sie. »Ja, ich weiß, wir müssen. In der Kälte ist es noch unanständiger als sonst, jemanden warten zu lassen. Soll ich Sie in meinem Auto mitnehmen? Ich könnte Sie anschließend zurückbringen«, bot Adina an.

»Das ist sehr freundlich von Ihnen. Ich wohne hier in der Nähe«, antwortete Frau Kievernagel.

Der Historiker stieg aus dem Auto, als Adina mit Frau Kievernagel am Friedhof parkte. Er hatte für Adina einen Umschlag mit Fotos ihrer Urgroßmutter mitgebracht. »Das ist alles, was ich im Moment gefunden habe. Bei mir stehen noch einige Kartons zur Auswertung. Wenn Sie mir Ihre Kontaktdaten dalassen …«

Adina hatte bereits nach ihrem Visitenkartenetui gegriffen und ein Kärtchen herausgenommen.

»Ich würde mich sehr freuen. Aber erst einmal herzlichen Dank für Ihre Mühe. Ich weiß gar nicht, wie ich das wiedergutmachen kann. Ich wurde heute so reich beschenkt.«

»Keine Ursache. Ich beschäftige mich ohnehin mit dem Thema. Und forschen ist eher eine einsame Arbeit. Es ist eine große Freude für mich, wenn ich jemandem eine Freude machen kann. Im Alter kommt man darauf, dass an dem Spruch *Geben ist seliger denn nehmen* tatsächlich etwas dran ist.«

Der Historiker hielt Adina einen kleinen Vortrag über die Geschichte der Juden in Chemnitz, während sie über den Jüdischen Friedhof schlenderten. Nicht alle Wege waren schneefrei, sodass sich der Rundgang auf die Hauptwege konzentrierte. Adina erfuhr etwas über die Stadt im Allgemeinen und das Leben ihrer Urgroßmutter im Besonderen. »Sie bieten viele Vorträge und Rundgänge an?«, fragte Adina.

»Ja, seit ich im Ruhestand bin, habe ich das Programm erweitert«, sagte der Historiker.

»Das ist gut, ich werde den Kontakt in mein Tourismusportal aufnehmen und zu den Terminen verlinken. Sind Sie damit einverstanden?«

»Aber natürlich. Vorträge ohne Besucher sind grässlich. Da kann man immer Unterstützung gebrauchen. Und kostenlose sowieso.«

Adina freute sich, dass sie dem Mann eine winzige

Gegenleistung für seine Hilfe bieten konnte. Sie verabschiedete sich von ihm und fuhr mit Frau Kievernagel zum Kaßberg. Dann gab sie die Heinrich-Zille-Straße ins Navi ein. Einen Parkplatz fand sie gleich um die Ecke bei der hübschen Buchhandlung am Brühl.

Das *Schalom* war gut gefüllt. »Herzlich willkommen! Wir haben dir einen der besten Plätze reserviert. Und sicher bist du da auch, gleich neben unseren Chemnitzer Beamten«, begrüßte der Wirt Adina, nachdem diese das Restaurant betreten hatte.

»Hallo, Uwe, ich freue mich schon seit gestern, als ich den ersten Tag in Chemnitz unterwegs war.« Der Mann mit der dunkelroten Schürze und der Kippa auf dem Kopf führte sie zum Platz.

»Das ist Adina Pfefferkorn. Sie hat euch damals den Verrückten geliefert, der überall Beutekunstjäger gewittert hat. Die Sache in den Kunstsammlungen«, stellte der Wirt Adina den Männern vom Nachbartisch vor. Sie wusste für einen Moment nicht, wie sie sich verhalten sollte. »Wir kennen uns«, rief ein hagerer Mittdreißiger von der hinteren Stirnseite. »Ich habe damals die Anzeige aufgenommen. Kriminalhauptkommissar Müller, Sie erinnern sich sicherlich.« Damit war das Eis gebrochen, obwohl Adina den Mann nicht wiedererkannt hätte. Die Beamten boten ihr einen freien Platz an ihrer Tafel an. »Ich werde erst etwas essen, dann können wir an Ihrem Tisch schwatzen, wenn Sie nichts dagegen haben«, antwortete sie und setzte sich auf ihren reservierten Platz.

»Das ist schon mein zweites jüdisches Restaurant innerhalb einer Woche. Vor ein paar Tagen war ich im *Feinberg's* in Berlin«, erzählte Adina, als Uwe ihr die Speisekarte reichte.

»Und?«

»Anders als hier, mehr sephardisch, Sabich, Shakshuka, Kebab, Kibbeh, also alles, was man aus der orientalischen Küche kennt. Es gibt aber viele Sachen, die ihr hier habt. Natürlich Zackenbarsch in scharfer marokkanischer Soße, also Chraime, Hummus, Falafel und all die Mezze-Vorspeisen. Ich glaube, gefilte Fisch, Borschtsch, Kneidlach oder Tscholent und solche osteuropäischen Sachen haben sie nicht auf der Karte. Super lecker ist es aber hier wie dort.«

»Danke. Na, dann nimm doch heute etwas Aschkenasisches. Blinzes, Latkes, Hühnchen …«

»Erst bringst du mir ein Simcha. Ich muss heute zurück, da ist nichts mit viel Alkohol. Ein kleines Bier geht aber. Ich bin mehr als eine Stunde da. Und wenn du mit dem Bier kommst, weiß ich, was ich esse.«

Der Kellner brachte das Bier. Adina gab ihre Bestellung auf. »Hummus muss sein. Dann würde ich gern die jiddische Hühnersuppe probieren. Damit dürfte die Sättigungsgrundlage geschaffen sein. Lattkes mit Gemüse könnten gerade noch reinpassen.«

»Klar, du schaffst das. Es dauert ein wenig.«

Adina nahm einen Schluck Bier, wischte sich den Schaum von den Lippen und wandte sich den Beamten zu. »Ganz schön was los in Chemnitz. Der Rummel um die Kulturhauptstadtbewerbung, die ganzen dämlichen Störmanöver und jetzt ein Toter.«

»Das hat sich bis in die Hauptstadt herumgesprochen?«, fragte der Mann, den sie bereits kannte.

»Klar, Herr Müller. Wir Berliner Pflanzen sind immer gut informiert, und Journalisten sowieso. Aber ich wohne zurzeit im Erzgebirge. Ich war nur ein paar Tage in Berlin, mit meinem Auftraggeber sprechen, meine Eltern besuchen, nach meiner Wohnung sehen. Die Gegend hier ist mir so ans Herz gewachsen. Da zieht es mich immer schnell zurück.« Das ironische »vor allem im Winter« verkniff sie sich.

Kriminalhauptkommissar Müller setzte zum Sprechen an. Sein Tischnachbar kam ihm zuvor. »Ich bin der Harald. Und der Herr Müller, der heißt Steffen.«

»Ich bin Adina. Sorry, mein Essen.« Die Antwort fiel knapp aus, denn Adina wollte sich dem eben servierten Hummus widmen. Sie brach das Brot ab, tauchte es in den Kichererbsen-Sesampastenbrei und murmelte »himmlisch« vor sich hin. Die weiteren Gänge kamen auf den Punkt. Adina orderte ein Wasser und wechselte nach dem Essen zum Nachbartisch. Als sie saß, schaute sie demonstrativ auf ihre Uhr. »20 Minuten, dann muss ich weg. Haben Sie die Sache mit dem Auto schon aufgeklärt?«

»Nein, wir tappen im Dunkeln. Es gibt ein paar vielversprechende Spuren, aber keinen Durchbruch«, antwortete Kriminalhauptkommissar Müller. Adina überlegte kurz. Sie wusste, dass die Beamten alle

Gesprächstricks kannten, und wollte nicht ganz so plump erscheinen. Doch die Flirtversuche von diesem Müller, die hatten Potenzial.

»Stimmt es, dass der Mann umgebracht und ins Auto gelegt wurde?«, begann sie.

»Ich würde dem nicht widersprechen«, antwortete der Kommissar und blickte Adina an.

»Und dass die Sache mit der Kulturhauptstadt zusammenhängt?«

»Wie kommen Sie darauf?«, hakte der Kommissar nach.

Die Salamitaktik schien zu funktionieren. Adina versuchte, ihn weiter anzufüttern. »Ich habe mich gestern und heute mit einigen Chemnitzern getroffen. Die sprachen davon. Einige vermuten einen Zusammenhang mit anderen Bewerbern für den Titel. Und schon bevor ich herkam, habe ich mir angeschaut, was in diversen Medien veröffentlicht wurde. Ich meine, vor allem in den sozialen Medien, die nur dem Namen nach sozial sind. Meldungen, Kommentare, Bilder …« Adina trank den letzten Schluck aus ihrem Glas. »Ich muss nach Annaberg. Man sieht sich vielleicht an der einen oder anderen Stelle. Oder irgendwann wieder im *Schalom*.« Als sie sich verabschiedete, bemerkte sie ein enttäuschtes Gesicht.

Während der Rückfahrt telefonierte Adina über die Freisprechanlage mit Oli. Er kam kaum zu Wort, so viel hatte Adina zu berichten. »Und stell dir vor, die Chemnitzer Beamten vermuten auch, dass der Tote mit der Kulturhauptstadt zu tun hat«, erzählte sie ihm.

»Ich bin bei der Übergabe. Medienbetreuung ist etwas anderes als Dienst an vorderster Front. Nimm dir für das Wochenende nicht zu viel vor. Ich glaube, ich will einfach relaxen«, erfuhr sie von Oli.

Adina war gerade in Olis Annaberger Wohnung angekommen, als ihr Handy vibrierte. »Hier ist Kriminalhauptkommissar Müller. Könnten Sie morgen ins Präsidium kommen und Ihren Laptop mitbringen? Wir würden uns gern die Bilder mit Ihren Beobachtungen vor Ort anschauen.« Das ging ja schnell, dachte Adina und hatte Mühe, ernst zu bleiben. Sie erinnerte sich an ihre erste Begegnung mit Oli, der ebensfalls ein forsches Tempo an den Tag gelegt hatte. »Klar, ich bin morgen ohnehin in Chemnitz. Ich denke, so ab halb zehn.«

»Ja, das passt. Melden Sie sich beim Einlassdienst – so wie damals bei der Aussage zum Beutekunstjäger. Ich hole Sie ab.«

»Ok, bis morgen.« Adina verabschiedete sich und ließ ein heißes Bad ein. So aufgewühlt, wie sie war, konnte sie ohnehin schlecht einschlafen. Immerhin schien sie auf Männer zu wirken. Vor allem auf Single-Beamte. Deshalb war sie jetzt hier in dieser sibirischen Kälte. Und hier wollte sie auch bleiben, obwohl sie gerade wieder einmal ihren Marktwert getestet hatte. Oder ihr der Test aufgezwungen worden war. In der Nacht träumte Adina von zwei Kriminalkommissaren, die Russisch Roulette spielten. Sie wachte auf, als der Schuss gefallen war – ohne zu wissen, wie das Duell ausging. Das flaue Gefühl im Magen begleitete sie während der Fahrt nach Chemnitz. Lange vor dem Ortseingang Harthau ging sie vom Gas und schaute auf den Tacho.

Punkt 9.30 Uhr öffnete Adina die Tür zum Polizeipräsidium. Es dauerte nicht lange, und Kriminalhauptkommissar Müller holte sie am Eingang ab. »Jetzt bin ich aber gespannt«, sagte er nach einer kurzen Begrüßung.

Adina fuhr ihren Laptop hoch und klickte auf den ersten Link. »Schauen Sie, ich meine diesen Mann hier. Der taucht auf vielen Bildern auf, die mit der Kunst im nicht geschützten Raum in Verbindung stehen. Sogar, als das Auto aus dem Schlossteich gefischt wurde.«

Adina schaute zu den Beamten und folgte einem weiteren Link. »Sehen Sie, hier.« Aus den Augenwinkeln nahm sie wahr, dass der Mann, der sich ihr als Harald vorgestellt hatte, seinem Kollegen zunickte. Dann verließ er den Raum und kam kurze Zeit später mit einem weiteren Zivilbeamten zurück.

»Guck mal, Armin, ist das dein Kumpel?« Der mit Armin angesprochene Beamte trat näher an Adinas Laptop heran. »Klar, der war auch dabei, als der Skoda wegen mutwilliger Zerstörung abgefischt wurde. Nach der Reparatur wurde das Auto ja wieder versenkt. Jedes Mal versuchten ein paar Deppen, die Aktion mit sinnlosen Anzeigen zu stören. Ich kenne den.«

»Du kennst ihn?«, hakte Müller nach.

»Das ist doch dieser geschasste Schauspieler aus Nürnberg. Er hatte zwei, drei Engagements am Chemnitzer Theater. Warst du mit in der Premiere von diesem

DDR-Stück, wo der sich so blamiert hat? DDR können halt nur Ossis«, sagte Armin. »Kannst du bitte ermitteln, wie der hieß und was aus ihm geworden ist?«, bat Steffen Müller.

»Den Namen habe ich. Schaut mal hier.« Adina hatte einen weiteren Link angeklickt.

»Ja klar, das ist er. Einmal gesehen, alles geschehen, äh, nie vergessen. Bin gleich wieder da«, verabschiedete sich Armin.

»Trinken wir noch eine Tasse Kaffee zusammen?«, fragte Kriminalhauptkommissar Müller, während Adina den Laptop herunterfuhr.

»Klar, ich musste heute zeitig aus dem Haus, da war nicht viel mit Frühstück«, gestand Adina.

»Ich lade Sie gern zum Frühstück ein. Es ist nichts Opulentes. Wir haben belegte Brötchen, Joghurt, Salat. Wenn Sie kein Veganer sind …« Er lächelte sie verführerisch an.

»Nein, in meinem Job wäre das ziemlich schwierig. So ausgeprägt ist das Angebot in Deutschland nicht, vor allem nicht im ländlichen Raum. Zwei halbe Brötchen und ein Joghurt wären schick. Und ein Milchkaffee. Dankeschön.«

»Das geht uns ähnlich. Wir sind nicht immer im Präsidium und brauchen manchmal zwischendurch etwas zu beißen. Ich bin gleich wieder da.« Während der Kommissar das Tablett mit Kaffee, Brötchen und Joghurt zum Tisch brachte und alles arrangierte, flog die Tür zum Besprechungszimmer auf.

»Das glaubst du nicht. Der hat den Nürnberger Bewerbungsprozess für die Kulturhauptstadt geleitet und verhindert, dass unser teurer Toter dort zum Zuge kam. Dieser wurde daraufhin in Chemnitz aktiv und trug maßgeblich zum Erfolg bei. Wenn das kein Motiv ist, fress' ich einen Besen.«

»Vergiss den Stiel nicht. Und nun? Amtshilfeersuchen nach Mittelfranken?«

»Haben Sie Amtshilfeersuchen gesagt? Ich glaube, das Wort verfolgt mich.« Adina prustete los. Kriminalhauptkommissar Müller schaute sie verdutzt an.

»Mein Freund ist Kriminalhauptkommissar, genau wie Sie. Nur in Annaberg. Aber gerade hat er eine Schwangerschaftsvertretung in Dresden übernommen. Der wirft auch immer mit solchen komischen Begriffen um sich.«

»Annaberg, Dresden … Lars-Oliver? Kein Wunder, dass Sie so fit in Sachen Ermittlung sind.«

»Ja, Oli, Sie kennen sich? Und bitte, ich bin Journalistin, wir wissen, wie so etwas geht. Bei uns heißt es eben nur Recherche und nicht Ermittlung.«

»Wir haben zusammen studiert und telefonieren ab und an miteinander. Er erzählte mir von seiner Freundin, die ständig über Mord und Totschlag, Raub und andere Straftaten stolpert.«

»Bei genau so einer Sache haben wir uns kennengelernt. Am Waldgeisterweg. Aber das war bei Weitem nicht mein erster Toter hier in Sachsen.«

»Die verrückten Pilz-Opas. Ich erinnere mich. Das kursierte damals durch alle Gazetten.«

Armin, der sich unbemerkt aus dem Zimmer geschlichen hatte, kam zurück. »Erledigt. Die Nürnberger fühlen dem erfolglosen Mimen auf den Zahn. Ich glaube, unser Wochenende ist gerettet.«

»Dann darf ich mich jetzt verabschieden. Ich möchte mich ein bisschen in Chemnitz umschauen und mein Portal auf den neuesten Stand bringen. Es wäre nett, wenn Sie mich über den Ausgang der Ermittlungen auf dem Laufenden hielten. Journalisten sind halt immer furchtbar neugierig. Und die -innen noch mehr.«

Und nun hat sich das mit dem Flirten auch erledigt, dachte Adina, der Steffens Annäherungsversuche nicht entgangen waren.

»Klar, ich habe Ihre Daten. Oder ich rufe Oli an. Aber erst, wenn der Fall geklärt ist.«

# 3 GESTÖRTE IM WALD

## LANDKREIS MITTELSACHSEN

Sonntagmorgen. Adina wälzte ihren Kopf auf dem Kissen hin und her. Ein Blick auf die Handy-Uhr verriet ihr, dass es viel zu früh zum Aufstehen war. Als sie sich umdrehte, sah sie, dass Oli ebenso wie sie aufgewacht war und die Decke anstarrte. Sie kuschelte sich an ihn.

»Hast du Lust, mit mir raus nach Blockhausen zu fahren? So früh ist bestimmt keiner dort. Sonnenaufgang über dem Erzgebirge. Und vom Sauensäger aus kann man den bunten Schornstein von Chemnitz sehen. Vielleicht ist die Beleuchtung noch an. Ich liebe diese Neonfarben. Nur bin ich viel zu selten nachts unterwegs, um sie zu genießen.«

»Dein Vorschlag klingt verlockend. Gib mir fünf Minuten zum Aufwachen, ja?«

Adina ließ nicht locker. »Wir können einen ausgedehnten Spaziergang über das Gelände und durch den Wald unternehmen. Das macht unsere Köpfe frei nach dieser anstrengenden Woche mit all ihren Veränderungen und emotionalen Herausforderungen. Auf dem Rückweg essen wir zu Mittag im *Kalkwerk Lenge-*

*feld*. Wir müssen vorher anrufen und uns einen Platz reservieren lassen. Es ist immer ziemlich voll. Am frühen Nachmittag sind wir zurück und haben genug Zeit, uns seelisch und moralisch auf die neue Woche einzustellen.«

»Überredet«, hauchte Oli. »Geh schon mal ins Bad.«

»Danke, dass du mich nicht für verrückt erklärst«, sagte Adina und drückte Oli einen Kuss auf die Stirn. »Den Rest vertagen wir auf heute Abend.« Adina sprang aus dem Bett. »Ich mach uns fix einen Kaffee. Vergiss bitte deine Stirnlampe nicht. Und feste Schuhe! Wir fahren mit meinem Auto, da ist meine Ausrüstung für alle Fälle drin. Licht, Wechselklamotten, meine Wanderschuhe.«

Der Kaffee lief, während Oli im Bad war. Adina füllte die Thermobecher und stellte sie in den Korb, wo bereits eine Notration mit Keksen, Mini-Salami und Brot wartete. Adina ergänzte das Sammelsurium mit einer Packung Nougatpralinen. Als beide fertig waren, verließen sie das Haus und gingen zum Auto. Sie nahmen die B101 und bogen kurz vor dem Großhartmannsdorfer Großteich in Richtung Mulda/Dorfchemnitz ab.

Für tiefschürfende Gespräche während der Fahrt war es zu früh. Oli döste auf dem Beifahrersitz vor sich hin. Adina kannte die Strecke, deshalb hatte sie das Navi nicht erst eingeschaltet. Knifflig war das letzte Stück, aber sie wusste von ihrem vorhergehenden Besuch, dass dort Schilder für Touristen standen.

Der Parkplatz in Blockhausen war leer. Oli schälte sich aus dem Auto. Adina wechselte die Schuhe, packte etwas Proviant in den Rucksack und steckte die Taschenlampe dazu. »Los geht's. Wir laufen den steilen Steinbruchweg durch den Wald nach oben und entlang der Wiese mit den erotisch angehauchten Tierkreiszeichen und anderen Holzfiguren zurück zum Parkplatz. Ich bin gespannt, was alles neu entstanden ist.« Mit forschen Schritten nahm Adina den Berg unter die Füße.

Kurze Zeit später stoppte sie den Aufstieg. »Riechst du das? So früh am Morgen, wenn noch alles feucht ist und der Tau auf dem Gras liegt, hat der Wald einen besonderen Geruch, so nach Erde und Laub. Ich glaube, im beginnenden Frühling ist das besonders intensiv.«

»Ja. Im Herbst riecht es eher modrig und nach Pilzen. Aber hörst du die Vögel zwitschern? Und den Specht klopfen? Ich war noch nie bei einer Vogelstimmenwanderung, deshalb kann ich die Vogelarten nicht unterscheiden«, antwortete Oli.

»Der Specht trommelt wie verrückt. Der will sich bei den Weibchen bemerkbar machen. So ein Vogel ist auch nur ein Mensch«, lachte Adina und lief weiter.

Der Weg führte vorbei an ersten Holzskulpturen und einer Blockhütte. »Ups, wir sind wohl gar nicht so allein«, sagte Adina, als sie kurz vor dem Abzweig zum Sauensäger-Refugium fünf Autos in Fahrtrichtung bergabwärts geparkt stehen sah. »Vielleicht hatten sie eine Party und sind über Nacht geblieben. Man kann hier sogar heiraten. Im Wald ist ein Platz mit Bänken und einem Steinaltar unter einer Hochzeitsbuche mit lauter Initialen der Brautpaare. Nur ist das eher nichts für Berliner Pflanzen«, setzte sie fort. Oli reagierte nicht. Er schaute sich die Kennzeichen an. »Alles Freiberger. Die haben bestimmt gefeiert, und der harte Kern schläft noch. Bloß warum stehen die Autos dann nicht weiter oben auf dem Gelände, in der Nähe des großen Blockhauses mit dem Partyraum?« Er nahm sein Handy und schoss ein Foto.

Rechts von Adina knackte es laut im Wald, der sich in den Hang schmiegte. »Das sind bestimmt die Waldgeister aus Holz, die überall herumstehen«, neckte Oli seine Freundin, die ein wenig irritiert schaute. »Klang eher nach Wildschweinen«, antwortete sie.

»Oder nach Zweibeinern. Vielleicht sind die Leute aus den Autos auf der Jagd?«

»Oli, jagen ist etwas Einsames, kein Rudelsport. Ein Schuss, und die Beute ist weg. Es sei denn, es ist Treibjagd. Aber da wäre großflächig abgesperrt.«

»Du hast recht«, pflichtete Oli ihr bei. »Außerdem sind die Leute, die das geschaffen haben, bestimmt keine Jäger. Das ist mehr ein Walderlebniszentrum, sehr naturnah«, legte Adina nach. Inzwischen hatten sie die ersten Bauten erreicht. »Das ist ein sehr schöner Waldspielplatz mit Kletterfelsen und Kinderbude für den Nachwuchs. So eine gelungene Mischung aus Spiel, Spaß und Bewegungselementen. Lass uns ein paar Meter bis zu den Figuren aus der Hebammen-Saga hinter dem Blockhaus gehen. Dort biegen wir auf den Mordsteinweg ab«, forderte Adina Oli auf. Sie richtete die Taschenlampe auf Christian und Marthe, die mit ihrer Gruppe in Christiansdorf, dem heutigen Freiberg, siedelten. Ein heller Fleck tanzte in Marthes Gesicht. Dann schwenkte sie zum Markgrafen Otto und zur Markgräfin Hedwig, die ihren Reichtum dem Silberbergbau verdankten, und von da zu Christians Freund Lukas. »Hast du die Hebammen-Bücher von Sabine Ebert gelesen?«, fragte sie Oli.

»Klar, das war Pflichtlektüre für Erzgebirger, ein richtiger Hype, wie für meine Eltern *Dallas* oder *Denver* einst im Fernsehen. Ich vermisse den grausamen Randolf.«

»Auf dem Hügel stehen nur die Guten. Vielleicht begegnen wir ihm oben auf dem Mordsteinweg. Da würde er ganz gut hinpassen«, antwortete Adina.

»Mordsteinweg und meine Adina. Wieso wundert es mich nicht, dass du mich gerade hierher entführt hast? Hast du mich und unsere Beziehung satt?«

»Du hast ja seltsame Ideen, Oli! Was kann ich für den Namen? Außerdem existiert oben wirklich ein Mordstein. Oder eine Nachbildung. Der Stumpf war wohl noch vorhanden, der richtige Stein ist im Museum. So genau weiß ich das nicht mehr, aber das können wir gleich erkunden. Solche Steine gibt es an mehreren Orten, in Chemnitz oder im Erzgebirge und anderswo. Meist erinnern sie an ein Verbrechen. Früher war ein Menschenleben nicht so viel wert, vor allem das eines Tagelöhners oder Leibeigenen«, konterte Adina.

»Weißt du mehr über den Mord?«, hakte Oli nach.

»Das muss nach dem Dreißigjährigen Krieg gewesen sein. Zwei Dragoner überfielen einen Bauern. Er verblutete. Die beiden Delinquenten erwartete ein grausiger Tod, aufs Rad geflochten …«

Unterwegs erzählte Adina vom Husky-Cup. Der Kettensäge-Wettbewerb findet jedes Jahr mit wechselnder internationaler Beteiligung und stets zu einem anderen Thema statt. »Initiator ist der als Sauensäger bekannte Inhaber des Geländes, der Stück für Stück seinen Lebenstraum verwandelt, so mancher bürokratischen Vorschrift zum Trotz. Das begann schon mit dem Vorhabens- und Erschließungsplan. Ein äußerst langwieriges Verfahren mit einem sperrigen Namen. Fast wie Amtshilfeersuchen, nein, schlimmer«, lachte Adina und boxte Oli ganz leicht in die Seite.

»Schau, Gevatter Tod. Und das Hexenhaus.« Adina war es ganz recht, dass sie einen Moment verweilen konnte. Sie trat an das Pult mit dem aufgeschlagenen Buch, die Hexe mit Hänsel und Gretel und dem hübschen Holzhäuschen im Rücken. Dann begann sie zu deklamieren: »Wir haben uns hier und heute zusammengefunden, um … Ja warum eigentlich?«

»Um Adinas fortwährende Neugier zu nachtschlafender Zeit zu befriedigen«, erwiderte Oli.

»Ach komm, genieße die Ruhe und die frische Luft.« Nicht weit von ihnen entfernt knackte es erneut ziemlich laut. »Mit Ruhe war wohl nichts. Hast du diese Geräusche gehört? Klang wie ein Winseln.«

»Oli, willst du mir Angst machen? Ich bin so furchtlos wie der Ritter Lukas unten bei der Hebammen-Gruppe. Lass uns weitergehen.«

Die beiden spazierten ein Stück bergauf, vorbei an einer Klärgrube und einem alten Jägerstand. Gegenüber der relativ neuen Holzkonstruktion stand eine mannshohe Holzgestalt im Wald. »Der Stülpner Karl beobachtet uns, schau«, sagte Adina.

»Ich glaube nicht, dass der gerade am Mordsteinweg herumwildert«, spielte Oli auf den Robin Hood des Erzgebirges an. »Aber vielleicht hat er auch etwas gehört. Lausch doch mal, Adina!«

»Mmhhh, klingt wie der Wind in den Baumwipfeln. Ist es nicht wunderbar, wie das Licht zwischen den Bäumen durchscheint? Den versprochenen Sonnenaufgang kann ich dir leider nicht bieten. Dazu ist der Wald zu dicht und wir sind zu tief. Und jetzt dreh dich um: Tätä, der Schornstein von Chemnitz!«

Oli tat wie ihm geheißen. »Beeindruckend«, sagte er. Beide liefen ein paar Schritte rückwärts den Weg bergan und erreichten den Platz, der unter anderem für Hochzeiten genutzt wurde.

»Oh, Oli. Jemand hat die Volksmärchen der Gebrüder Grimm neu interpretiert«, spielte Adina auf das Motto des vergangenen Husky-Cups an. »Ich dachte, Schneewittchen konnte wegen der Reisebeschränkungen nicht realisiert werden. Dabei liegt es auf dem Steinaltar und die Zwerge stehen in Reih und Glied dahinter.«

»Bleib sofort stehen. Das ist kein Schneewittchen, Adina. Sie bewegt sich … noch.« Oli schaute sich um. Er rannte ein Stück in den Wald und erklomm die Stufen in Richtung Hochzeitsbuche.

Nach einem Blick auf die fixierte Frau holte er sein Handy heraus. »Sch… Funkloch! Keine Verbindung zur Polizeidirektion.« Er probierte den Notruf über die 112. Wenigstens das funktionierte. »Kriminalhauptkommissar Uhlig aus Annaberg, allerdings privat unterwegs. Ich bin gerade in Blockhausen beim Sauensäger. Im Wald liegt eine offensichtlich verletzte Frau. Die Situation ist mehr als dubios. Schicken Sie bitte Notarzt, Polizei, das ganze Programm … Ich weiß noch nicht, was gleich passieren wird.« Der Diensthabende in der Chemnitzer Leitstelle kannte das Problem mit dem Telefon. »Nichts Neues, dass da draußen kein Handy geht. Nennen Sie mir den genauen Standort.« Oli beschrieb den Platz. »Zwischen Blockhaus und Mordstein, ungefähr in der Mitte bei dem Altar mit den Bänken.«

»Bleiben Sie ganz ruhig, Hilfe ist schon unterwegs«, sagte Oli zwischendurch zu der Frau auf der Steinplatte. Sie bewegte ihren Kopf, konnte jedoch wegen des verklebten Mundes nicht sprechen. Oli wurde klar, dass das Gewinsel von ihr stammen musste. Und dass er keinesfalls allein mit ihr war.

»Ich schicke Ihnen einen Einsatzwagen vom Polizeirevier Freiberg«, hörte er, als ihm etwas um die Ohren flog. Er duckte sich hinter den Baum mit den Initialen der Verliebten. Der Diensthabende in der

Leitstelle wurde Ohrenzeuge des Geschehens am Mordsteinweg.

»Pass auf«, schrie Oli Adina zu. Sie spürte einen kalten Luftzug an ihrer rechten Gesichtshälfte vorbeiziehen. Das Geräusch kannte sie. »Ein Pfeil. Pass auf, Oli«, rief sie.

»Bring dich in Sicherheit. Schnell, hinter den Holzstoß, geh nach unten und mit dem Rücken zu den Baumstämmen«, rief Oli ihr zu. Er hatte das Telefon weiter an. Der Diensthabende in der Leitstelle konnte die Szene zumindest akustisch verfolgen. Oli nahm eine Bewegung neben sich wahr. Er machte einen Satz und bekam einen Mann zu fassen, zuerst am Ärmel. Mit einem schnellen Fußtritt schlug er ihm den Bogen aus der Hand und zog ihn zu sich heran. Ein Handkantenschlag setzte den Angreifer endgültig außer Gefecht. Als Oli sich umschaute, entdeckte er einen Pfeil in der halbnackten Frau auf dem Altar.

Adina hatte inzwischen einen auf sie zu kletternden Mann über den Holzstapel gezogen und zu Fall gebracht. Sie zog ihm einen Schlag über den Kopf und rammte ihm ihr Knie zwischen die Beine. Sein Wimmern weckte die letzten schlummernden Waldtiere. Um auf Nummer sicher zu gehen, nahm Adina einen der Pfeile aus dem Köcher, der auf dem Holzstapel liegen geblieben war und legte ihn über den Kehlkopf des Burschen. Als dieser zuckte, drückte sie den Pfeil hart nach unten. »Rühren Sie sich nicht von der Stelle, sonst trete ich noch mal zu«, fauchte sie ihn an. Der

Mann verdrehte die Augen und stöhnte. »Alles ok bei dir?«, schallte es von drüben herüber. »Klar, das Krav Maga-Training zahlte sich aus«, rief sie zurück, ohne den Angreifer aus den Augen zu lassen.

Oli zerrte den Bogenschützen hinter sich her in Richtung Altar. Er ergriff den Arm des auf dem Stein fixierten Opfers und fühlte den Puls. Sie atmete. Vom Weg her sah Oli blaues Licht flackern. Adina hatte es ebenso wahrgenommen. »Sie sind bald hier. Halte durch«, tönte es über den Holzstapel.

Fast gleichzeitig trafen die Polizeibeamten und der Notarzt ein, sodass sich der Mediziner zügig um die Verletzte kümmern konnte. Die paar Blessuren der beiden Bogenschützen wurden vor Ort versorgt. »Ich würde sagen schwere Körperverletzung, versuchter Mord, und dann tippe ich auf ein gemeinschaftlich begangenes Sexualdelikt, so wie die Dame präsentiert ist. Das sollte für einen Haftbefehl reichen. Allerdings haben wir unten fünf Autos gesehen. Wir können davon ausgehen, dass ein paar Mittäter auf der Flucht sind«, sagte Oli zu dem Beamten. »Wir haben Verstärkung aus dem Freiberger Revier angefordert«, antwortete dieser. »Ich habe die Autonummern im Handy, denn ich habe ein Foto geschossen. Wenn ihr schaut, welche Fahrzeuge noch dastehen, dann könnt ihr die anderen sofort zur Fahndung ausschreiben«, riet Oli. »Es ist immer gut, wenn jemand vom Fach vor Ort ist«, entgegnete ein Beamter, der sich als Kriminalhauptkommissar Windisch vorgestellt hatte. »Sag an.« Windisch schrieb die Nummern auf einen Zettel und beorderte zwei seiner Kollegen zu den Fahrzeugen am Steinbruchweg.

Inzwischen war Adina zu den Bänken herübergelaufen. Einer der Beamten hatte den Schützen hinter dem Holzstapel übernommen. Ein anderer legte Olis Angreifer Handschellen an.

»Ich habe sie so weit stabil, dass wir sie mitnehmen können. Kann bitte jemand unseren Krankentransport zu mir lotsen? Er kommt von oben über die Geleitstraße«, bat der Notarzt.

»Ich mache das«, bot Oli an. Er sprintete die paar Meter bis zum Mordsteinweg und dann vorbei am Mordstein und der Holzskulptur am Eingang zum Sauensäger-Revier aus dem Wald heraus in Richtung Straße. Es dauerte nicht lange und das Fahrzeug traf ein.

Mittlerweile war weiteres Leben in Blockhausen eingezogen. Die Imbiss-Besatzung wollte mit den Vorbereitungen für die Öffnungszeiten beginnen. Einer Mitarbeiterin war das Blaulicht im Wald aufgefallen. »Ich schaue, was da los ist«, sagte sie und eilte den Weg ein Stück nach oben. Die Rettungssanitäter hatten die verletzte Frau gerade in den Krankentransportwagen geschoben. »Was tun Sie denn bei uns? Ach, du bist es, Hannes«, sprach sie Kriminalhauptkommissar Windisch an. »Ich habe mich über die beiden Autos auf dem Weg gewundert. Da ist wohl etwas ausgeufert?«

»Kann man so sagen«, antwortete der Beamte. »Macht erst einmal euren Job. Ich erwarte euch dann unten an unserem Holztisch. Ich setze inzwischen Kaffee auf und werfe ein paar Würstchen in den Topf. Ihr braucht sicher noch eine Weile und dann etwas zu beißen.«

»Wenn wir nicht mehr benötigt werden, gehen wir runter an den Tisch. Ich möchte gern alles, was ich weiß, gleich heute zu Protokoll geben. Morgen früh düse ich ins Dresdner Präsidium zum Dienst. Eigentlich bin ich in Annaberg, nur zurzeit abkommandiert.«

»Wir sehen uns am Imbiss. Ich übergebe an die Spurensicherung und die Kollegen, die die beiden zur Justizvollzugsanstalt bringen, wenn alle Papiere fertig sind.«

Schweigend liefen Adina und Oli nebeneinander her zum längsten Tisch der Welt, der mit seinen 39,8 Metern 2010 Eingang ins Guinness-Buch der Rekorde gefunden hatte. »Ich gehe erst einmal zur Toilette. Pass bitte auf meine Sachen auf«, sagte Adina. »Sie können sich Kaffee und Wiener Würstchen holen«, rief es vom Imbiss herüber. Oli warf sich Adinas Rucksack über die Schulter und ging die paar Schritte zu dem Holzhaus. »Ich hoffe, es strömen nicht gleich 200 Besucher zugleich hierher und machen uns den Platz streitig«, scherzte Oli am Ausgabefenster. »Was war denn los da oben, außer dass ein paar Idioten die Zwerge an den Altar geschleppt haben«, fragte die Frau, während sie Kaffee in die Tassen goss und die Würstchen auf den Teller legte. Oli antwortete: »Och, nichts weiter. Eine halbnackte Frau, auf dem Altar fixiert, ein paar Pfeile, die uns um die Ohren flogen und von denen einer in der Frau stecken blieb, ein paar Angreifer, die nicht mit Krav Maga im Doppelpack gerechnet hatten. Aber was wirklich dahintersteckt, kann ich Ihnen nicht sagen.«

»Da war wohl wieder die Bogentruppe am Werk? Die sind mir schon lange suspekt. Ich wohne in Frauenstein. Ihr Domizil befindet sich in einem alten Lagerhaus. Dort ist eine Bogenbahn. Ich hege den Verdacht, dass die nicht Pfeile, sondern allerhand Pulver verschießen. Vor allem nachts ist oft mehr Begängnis als tagsüber am Schloss oder an der Burgruine.« Die Informationen stammten von der zweiten Frau im Imbiss.

»Interessant«, sagte Oli. »Ich werde das an die Beamten weitergeben. Und Senf bitte für mich, Ketchup für meine Begleiterin!«

Es dauerte ziemlich lange, ehe Windisch und seine Kollegen sich am Riesentisch niederließen. »Na das wird wohl eher Abendessen im *Kalten Muff* als Mittagessen im *Kalkwerk Lengefeld*. Liegt fast an der Strecke«, sagte Adina zu Oli. »Sieht so aus.«

Während Oli all seine Beobachtungen zu Protokoll gab und Adina einem zweiten Beamten Rede und Antwort stand, klingelte Windischs Telefon. »Das ist ja interessant. Habt ihr etwas zu den zur Fahndung ausgeschriebenen Wagen gefunden? … Aha.«

»Der Tipp mit dem Schützenklub war gut. Meine Kollegen nehmen die Bude gerade auseinander. Und was denkst du, was sie gefunden haben? Neben der Bogenbahn einen kleinen Folterkeller. Wer weiß, was die getrieben haben. Wir sollten unsere Cold Cases der letzten Jahre herausholen. Verschwundene Frauen vor allem. Ich glaube, da geht was.«

Adina und Oli verabschiedeten sich von den Beamten. »Du kannst uns informieren, was bei den Ermittlungen herausgekommen ist. Ich schätze, wenn eine Verhandlung stattfindet, müssen wir eh als Zeugen aussagen. Es kann sein, dass ich dich morgen von Dresden aus anrufe, damit wir uns über die Infos an die Presse abstimmen.«

Adina und Oli machten sich auf den Weg und blieben bei Leda mit dem Schwan an der Blockhütte stehen. »Wir gehen durch die Wiesen zum Parkplatz. Da tummeln sich erotische Skulpturen«, schlug Adina vor.

»Adina, sag mir bitte, wie du auf die Idee mit dem nächtlichen Ausflug nach Blockhausen kamst«, forderte Oli seine Freundin auf.

»Ich weiß nicht genau. Ich hatte einen furchtbaren Traum, konnte mich aber an wenig erinnern, als ich aufgewacht bin. Mein Herz klopfte wie wild, und ich hatte das Gefühl von Mauern um mich herum. Ich wollte einfach an die Luft. Und Blockhausen sollte eh mein nächstes Ziel sein. Dass du ebenfalls wach lagst, war meine Chance.«

»Adina, du bist mir unheimlich. Wir haben uns in eine ungeahnte Gefahr begeben. Deine Idee hat der Frau wahrscheinlich das Leben gerettet, obwohl wir den Verbrechern vermutlich keine Mordabsicht beweisen können.«

»Na, hoffentlich sieht das die Frau auch so.«

»Wie meinst du das, Adina?«

»Na, vielleicht wollte sie sterben, nach der Tortur, die sie erlebt hat.«

»So darfst du nicht denken, Adina. Wenn sich das erst verfestigt, kannst du niemandem mehr helfen, nicht einmal dir selbst.« Oli nahm sie zärtlich in den Arm und strich ihr übers Haar. »Lass uns zum Auto laufen. Soll ich fahren?«

»Ja, fahr du. Ich koche uns zu Hause ein paar scharfe Spaghetti mit Shrimps. Auf Kneipe habe ich keinen Bock mehr.«

Adina und Oli liefen an den Holzskulpturen vorbei zum Parkplatz. »Die müssen wir uns in Ruhe ansehen«, sagte Oli mit Blick auf die erotischen Darstellungen. »Bitte nicht früh am Morgen, sondern wenn ein paar mehr Leute unterwegs sind und sich das kriminelle Geprassel nicht her traut.« Auf der Rückfahrt war es Adina, die auf dem Beifahrersitz vor sich hin döste.

# 4 DER FLUCH DER FORELLENKÖNIGIN

## VOGTLANDKREIS

Adina hatte den Tisch gedeckt. »Köstlich, deine Spaghetti. So gut hätten wir unterwegs bestimmt nicht gegessen«, lobte Oli ihre Kochkünste.

»Doch, nur eben anders. Vielleicht mehr regional. Shrimps und Arrabiata sind ja nicht gerade das, was traditionell in Erzgebirgstöpfen schmort«, gab Adina zurück.

»Lass uns ein Glas Wein trinken und ein bisschen quatschen nach diesem verrückten Tag. Ich muss immer an die Frau auf dem Stein in Blockhausen denken. Wie es ihr wohl geht?«

»Meine Gedanken sind ähnlich, nur inzwischen ist Schichtwechsel. Ich rufe lieber morgen Vormittag bei diesem Kriminalhauptkommissar Windisch an. Der war ganz nett und wollte mich auf dem Laufenden halten. Ich hoffe, wir sind rechtzeitig eingetroffen und sie hat ohne bleibende Schäden überlebt«, setzte Oli das Gespräch fort.

»Physisch bekommt man das vielleicht wieder hin. Aber was macht so etwas mit der Psyche einer Frau? Nackt auf einem kalten Stein festgebunden mit einer Meute notgeiler, gewalttätiger, blutrünstiger Kerle, und das mitten im Wald! Ich mag mir gar nicht vorstellen, wie es ist, einem solchen Pack ausgeliefert zu sein«, sagte Adina. Sie kuschelte sich an Oli und hob ihr Glas. Oli brachte es mit seinem zum Erklingen.

»Ich pass auf dich auf, versprochen. Was unternimmst du diese Woche? Hast du schon einen Plan?«, fragte Oli.

»Zuerst werde ich das Drama von heute aufarbeiten. Ich muss etwas in meinen Blog schreiben und das Tourismusportal ergänzen. Vor Schreck habe ich kaum Bilder gemacht, also werde ich irgendwann zurückkehren müssen. Offen gestanden ist mir ein bisschen Abstand lieber. Ich meine zeitlich.«

»Jetzt weiß ich, was du nicht machen wirst«, lachte Oli.

»Heh, wir sind nicht bei einer polizeilichen Befragung. Ein Beichtstuhl würde eh besser zu mir passen.«

»Was willst du mir beichten, sündiges Frauenzimmer?«

»Bevor wir nach Berlin gefahren sind, war eine Mail von Sally aus Israel in meinem Postfach. Hatte ich ganz vergessen.«

»Lass mich raten: Sie kommt nach Deutschland oder ist schon im Lande?«

»Sie ist im Auftrag ihrer Firma in Süddeutschland unterwegs und will ein paar Tage dranhängen, um mich zu besuchen. Ich werde ihr ein Zimmer in der Pension *Zum Türmer* reservieren. Ich hatte ganz vergessen, dir das zu erzählen.«

»Ist ja nichts Schlimmes. Ich bin sowieso die ganze Woche weg. Wie lange bleibt sie denn? Sie kann bei uns schlafen, oder möchtest du das nicht? Am Wochenende kann sie ins Arbeitszimmer umziehen. Oder du trittst es ihr gleich ab.«

»Oh Oli, du bist wirklich toll. Ich hätte ihr eine Unterkunft gebucht. Das ist natürlich viel besser. Danke, dass du uns deine Wohnung überlässt.«

»Und was hast du mit ihr vor? Krav Maga üben? Hebräisch lernen? Ich weiß: Ihr wollt gemeinsam Hummus, Falafel und Shakshuka kochen und dann ladet ihr die Annaberger Israelfreunde ein. Es gibt einige in der Nähe.«

»Das ist eine gute Idee, aber dafür könnten wir eine Gemeinschaftseinrichtung nutzen und uns dort mit den Annabergern treffen. Da müssten wir nicht einmal die Küche putzen.«

Oli lachte. »Meine pragmatische Adina. Du hast mir noch nicht gesagt, was ihr vorhabt.«

»Sally hat ein paar Bekannte, die sie treffen will. Ich dachte an eine kleine Rundfahrt, vielleicht Fichtelberg und Markus-Röhling-Stollen. Dann besuchen wir den *Erzhammer* und schauen uns an, wie geklöppelt wird. Außerdem liebt sie das Vogtland. Wir werden dort zwei Tage bleiben. Für den Freitagabend hat sie sich ein Krimidinner auf der Burgruine Elsterberg ausgesucht. Ich habe schon VIP-Karten organisiert. Also für Sally VIP und für mich Presse.«

»Krimidinner? Adina! Ich hoffe, das wird nur eine Aufführung und alle Schauspieler überleben. Bei deinem Talent für besondere Ereignisse! Zum Glück warst du heute nicht allein draußen im Wald. Nicht auszudenken, wenn dich so ein Pfeil durchbohrt hätte!«

»Jetzt übertreibe nicht. Mein Leben besteht vor allem aus ganz normalen Tagen. Denk an Berlin! Da ist mir überhaupt nichts Außergewöhnliches widerfahren, nie! Und dort leben 3,8 Millionen Menschen aus aller Herren Ländern, nicht viel weniger als in Sachsen. Ich glaube, die Kriminellen verfolgen mich nur im Freistaat.«

»Vielleicht ziehst du sie magisch an. Und sogar die Kriminalen«, zog Oli sie auf.

Ups, er meint hoffentlich nur sich und nicht etwa den Chemnitzer mit seinen missglückten Flirtversuchen, dachte Adina und schaute Oli an. Der machte keinerlei Anstalten, etwas zum Thema hinzuzufügen.

»Wenn Sally bis zum Wochenende bleibt, können wir etwas gemeinsam unternehmen«, fuhr er fort.

»Ich hole sie am Dienstag in Zwickau ab. Ich denke, wir werden zwei Nächte im Vogtland übernachten, nicht nur am Freitag. Wenn wir in Elsterberg nichts finden, dann vielleicht in Plauen. Sally hat sich in Israel mehrere Tage um mich gekümmert, ich tue es in Deutschland. Ihr habe ich die Kontakte nach Lochamej haGeta'ot in das Museum der Ghettokämpfer zu verdanken. Wir haben zusammen nach dem Mädchen gesucht, dessen Bild wir in der Ausstellung von Gottfried Reichel in Pobershau gesehen haben. Sie ist unheimlich gut in der Suche nach Familienmitgliedern und beim Füllen biografischer Lücken. Außerdem macht es echt Spaß, mit ihr durch die Lande zu ziehen. Und ins Vogtland muss ich sowieso.«

»Also werden wir das Wochenende zu dritt verbringen?«, hakte Oli nach.

»Ja, ich kehre mit Sally am Samstag zurück, ich denke so gegen Mittag. Da bleibt dir ein wenig Zeit für dich allein. Du kannst schon mal ein schickes Restaurant für den Abend heraussuchen. Sie steht auf historisch. Am Montag bringe ich sie zum Zug nach Zwickau.«

»Was hältst du von Wolkenstein? Napoleon, also das Restaurant *Zum Grenadier* im Schloss? Da kann ich fix bei meinen Eltern vorbeischauen.«

»Perfekt. So machen wir das.«


Der Zug in Zwickau fuhr mit nur wenigen Minuten Verspätung ein. Auf dem Bahnsteig lagen sich die beiden Frauen in den Armen, bevor sie zu Adinas Auto gingen. Die Münder standen keinen Moment still, so viel hatten sich die Freundinnen zu erzählen. Obwohl sie längere Zeit nur über Internet Kontakt hatten, war es, als hätten sie sich erst gestern getrennt.

Adina fuhr auf die B173 und über den Zubringer zur Autobahn. »Ich glaube, wir essen heute zu Hause. Ich nehme schnell ein bisschen Gemüse mit. Käse, Wurst und Brot habe ich schon gekauft. Das typisch deutsche Abendessen peppen wir mit einem israelischen Salat auf. Hummus und Tahina stehen im Kühlschrank. Ich war gestern fleißig«, sagte Adina.

»Klar, dann können wir nebenbei Pläne für die kommenden Tage schmieden. Morgen bleiben wir in der Gegend. Donnerstag und Freitag fahren wir ins Vogtland«, erwiderte Sally.

»Übrigens, ich habe das einzige freie Zimmer in Elsterberg ergattert. Es hatte gerade jemand storniert, und ich habe zugegriffen«, sagte Adina.

»Das ist toll. Von da aus ist es nicht weit zur Göltzschtal- und zur Elstertalbrücke, zur Mylauer Burg und zum Netzschkauer Schloss, und nach Plauen. Ich glaube, viel mehr schaffen wir sowieso nicht.«

»Da stimme ich mit dir überein. Wir wollen ja am Freitag zur Theateraufführung. Und die Burgruine sollten wir uns vorher anschauen. Die Elsterberger haben ein paar Millionen investiert und alles richtig schick gemacht. Mit dem Theaterstück *Der Fluch der Forellenkönigin* wird das Areal eingeweiht. Ich habe uns unter die Gäste für den Empfang im Vorfeld geschleust. Da erfährst du alles Wichtige und kannst einen Blick hinter die Kulissen werfen. Der Regisseur wird da sein und sein Stück sowie die Darsteller vorstellen.«

»Es hieß, das sei ein Krimidinner. Wird dort etwas zu essen serviert?«, wollte Sally wissen.

»Klar, deshalb sind die Karten so teuer. Aber wir haben Kost-Nix-Eintritt. Ich nehme an, das wird ein wenig zünftig. Ochs am Spieß oder so. Während der Bauarbeiten fanden keine Veranstaltungen statt, und jetzt wollen die Elsterberger einen Neustart. Da werden sie sich hoffentlich nicht lumpen lassen. Und ansonsten haben wir das Hotel mit hauseigener Gaststätte.«

»Wir werden bestimmt nicht verhungern. Ich verlasse mich da voll auf dich.« Sally würzte den Salat aus Tomaten, Gurken, Paprika und Petersilie. Adina arrangierte Wurst und Käse auf einer Platte und schnitt ein paar Scheiben Brot ab.

»Wir haben eine angefangene Flasche Wein vom Sonntag im Kühlschrank. Ein Glas auf unser Wiedersehen, oder was meinst du?«

»Eins werden wir schon vertragen«, antwortete Sally.

Den Mittwoch verbrachten die beiden Frauen in Annaberg bei den Klöpplerinnen im *Erzhammer* und mit einer Führung durch das Geburtshaus *Glühwürmchen*. Zu dem Termin waren Annaberger gekommen, die enge Kontakte nach Israel pflegten und die Leiterin bei ihren Baumpflanzaktionen für die im Geburtshaus geborenen Babys unterstützen. Zweimal im Jahr flogen sie eigens dafür nach Israel und griffen zu Schaufel und Wasserschlauch für die typisch israelische Tröpfchenbewässerung. Während des Rundgangs ließen sich Sally und Adina über die Annaberger Bemühungen um Aufarbeitung der jüdischen Geschichte und die Verbindungen nach Israel informieren. Sally hatte einige Ideen mitgebracht. Sie schlug vor, die Geburtsbäumchen an kleineren Orten zu pflanzen und die Annaberger mit Menschen dort zusammenzubringen. Darüber wurde emsig debattiert.

Sally war ganz begeistert von den herzlichen Begegnungen in der Erzgebirgsstadt. »Das mit dem Klöppeln beschäftigt mich. Ich würde es gern erlernen. Vielleicht kann ich ein paar Israelis davon begeistern«, sagte sie zu Adina. »Ich glaube, da musst du viel Zeit mitbringen. Das beherrscht man nicht von heute auf morgen. Am besten nimmst du an einem Sommerkurs teil.«

Adina ging ins Arbeitszimmer und holte ein Buch. »Das kannst du haben. Es sind ein paar Klöppelbriefe drin. Schau dir das in Ruhe an. Die Grundausrüstung bekommen wir schon nach Israel, wenn du das wirklich willst. Für mich ist es nichts. Ich habe zu wenig Geduld.«

Nach dem Frühstück am Donnerstagmorgen räumten die beiden Frauen die Küche auf und begaben sich zum Auto. »Als Erstes fahren wir zur Göltzschtalbrücke. Die umliegenden Orte wollen, dass die Brücke Weltkulturerbe wird. Das würde die Region touristisch nach vorn bringen, und ich hätte jede Menge Stoff für mein Tourismusportal! Die *Montanregion Erzgebirge* war mit dem Welterbetitel erfolgreich, da schaffen das die Vogtländer auch!«, sagte Adina.

Mit offenem Mund stand Sally vor der Brücke. Die Dame vom Fremdenverkehrsverein *Nördliches Vogtland*, der sein Domizil in einem kleinen Häuschen auf dem Parkplatz hat, erklärte alles Wissenswerte. 26 Millionen Ziegel, 78 Meter hoch und 574 Meter lang, voll funktionstüchtig und nicht wegzudenken von der Eisenbahnmagistrale, die Sachsen und Franken und von beiden Enden aus die Welt miteinander verbindet.

Als Adina mit Sally den Fotopunkt erklommen hatte, fuhr ein Zug über die Brücke. Sally war ganz aus dem Häuschen und schoss ein Selfie. Ehe sie die Kamera für ein richtiges Foto eingestellt hatte, war der Zug schon kurz vor der Einfahrt in den Haltepunkt Netzschkau und damit nicht mehr zu sehen. Die Frauen verabschiedeten sich von der freundlichen Dame, die ihnen zusätzlich ein paar Ausflugsziele und Gaststätten in der Umgebung genannt hatte. Das Netzschkauer Schloss konnten sie nur von außen besichtigen. »Ich glaube, wir essen in der *Goldenen Höhe*, das erinnert an Jerusalem, Stadt aus Gold, da fühlst du dich nicht so weit weg von zuhause«, schlug Adina vor. In Pfaffengrün waren sie schon auf halber Strecke nach Plauen.

Den Nachmittag verbrachten die Freundinnen in der Spitzenstadt auf dem Jüdischen Friedhof und in der Erich-Ohser-Ausstellung. Sally versuchte sich zu erinnern: »Diese gezeichneten Geschichten von Vater & Sohn waren in unserem Deutschlehrbuch der Grundschule. Ich wusste nicht, dass e.o. plauen aus Plauen stammt, obwohl es der Name sagt.« Dem Buchangebot im Museumsshop konnte sie nicht widerstehen. »Ich hätte gern ein paar Figuren mitgenommen, für meine Nichten. Schade, dass noch niemand diese Idee hatte«, bedauerte Sally. »Zu Ohsers Lebzeiten gab es welche. Die Figuren, die auf der Bahnhofstraße stehen, sind ein wenig groß für deinen Koffer«, scherzte Adina.

Im Hotel in Elsterberg planten die Freundinnen den folgenden Tag, den sie auf Burg Mylau und in Reichenbach verbrachten. Sally kaufte ein paar Geschenke für ihre Lieben ein. Am Imbiss aßen sie eine Kleinigkeit, dann fuhren sie zurück und bereiteten sich auf den Höhepunkt des Vogtland-Aufenthaltes vor. Am späten Freitagnachmittag machten sich Adina und Sally vom Marktplatz aus auf den Weg zur Burgruine Elsterberg.

»Verstehst du alles, was die erzählen?«, fragte Adina während der nicht enden wollenden Reden.

»Klar, die Schule in Deutschland ist zwar schon lange her, aber ich bin ja Übersetzerin.«

»Das meinte ich nicht. Manche Redner haben es nicht so ganz mit gutem Deutsch.«

»Ich habe in Schwaben gelebt. Die können auch alles außer Hochdeutsch. Kein Problem für mich.«

»Jetzt spricht der Bürgermeister. Danach der Architekt, ein paar andere folgen. Und anschließend der Regisseur«, erklärte Adina. »Dann sind wir ja bald beim Wesentlichen angelangt. Oh, schau mal, flying buffet, ich hoffe, die übersehen uns nicht.«

»Selbstverständlich nicht«, tönte es aus dem Hintergrund. Weder Sally noch Adina hatten die Dame in ihrer vogtländischen Tracht gesehen, die sich von hinten näherte. »Jetzt serviere ich Ihnen Fingerfood. Nachher spiele ich die Forellenkönigin, und alle blicken ehrfürchtig zu mir auf. Dabei bin ich gar nicht so unschuldig, wie ich aussehe!«, garnierte sie die Häppchen mit einem kessen Kommentar.

»Dann erkennen wir Sie sicher. Wir sind schon ganz gespannt auf das Ende des Vorspanns und das Theaterstück«, sagte Adina und legte zwei Pastetchen auf eine Serviette. »Und kommen Sie ruhig öfter vorbei, so als kleine Abwechslung. Warten Sie, ich mache fix ein Foto von Ihnen. So eine Bekleidung sieht man nicht jeden Tag.« Sally zückte ihr Handy. Die fesche Vogtländerin posierte samt ihrem Tablett.

»Es gibt später richtiges Essen. Wir bringen nur die Appetizer. Soll ich Ihnen meinen Mann vorbeischicken? Der teilt die Getränke aus. Ist eine ziemlich trockene Angelegenheit sonst. Wie heißen Sie und wo wohnen Sie?«

»Ja bitte, ein Prosecco wäre nicht schlecht. Ich heiße Adina Pfefferkorn und lebe eigentlich in Berlin. Und das ist meine Freundin Sally Ido aus Israel.«

»Wow, internationale Gäste. Sie werden bestimmt viel Freude haben heute Abend! Das Stück ist alt. Wir haben es auf modern getrimmt«, versprach die mitteilsame Hobbyschauspielerin. Der Regisseur war gerade dabei, sein Ensemble vorzustellen. Dabei schweifte sein Blick suchend über den Platz vor der Bühne, wo sich seine Mimen um die Gäste kümmerten. »Da drüben mit der vogtländischen Tracht, das ist unsere Hauptrolle. Sie muss gleich ins Umkleidezelt, damit wir pünktlich anfangen können. Bedienen Sie sich ruhig an ihren Köstlichkeiten«, rief er über das Burgplateau. Ob der Zweideutigkeit dieser Aussage prustete Adina los, und ein paar Nahestehende mit ihr. Ein Mann mit einem Tablett voller Gläser schritt auf die beiden Frauen zu. »Heute müssen wir nicht mehr Auto fahren, da darf es ein Gläschen mehr sein«, sagte Adina an Sally gewandt. »Ich vertrage nicht viel. Nach dem dritten Glas bin ich beschwipst. Manchmal schon vorher.« Die Sektgläser ploppten mit enttäuschender Dumpfheit aneinander. »Cheers, meine Liebe. Auf einen spannenden Abend!«

Es dauerte nicht mehr lange, und die Aufführung begann. Adina hatte einen Platz gefunden, von dem aus man die Bühne und das Ruinenareal gleichzeitig im Blick hatte. Das Stück handelte von einer Forellenkönigin, die in der Weißen Elster lebte. Mit der Industrialisierung und dem Aufschwung der Textil- und Chemieindustrie flossen mehr und mehr giftige Stoffe in das Gewässer, und die Forellen verendeten zuhauf. Nachdem die Königin ihren König und viele Verwandte verloren hatte, sann sie auf Rache. Lange fiel ihr nichts ein. Als die Wende den Niedergang der wasserverseuchenden Industrie einläutete, kehrte die Stunde der Forellen zurück. Und der Menschen. Die Fliegenfischer entdeckten die Weiße Elster für sich. Anders als die Wurmbader warfen sie ihre Angel direkt im Fluss stehend aus. Die Forellenkönigin lehrte den Fischnachwuchs, seine potenziellen Mörder an der Nase herumzuführen und weit ins Wasser zu locken. Der Forellenprinz übernahm dann den Rest. Wenn der Fliegenfischer an einer der Stromschnellen angelangt war, sprang er durch das Wasser. Ein Fehltritt, und der Mann sackte in eine Untiefe. Zusammen mit dem riesigen Hecht, der auf diesen Moment gewartet hatte, schoben die Forellen einen Stein über das Loch, und der Fliegenfischer ertrank qualvoll. Den Stein entfernten die menschengroßen Fische nach einiger Zeit, sodass es die sterblichen Überreste des Fischfängers irgendwann an Land spülte. Da die Männer meist im fortgeschrittenen Alter waren, vermuteten die Ärzte gesundheitliche Probleme, die zum Ertrinken geführt hatten. Für jedes Opfer feierten die Forellen ein Fest.

»Schau mal, der irdische Herr Gemahl der Forellenkönigin, der uns den Prosecco gebracht hat. Er spielt so einen Fliegenfischer. Mit dieser schweren Montur würde ich auch ertrinken«, sagte Sally. Der Darsteller wurde gerade von zwei erfolglosen Rettern in Anglerkleidung aufgebahrt.

»Hörst du das? Mehrere Martinshörner im Anmarsch. Die lassen keinen Gag aus«, sagte Adina zu Sally. Ein Notarztwagen und ein Krankentransport waren fast gleichzeitig auf dem Plateau eingetroffen. Die Besatzungen sprangen aus dem Fahrzeug und eilten zur Bühne. »Wo ist der Mann?«, fragten sie.

»Das gehört jetzt nicht dazu, oder? Nein, das kann nicht sein, auf keinen Fall. Krankenwagen, Notarzt, nun noch die Polizei?«, fragte Sally verunsichert. Die Sanitäter begannen mit der Wiederbelebung des Fliegenfischers. Im Publikum machte sich Unruhe breit. Der Regisseur tuschelte mit dem Bürgermeister. Die Forellenkönigin schaute mit bangem Blick auf die Sanitäter, die mit den Achseln zuckten. »Wir nehmen ihn mit. Rufen Sie in ein paar Stunden im Plauener Klinikum an«, sagte der Notarzt.

»Wird er überleben?«, fragte die Forellenkönigin?

»Keine Ahnung, wir wissen nicht, was ihn außer Gefecht gesetzt hat. Gut, dass Sie uns gleich gerufen haben.« Die Forellenkönigin wollte etwas erwidern, doch sie unterließ es. Dann begab sie sich an den Bühnenrand. »Sie haben gesehen, was dem Fliegenfischer passiert ist. Dieses Schicksal erwartet alle, die uns unseren Lebensraum streitig machen und uns als ihre Nahrung missbrauchen. Seien Sie kein Naturfrevler, der die Schöpfung missachtet!«, deklamierte sie und begab sich hinter die Kulissen. Das Publikum applaudierte. Die Darsteller, deren Familienangehörige im Publikum besonders laut und personenbezogen jubelten, mussten immer wieder nach vorn laufen und sich verbeugen.

Der Regisseur sprang zu seinen Schützlingen auf die Bühne und rang nach ein paar lobenden Worten. Dann lud er alle Anwesenden zum zünftigen Burgschmaus an den Grill ein. Unter den Wartenden wurde heftig über den Regieeinfall mit Notarzt und Polizei gestritten. Während die Darsteller in die Umkleidezelte gingen und die ersten Besucher ihre Teller entgegennahmen, warteten Adina und Sally im Hintergrund darauf, dass die Schlangen beim Essen und Trinken sowie auf der Toilette kürzer wurden. Dabei wurden sie unfreiwillig Zeugen einer Szene, die nun wirklich nicht zum Stück passte. »Was hast du dir dabei gedacht?«, fragte der Regisseur seine Hauptdarstellerin. »Ich weiß nicht, wieso der Notarzt plötzlich da war. Aber ich habe das gut hingebogen, finde ich. Lob mich einfach«, antwortete die Forellenkönigin. »Nur, dass wir das Stück nicht noch einmal spielen können«, erwiderte der Regisseur.

Adina und Sally mischten sich unters Volk, kosteten vom Ochs am Spieß und tranken noch einen Prosecco. »Es wird frisch, ich muss mir etwas überziehen. Gibst du mir meine Stola und mein Handy«, sagte Sally zu Adina, die die Sachen im Rucksack verstaut hatte.

Am Ausgang kontrollierten Polizeibeamte die Ausweise. Adina zeigte ihren Journalistenausweis, ging durch die Absperrung und wartete auf Sally. Die packte ihren israelischen Pass aus und reichte ihn dem Beamten. Der schlug die Seite mit dem Foto auf, las den Namen und erschrak. Dann ging er samt Pass zu seinem Kollegen. Sally warf Adina einen fragenden Blick zu. »Das ist sie. Eine Israelin. Na, gute Luft«, sagte der Mann und übergab das Dokument.

»Kriminalhauptkommissar Eisenbarth. Würden Sie mir bitte zu unserem Auto folgen? Wir möchten Ihnen einige Fragen stellen.«

»Ich? Ich bin nur ein paar Stunden zu Besuch und habe nichts verbrochen. Das muss ein Irrtum sein.« Sally zuckte mit den Schultern.

»Genau das wollen wir aufklären. Es dauert nicht lange, versprochen.«

»Ich möchte, dass meine Freundin dabei ist. Sie steht dort drüben. Der Kommissar winkte Adina zu sich heran.

»Sie sind Deutsche? Wir müssen Ihrer Freundin ein paar Fragen stellen. Wenn Sie solange vor dem Einsatzwagen warten wollen.«

»Sie können mich gleich mit befragen. Wir waren die ganze Zeit zusammen«, wandte Adina ein.

»Erst Frau Ido, und wenn wir dann noch etwas wissen wollen, können Sie gerne antworten. Ok?« Er hatte keine Antwort erwartet.

»Natürlich«, sagte Adina trotzig. Und an Sally gewandt fügte sie hinzu: »Mach dir keine Sorgen.«

»Warum haben Sie die Leitstelle angerufen?«, begann der Beamte die Befragung.

»Welche Leitstelle? Was ist das überhaupt? Ich habe den ganzen Abend über niemanden angerufen. Ich habe mir das Theaterstück angeschaut.«

»Die Leitstelle hat den Notarzt und uns zur Ruine geschickt. Kennen Sie die Nummer?«, setzte der Kriminalbeamte die Befragung fort.

»Nein. Ich bin nicht allein unterwegs. Adina würde sich um mich kümmern, wenn etwas ist. Was soll ich mit so einer Nummer!«

»Na, falls Ihrer Freundin etwas zustößt. Da kann so etwas ganz hilfreich sein«, antwortete der Beamte. »Adina ist die Frau draußen am Auto?«

»Ja, mein Handy war in ihrem Rucksack. Sie ist Journalistin und darf größere Taschen dabeihaben. Deshalb hat sie das Handy eingepackt, nachdem ich ein paar Fotos von der Veranstaltung und einige Selfies geschossen hatte. Wir kennen keinen und sind nur wegen der Aufführung vor dieser gigantischen Kulisse hergereist.«

»Rufen Sie Ihre Freundin, bitte«, bat der Beamte.

»Adina, komm mal! Der Herr Eisenbarth hat ein paar

Fragen an dich.« Das »komische« verkniff sie sich. Sie wollte, dass die Befragung endlich ein Ende hat.

»Würden Sie mir Ihre Handys zeigen?«, fragte der Ermittler.

»Selbstverständlich können Sie unsere Handys sehen«, antwortete Adina. »Wir haben heute beide nicht telefoniert, oder, Sally?«

»Doch, heute Morgen mit der Frau vom Jüdischen Friedhof wegen des Treffpunktes. Mehr fällt mir nicht ein.«

»Zeigen Sie mir die Anruflisten?«, bat der Kommissar. »Sie wissen genau, dass wir das nicht tun müssen. Da wir nichts zu verbergen haben, lassen wir Sie gucken. Ich habe nur nicht begriffen, was das Ganze soll und warum wir nicht zum Hotel gehen dürfen«, sagte Adina.

Nach einem Blick in die Telefone machte sich Ratlosigkeit im Gesicht des Mannes breit. »Sie dürfen sich gleich entfernen. Wie lange bleiben Sie im Vogtland?«

»Bis morgen. Wir packen und frühstücken, dann wollen wir Richtung A72 fahren«, antwortete Adina.

»Und Sie, wie lange sind Sie in Deutschland?«, fragte er Sally.

»Ich fliege am Montag zurück«, sagte sie. Adina reichte ihre Visitenkarte.

»Falls Sie Fragen an uns haben. Bis um elf sind wir morgen auf jeden Fall hier.«

»Das ist merkwürdig«, sagte Kriminalhauptkommissar Eisenbarth zu seinem Kollegen. »Von den beiden

Handys wurden in den letzten Stunden keine Anrufe getätigt. Der Diensthabende sagte, die Nummer war unterdrückt. Und er nannte den Namen Sally Ido. Ich glaube den beiden sogar, dass die nichts mit dem Vorfall zu tun haben, nur woher wusste jemand den Namen dieser Frau aus Israel, die hier vollkommen unbekannt ist? Ich habe keine Idee. Sollten wir uns um den Mann im Krankenhaus kümmern?«

»Der hat es nicht geschafft. Die Ärzte vermuten eine Vergiftung. Allerdings mit einem Gift, das sich schwer nachweisen lässt. Blauer Eisenhut oder so etwas.«

»Na, wie war es?«, fragte der Kellner im Hotelrestaurant, als sich Adina und Sally einen Absacker bestellten.

»Ich nehme etwas Hartes, Gin Tonic mit doppelt viel Gin. Meine Freundin möchte einen Weißwein, nicht zu trocken. Die Aufführung wäre sehr schön gewesen, wenn es da nicht ein paar Ungereimtheiten gegeben hätte.« Der Kellner schaute Adina an.

»Die da wären?«, fragte er, obwohl er längst Bescheid wusste.

»Na ja, kurz vor dem Ende rückten Notarzt und Polizei mit Blaulicht und Martinshorn an. Und das Opfer der Forellenkönigin zuckte tatsächlich nicht mehr. Die Rettungssanitäter nahmen den Mann mit. Am Ausgang wurden Ausweise kontrolliert. Die Beamten zogen meine Freundin heraus und fragten sie, wieso sie den Notruf getätigt hatte. Dabei hatten wir die Telefone die ganze Zeit im Rucksack und uns kennt in Elsterberg gar keiner.«

»Also doch. Ich dachte mir, dass da etwas passiert.«
Adina blickte erstaunt zum Kellner auf. »Der Regisseur schläft bei uns, und ich habe da so ein paar Beobachtungen gemacht.«

»Nun rücken Sie raus mit der Sprache.«

»Die Forellenkönigin war recht oft bei ihm im Zimmer. Ich glaube, die haben nicht nur Anglerlatein geprobt. Und ihr Mann war auch im Ensemble. Der ist sicher jetzt im Krankenhaus.«

»Oder auf dem Weg in die Gerichtsmedizin. Er sah nicht mehr sehr lebendig aus«, ergänzte Adina. »Sally, die Forellenkönigin! Dass ich da nicht gleich draufgekommen bin! Die hat uns nach unseren Namen gefragt, als sie die Häppchen brachte. Und sie sagte, der Mann mit den Getränken sei ihr Angetrauter. Du, die hat die Leitstelle angerufen, weil sie ihren Herrn Gemahl beiseiteschaffen wollte, um sich künftig dem Regisseur zu widmen. Deshalb standen die so eng beieinander, nachdem alle zur Tränke und an den Grill gegangen waren. Ich fasse es nicht! Was machen wir jetzt? Ich bin zu müde für ein Rendezvous mit der Polizei.«

»Dito. Wir rufen morgen früh an. Das wird reichen«, beschloss Sally.

Da es schon spät am Abend war, schickte Adina eine WhatsApp-Nachricht nach Annaberg. »Hallo, Oli, ich glaube, es wird morgen nicht viel vor um zwei. Wir müssen deinen Kollegen vom Auerbacher Revier einen Besuch abstatten und eine Aussage machen. Keine Sorge, uns ist nichts passiert. Sally geriet in einen falschen Verdacht, den wir schnell ausräumen konnten. Im Hotel haben wir vorhin ein paar Dinge erfahren, für die sich die Polizei interessieren könnte.«

Als die beiden in Annaberg angelangt waren, werteten sie ihr Vogtland-Abenteuer aus. Oli lauschte ihrer Beschreibung der sagenhaften Elsterberger Story. »Jetzt ruht euch erst mal aus. Dann fahren wir nach Wolkenstein und essen im Schloss etwas Schönes. Ich habe uns einen Platz in der Fensternische bestellt, mit Fernblick.«

»Du bist ein Schatz, Oli«, sagte Adina und umarmte ihn.

»Übrigens habe ich mit dem Kommissar von Blockhausen telefoniert. Die Bogenschützen haben jede Menge Dreck am Stecken. Meine Freiberger Kollegen sind sehr dankbar, dass wir so früh da draußen im Wald waren und dass uns nichts passiert ist«, sagte Oli, als sie beim Abendessen in der Schankwirtschaft *Zum Grenadier* zusammensaßen. »Haben sie ein paar Cold Cases mit ähnlichem Muster gefunden?«, fragte Adina. »Ja, einer hat wohl auch schon zwei Vergewaltigungen mit Todesfolge gestanden. Kommende Woche soll nach den verbuddelten Opfern gesucht werden. Noch hat er keine brauchbaren Angaben gemacht«, setzte Oli fort.

»Und die Frau auf dem Altar?«

»Die ist noch im Krankenhaus, aber auf dem Weg der Besserung. Sie soll erst einmal in einem Frauenhaus unterkommen und eine Therapie erhalten.«

»Hoffentlich schnell und nicht mit den aktuell üblichen Wartezeiten hier in Sachsen. Nicht, dass sie sich noch etwas antut«, sagte Adina. Dann erzählten die beiden Sally von ihrem nächtlichen Ausflug zum Sauensäger in Blockhausen.

»Da muss ich auch einmal hin. Beim nächsten Mal«, stellte Sally fest.

Den Sonntag verbrachte das Trio auf dem Schreckenberg und im Markus-Röhling-Stollen. Auch hier hatten Oli und Adina eine Menge zu erzählen, von der toten Frau am Wasserrad und ihrem betrogenen Mann, der sich Adina am Schreckenberg offenbart hatte. »Ganz schön kriminell, dieses Sachsen«, meinte Sally. »Und dass du da immer mittendrin bist, Adina!«

»Ich hoffe, es hat dir bei uns gefallen und du besuchst uns bald wieder. Ich wünsche dir einen guten Flug. Wir sehen uns nicht mehr vor deiner Abreise«, verabschiedete sich Oli von der Israelin am Abend. Er würde schon auf dem Weg nach Dresden sein, wenn die Frauen erwachten.

# 5 UNERWÜNSCHTE NEBENWIRKUNGEN

## LANDKREIS ZWICKAU

Um 8 Uhr klingelte Adinas Wecker. Sie begab sich ins Badezimmer, versuchte, sich im Spiegel zu erkennen und putzte ihre Zähne. Dann nahm sie eine heiße Dusche. Fertig angezogen begann sie, das Frühstück vorzubereiten. Als der Tisch gedeckt war, weckte sie ihre Freundin Sally, die im Arbeitszimmer schlief. Dazu öffnete sie die Jalousie und grüßte mit einem leisen »Boker tov, Sally, es ist Montagmorgen, du musst aufstehen, sonst fliegt das Flugzeug heute ohne dich.« Sally schlug die Augen auf. »Außerdem läuft der Kaffee.«

»Boker or. Kannst du mir einen ans Bett bringen? Und einen für dich mit? Dann können wir ganz langsam in den Tag gleiten. Ich mag gar nicht aufstehen und abreisen. Es ist so schön bei euch.«

»Ich kann dich gut verstehen, aber kurz vor zehn müssen wir spätestens los, sonst verpasst du deinen Zug. Ich fahre mit dem Auto wenigstens eine Stunde von Annaberg bis nach Zwickau. Mit dem Zug wären es übrigens sechs und dreimal umsteigen, einmal davon in Leipzig. Fahrradfahren dauert halb so lange.«

Sally schaute ziemlich ungläubig. »In der Zeit kannst du Israel von Haifa bis Eilat bereisen, also das ganze Land, meine ich.«

»Ihr habt wenigstens eine ordentliche Verkehrsanbindung, quer durch Gebirge und Wüsten. Wir haben nur Wüste hier – Nahverkehrswüste«, lachte Adina und holte zwei Tassen Kaffee. Dann setzte sie sich zu Sally auf die Liege.

»Was ich in den paar Tagen alles erlebt habe, wen ich alles getroffen habe, und dann noch der Krimi in Elsterberg. Das werde ich mein Leben lang nie vergessen.«

»Ja, verrückt. Mir tut es auch leid, dass du wegmusst. Vielleicht sehen wir uns bald in Israel. Ich fühle dort ebenso. Die paar Tage sind immer so intensiv wie mehrere Wochen, und Abschiednehmen ist nicht leicht. Ich wollte dir ein Stück von dem zurückgeben, was du mir in deiner Heimat gewährt hast. Ich freue mich, wenn du etwas im Herzen mitnimmst. Und bevor wir gänzlich sentimental werden, stehst du auf und begibst dich ins Bad. Ich befördere inzwischen die Brötchen in den Backofen. Wenn du fertig bist, frühstücken wir.«

Sally schälte sich langsam aus dem Bett. Als sie das Badezimmer verließ, saß Adina bereits am Tisch. Beim Frühstück hingen beide ihren Gedanken nach. Obwohl sie sicher waren, dass es zeitnah ein Treffen geben würde, war die Stimmung gedrückt. Adina räumte die Küche auf, während Sally ihren Koffer füllte und auf die Waage stellte. »Passt gerade so«, stellte sie fest, da das Gewicht knapp unter der Obergrenze für den Flug war.

Während der Fahrt nach Zwickau tauschten die beiden Frauen nur noch Belanglosigkeiten und ein paar organisatorische Details aus. In Zwickau brachte Adina ihre Freundin zum Bahnsteig und verabschiedete sich herzlich von ihr. »Ruf mich an, wenn du im Transitraum bist. Und schick mir eine Nachricht, wenn das Flugzeug in Tel Aviv gelandet ist«, sagte Adina.

»Klar, mache ich. Und vergiss nicht, deine Israelreise zu planen«, fügte Sally hinzu. Adina seufzte.

»Oli hat einen neuen Job, und ich muss erst einmal etwas für den Sachsen-Auftrag vorlegen. Selbstständig ist nicht so ganz einfach, auch wenn ich einen Vertrag mit Markus habe. Das ist in Israel sicher nicht anders.«

Nach einer letzten Umarmung stieg Sally in den Zug. Adina konnte ihr nur noch winken.

Am Auto angelangt, hatte Adina eine Idee. Sie dachte, wo sie einmal hier war, könnte sie sich gleich ein wenig umschauen. Schließlich liegt Zwickau in Sachsen und damit genau im Beuteschema für ihr Tourismusportal. Da sie nichts vorbereitet hatte, zückte sie ihr Handy und schaute nach den Zwickauer Sehenswürdigkeiten. Robert Schumanns Geburtshaus mit Museum – montags geschlossen. Priesterhäuser – montags geschlossen. Ratsschulbibliothek – montags geschlossen. Kunstsammlungen – montags geschlossen. Beim August-Horch-Museum hatte Adina mit dem gleichen Ergebnis gerechnet, doch das Automobilmuseum war geöffnet. Auf alte Autos hatte sie allein keine Lust. Das war mehr etwas für einen Ausflug mit Oli. Sie beschloss, in die Parkstraße am Schwanenteichpark zu fahren und dort nach einem Parkplatz Ausschau zu halten. Am Bootsverleih begann sie ihre Runde um den Schwanenteich. Es war gerade Mittagszeit. Ruderboote und weiße Schwäne warteten in Reih und Glied auf Nutzer. Kurz spielte sie mit dem Gedanken, mit so einem Schwanen-Tretboot über den Teich zu schippern, dann verwarf sie diese Idee wieder.

Am Kiosk standen ein paar Bauarbeiter und warteten auf ihr Mittagessen. Sie passierte den Treffpunkt und lief die Uferpromenade entlang. Dabei ließ sie sich die Geschichte des Areals vom Handy vorlesen. Sie erfuhr, dass im 15. Jahrhundert durch Martin von Römer Teiche zur Erbauung angelegt wurden und die jetzige Parkanlage um 1850 als englischer Landschaftsgarten nach Plänen von Carl Eduard A. Petzold geschaffen wurde. Den Namen kannte Adina von anderen Parks. Nahe der Freilichtbühne ließ sie sich auf einer Parkbank nieder und googelte die Biografie des Landschaftsarchitekten, der ein Schüler von Fürst Pückler gewesen war und dessen Ideen weiterentwickelt hatte. Zumindest die der Gartenkunst, denn der Lebemann Pückler war auch für pikantere Dinge und seine unbändige Reiselust bekannt. Die Ausstellung dazu im Neuen Schloss von Bad Muskau wollte sie unbedingt noch anschauen.

Ein Mann setzte sich auf die Bank neben ihrer und sprach sie an. »Was wollen Sie hier in Zwickau, hier ist nichts los. Nichts, nothing, niente, nada. Schlafstadt. Oder besser Schläferstadt. Fahren Sie lieber nach Schönfels zur Burg oder nach Kirchberg zum Borberg. Dort haben Sie das Anton-Günther-Berghaus des Erzgebirgsvereins mit einer netten Gaststätte und eine schöne Aussicht. Anton Günther, das war noch eine Persönlichkeit, einer von uns. *Deitsch on frei wolln mer sei*, hat er gedichtet«, schwadronierte der Mann.

»Klingt ziemlich rechtslastig, was Sie gerade von sich geben. Ich habe im Erzgebirge einen anderen Anton Günther kennengelernt. Und woher wissen Sie, was ich hier will …«

Der Typ ließ sie nicht ausreden. »Ich könnte Ihnen Geschichten über den Nationalsozialistischen Untergrund erzählen, die selbst die Richter im Beate-Zschäpe-Prozess nicht kennen. Man weiß ja, dass NSU-Zeugen und Leute, die ihre Nase in die äußere rechte Ecke Sachsens stecken, hier kein langes Leben haben.«

»Eben waren Sie auf dem Nationalisten-Trip! Jetzt sind Sie gegen Rechtsradikale. Wie soll ich das verstehen?«, fragte Adina.

»Ich werde verfolgt.«

Adina schaute sich um. »Wie kommen Sie darauf? Außer ein paar Kerlen am Imbiss habe ich keinen gesehen. Und ich bin eine Weile herumgelaufen, bevor ich mich niedergelassen habe.«

Irgendwie flößte ihr der Mann mit seinen abgetragenen Jeans und dem schwarzen Shirt nicht gerade Vertrauen ein. Seine Schuhe konnten als Arbeitsschuhe durchgehen, oder als Vorläufer von Springerstiefeln. Adina suchte nach einer Ausrede, um den Platz unauffällig verlassen zu können. Als sie an ihrem Handy herumfingerte, begann es zu vibrieren. Sie stand auf, murmelte »Sorry« und entfernte sich von ihrem Gesprächspartner. Auf dem Display erschien Sally. Adina nahm den Anruf an. »Letzte Station. Ich sitze im Zug von Nürnberg nach München. Der Anschluss hat funktioniert, obwohl ich ein paar Minuten Verspätung hatte. Ich vermisse dich schon jetzt«, sagte Sally.

»Dich schickt der Himmel. Ich bin noch in Zwickau im Schwanenteichpark. Gerade wollte mich so ein komischer Kerl anmachen.«

Während Adina antwortete, nahm sie aus den Augenwinkeln wahr, wie sich der Mann in Richtung Saarstraße entfernte. Auch gut, dachte sie sich. So richtig geheuer war ihr der Kerl nicht gewesen.

Adina schwatzte noch ein wenig mit Sally. Dabei lief sie weiter um den Schwanenteich, parallel zur Saar- und dann zur Humboldtstraße. Als sie die Ecke des Teiches passierte, hörte sie laute Geräusche. Da hat einer heftig gebremst, dachte sie noch und bewegte sich weiter in Richtung der Spielanlage Schwanenstadt. Ein paar Grundschüler vergnügten sich am Wasserspielplatz. Zwei Mädchen hingen in den Seilen und erzählten sich ihre Geheimnisse. Der Uferweg führte an der Stirnseite des Schwanenteiches vorbei am Ehrenmal, das sie von der B173 aus wahrgenommen hatte. Nachdem sie das Mahnmal für die Gefallenen passiert hatte, war sie fast an ihrem Auto angelangt. Sie überlegte kurz, ob sie das Auto nehmen oder die paar Meter ins Zentrum laufen sollte. Die Entscheidung fiel zugunsten der körperlichen Bewegung. Sie schlenderte ein wenig durch die *Zwickau Arcaden* und gönnte sich einen Eiskaffee im Untergeschoss. Dann kaufte sie ein paar rote Dessous und ein verführerisches Parfüm.

Für heute hatte sie erst einmal genug, doch der Schwanenteichpark hatte Adina Lust auf Zwickau gemacht. Sie lief zurück zum Auto in der Parkstraße. Als sie ihre Tasche auf den Beifahrersitz warf, blickte sie kurz in die Augen eines jungen Mannes, der am Zaun gegenüber lehnte. Es scheint mehr solche eigenartigen Kerle hier zu geben, dachte sie. Keinen Job, rumlungern, Leute belästigen … Oder vertickte der Drogen? Am hellerlichten Tag? Adina startete das Auto und fuhr zurück auf die B173 und über den Zubringer und die Autobahn nach Annaberg.

Mit einem Kaffee setzte sie sich an den Computer und begann, sich mit Zwickau und der Umgebung vertraut zu machen. Zuerst durchforstete sie die Museumslandschaft und schaute auf den Spielplan des Theaters. Das Schumann-Haus hatte sie besuchen wollen, als sie bei der Schlossweihnacht am Schloss Osterstein war, nur war es damals zu spät gewesen und das Museum hatte bereits geschlossen – wie heute auch. In der Umgebung hatte sie viele interessante Ziele gefunden, die Burg Schönfels, die Schlösser Wildenfels, Waldenburg oder Glauchau, das Karl-May-Museum Hohenstein-Ernstthal, die Miniwelt in Lichtenstein, die Koberbach-Talsperre, den Werdauer Wald und natürlich den Borberg oder den nahegelegenen

Tierpark in Hirschfeld. Und was es mit Zwickau und den Schwänen auf sich hatte, wollte sie wissen. Denen im Wappen und denen, die dem Teich seinen Namen gaben und dem Spielplatz und dem Tanzkreis *Silberschwan*, für dessen Bezeichnung sie den gleichen Ursprung vermutete.

Als sie »Schwanenteich« in die Suchmaschine eingab, ploppte eine Onlineplattform mit aktuellen Meldungen auf. Ein Foto zeigte eine Menge Blaulichtfahrzeuge. Von anderen Autos war nichts zu sehen. »Fahrerflucht nahe dem Schwanenteich«, las Adina und gleich im ersten Satz das aktuelle Datum und eine Uhrzeit um die Mittagszeit. Sie griff zum Handy und drückte Olis Nummer auf der Schnellwahltaste.

»Oli, ich glaube, ich benötige deine Hilfe.«

»Was hast du wieder angestellt? Die sächsische Polizei kennt dich langsam«, begann Oli, der sich nun schon in Dresden eingelebt hatte.

»Du, das ist kein Spaß. Ich habe Sally zum Zug gebracht und bin noch eine Weile in Zwickau geblieben. Als ich um den Schwanenteich gelaufen bin und mich auf eine Bank setzte, habe ich einen merkwürdigen Typen kennengelernt. Oder besser er mich. Er wollte mir unbedingt ein Gespräch aufdrängen. Jetzt wollte ich ein paar Sachen über Zwickau und den Landkreis nachlesen, da sprang mich eine Nachricht an. Es gab einen Unfall, bei dem heute Mittag ein 45-jähriger Mann ums Leben kam. In der Saarstraße. Die Polizei sucht Zeugen für die Fahrerflucht. Und weißt du was: Ich habe die Bremsen quietschen gehört und, als ich fast bei meinem Auto war, ein paar Martinshörner.«

»Was willst du damit sagen?«

»Kannst du vielleicht herausfinden, wer dieses Unfallopfer war? Ich brauche eine Beschreibung, also, was er anhatte und so.«

»Willst du für dich Gewissheit, oder … Adina, da ist hoffentlich nicht mehr dahinter! Raus mit der Sprache!«

»Ja, Oli. Ich fürchte Komplikationen. Der Mann hat mir erzählt, er wisse jede Menge über den NSU zu erzählen. Und er habe sich als Zeuge nicht gemeldet, weil einige von denen in Sachsen auf merkwürdige Weise ums Leben gekommen sind. Zwickau sei eine Schläferstadt. Und als ich aus den *Arcaden* zurückkam und ins Auto gestiegen bin, stand einer am Zaun gegenüber und guckte komisch zu mir.«

»Adina, schließ die Tür, verlass das Haus nicht und fahre auf keinen Fall allein irgendwohin, vor allem nicht nach Zwickau. Wenn die dich mit ihm beobachtet haben, bist du ebenso in Gefahr. Die verstehen keinen Spaß! Ich rufe im Annaberger Revier an. Sebastian soll sich um dich kümmern. Und ich versuche etwas über den Unfall herauszufinden. Bleib in Handynähe.«

Dass sich Olis Wohnhaus in Sichtweite des Polizeireviers befand, erleichterte die Überwachung einigermaßen. Sebastian versicherte Adina am Telefon, dass er auf dem Weg zu ihr sei. Er hatte gerade aufgelegt, als es an Adinas Haustür klingelte. Adina rief sofort zurück.

»Könnt ihr mal schauen, wer da vor der Tür steht? Vielleicht ist es nur der Paketbote.« Sebastian hörte am Telefon, wie es erneut klingelte. Mit zwei Einsatzwagen kreisten sie den Störenfried ein, um seine Personalien festzustellen.

»Ach du dicker Hund. Da haben wir einen schönen Fisch an der Angel«, sagte Sebastian, als er das Ergebnis der Abfrage sah. »Sie scheinen kein Unbekannter zu sein. Jedenfalls liegt ein Haftbefehl vor. Das wird wohl heute nichts mit Schlafen im eigenen Bett.«

Sein Kollege fuhr fort: »Also, falls Sie eine Chance suchen, bald wieder rauszukommen, erzählen Sie uns am besten, was Sie gerade hier wollten.«

»Die haben mich in der Hand. Sie wissen schon – Drogen, Beschaffungskriminalität, das ganze Programm. Ich sollte ihr nur ein wenig Angst einjagen. Ich meine, sie ist ganz hübsch, da kostet das keine Überwindung! Sie wollen wissen, was die mit dem Kreutzer im Schwanenteichpark besprochen hat. Dass sie ein Bullenliebchen ist, konnte ich nun wirklich nicht ahnen.«

»Also doch. Oli hatte den richtigen Riecher«, sagte Sebastian zu seinen Kollegen. »Nehmt den Kumpel mit ins Revier. Ich bleibe erst einmal hier.« Adinas Nummer war besetzt. Sie telefonierte mit Oli.

»Abgetragene Jeans, schwarzes Shirt …«

»Ok, du kannst aufhören. Er ist es.«

Sebastian hatte einen Schlüssel zu Olis Wohnung. Da er Adina nicht erschrecken wollte, drückte er die Wahlwiederholung. Adina nahm ab. »Sebastian, bist du es, alles klar?«

»Ja, ich komme hoch zu dir.« Adina ließ ihn ein. Sebastian legte sofort los: »Na das war wieder ein Volltreffer. Der Kerl wird mit Haftbefehl gesucht. Und er kommt aus Zwickau, das hast du wohl bereits geahnt.«

»Hast du eine Vermutung, warum er geklingelt hat?«

»Adina, das willst du nicht wissen. Pack ein paar Sachen für eine Nacht, deinen Laptop und was du sonst noch dringend benötigst. Du bleibst bei uns. Ich habe dich bei meiner Familie angekündigt. Kein Problem. Morgen kommt Oli, dann schauen wir weiter. Und gib mir bitte deinen Autoschlüssel, die Papiere, eine Vollmacht. Du brauchst eine neue Autonummer. Hast du einen Wunsch? ANA? Oder bleibst du bei dem auffälligen B? Bist du hier gemeldet? Und bitte, das ist kein Spaß! Ich hoffe, das Vögelchen singt gerade und unsere Kollegen in Zwickau können mit dem Aufräumen beginnen. Den Typen bringen wir nach Zwickau in U-Haft. Der Haftbefehl ist eh vorhanden. Wir müssen nicht erst um einen bitten.«

Adina verbrachte die Nacht und den folgenden Tag bei Sebastians Familie. Oli holte sie am späten Nachmittag ab. »Den Abend und die Nacht verbringen wir zusammen. Allerdings kannst du nicht allein in der Wohnung bleiben.«

»Das bedeutet?«

»Wir fahren morgen früh zeitig gemeinsam nach Dresden. In meinem Apartment ist genug Platz für dich und deinen Laptop. Internet funktioniert. Und dann schauen wir aus der Ferne, was sich entwickelt.«

Adina seufzte. »Wie kommt es, dass ich immer zur

falschen Zeit am falschen Ort bin? Das ist ja selbst mir unheimlich.«

»Vielleicht hast du nur nicht den richtigen Job und solltest zur Kriminalpolizei wechseln. Da gibt es Kollegen, die für viel mehr Geld deutlich erfolgloser sind als du«, antwortete Oli.

»Mir macht mein Job Spaß. Eigentlich. Zurzeit ist es jedoch ein wenig viel Nervenkitzel.«

»Zumal du diesmal selbst in Gefahr bist. Mit diesen Kreisen ist echt nicht zu spaßen«, warnte Oli. »Meine Kollegen werden ein Auge auf das Haus haben, solange wir weg sind. Wir fahren mit meinem Auto. Sebastian kümmert sich um deins. Es sollte nicht offen auf der Straße stehen.«

»Ich habe nur kurz mit diesem komischen Kerl in Zwickau gesprochen. Das heißt, er mit mir. Er hat sich auf die Parkbank neben mir gesetzt und erzählt, dass er verfolgt wird.«

»Du kannst sicher sein, dass er observiert wurde. Der Unfall war keiner. Es gibt inzwischen einen Zeugen, der genauso gefährlich lebt wie du. Die wollen wissen, was er dir erzählt hast. Und ich will, dass dir nichts passiert.« Oli nahm Adina in den Arm. Eine Träne rann ihr über das Kinn. Oli drückte sie noch fester.

»Mach dir keine Sorgen. Wir haben alles im Griff«, versuchte er, sie zu beruhigen. Noch, fügte er in Gedanken an. »Lass uns schlafen. Wir müssen morgen früh zeitig aufstehen.«

»Die Wohnung ist hübsch. Hier werde ich öfter übernachten, wenn ich in der Gegend unterwegs bin. Und du mir Asyl gibst«, sagte Adina zu Oli, nachdem er ihr das Apartment in der Dresdener Neustadt gezeigt hatte.

»Sicher werde ich dir Asyl geben. Am liebsten würde ich den ganzen Tag auf dich aufpassen. Aber das kann ich nicht. Ich fahre jetzt ins Präsidium. Du bleibst bitte im Haus. Im Kühlschrank findest du etwas zu essen. Ich bringe heute noch Obst und Gemüse mit. Und am Abend besuchen wir ein nettes Restaurant hier im Viertel«, sagte Oli, bevor er sich zum Dienst aufmachte.

Adina blieb nichts weiter übrig, als ihren Laptop anzustöpseln und alles aufzuarbeiten, was sich angesammelt hatte. Neugierig schaute sie nach Nachrichten aus Zwickau. Bei der Medieninformation der Polizeidirektion Zwickau blieb sie hängen:

*Zwickau. In der vergangenen Nacht wurde in Zwickau ein illegales Waffenlager ausgehoben. In einer alten Lagerhalle fanden die Ermittler einen versteckten Zugang zu einem unterirdischen Raum, in dem folgende Gegenstände (siehe Fotos) lagerten:*

*Halbautomatische und automatische Schusswaffen (Lang und Kurz) aus Beständen der Wehrmacht und der Sowjetarmee, von denen ein Teil unter das Kriegswaffenkontrollgesetz fällt, Handgranaten, Granatwerfer, Munition in sechsstelliger Größenordnung, Sprengstoff in größeren Mengen, Chemikalien, die sich zu Chemiewaffen verarbeiten lassen, jede Menge Schutzanzüge, Helme, Stiefel und Hilfsmittel.*

*Die Einsatzkräfte sind dabei, die Waffen und die Munition abzutransportieren und den Sprengstoff unschädlich zu machen. Der Einsatzleiter schätzt, dass der Sprengstoff gereicht hätte, um die halbe Stadt dem Erdboden gleichzumachen. Das Lager gehört einer rechtsradikalen Miliz, deren Aufbau durch inzwischen inhaftierte oder ums Leben gekommene Mitglieder der Terrorgruppe NSU begann.*

*Die Beamten der Polizeidienststelle Zwickau wurden von weiteren Beamten aus sächsischen Dienststellen unterstützt. Der Fund des Waffenlagers wird in Zusammenhang mit einem Unfall gebracht, der sich am Montagmittag in der Saarstraße ereignet hat. Dabei wurde ein Fußgänger tödlich verletzt. Der Führer des beteiligten Fahrzeuges beging Unfallflucht.*

»Puh!«, murmelte Adina vor sich hin. »Und einer von denen stand vor unserem Haus.«

Den Rest des Tages verbrachte Adina mit Recherchen und der Aufarbeitung der Informationen für das Touristenportal. Dann schrieb sie eine Mail an ihre Freundin Mia in Berlin und berichtete von den Ereignissen seit ihrer Rückkehr aus der Hauptstadt. Adinas kriminelle Bilanz wies die merkwürdige Aktion mit der verletzten Frau in Blockhausen, den toten Hobbydarsteller in Elsterberg, den fingierten Unfall in Zwickau und die Unterstützung der Chemnitzer Polizei bei der Aufklärung eines Mordes auf. Und aktuell die Verfolgung durch einen Typen der Zwickauer Terrorzelle.

»Ich bin jetzt in Dresden, wo Oli Kindermädchen spielt«, beendete sie ihre Schilderung. Die Antwort kam prompt.

»Gratuliere zu den Erfolgen als Hobbyermittlerin. Bitte begib dich nicht wieder unnötig in Gefahr. Wir können nicht auf dich verzichten«, schrieb Mia zurück. Sie kündigte an, Sachsen demnächst einen Besuch abstatten zu wollen, bei dem die Freundinnen sich treffen wollten.

Da Adina vorläufig nicht nach Zwickau oder Annaberg konnte und ohnehin in Dresden war, beschloss sie ihre Hinwendung zu den Attraktionen der Landeshauptstadt. Dafür schaute sie zuerst den Standort von Olis Apartment auf der Karte an. Sie hatte gerade die Routenplaner-App geöffnet, als die Tür ins Schloss fiel.

»Da bin ich. Ich hoffe, du hattest einen guten Tag«, rief Oli ins Wohnzimmer. »Vermutlich ruhiger als im Erzgebirge«, antwortete Adina. »Ich nehme eine Dusche, dann gehen wir etwas essen. Dabei zeige ich dir die Kunsthof-Passage. Übrigens haben sich heute zwei Kerle vor meiner Wohnung in Annaberg herumgetrieben, vermutlich auf der Suche nach dir. Meine Kollegen haben sie eingesammelt. Die wurden bereits in Zwickau vermisst, als die das Waffenlager gefunden haben«, sagte Oli.

»Woher weißt du das?«

»Ich habe vorhin mit Sebastian telefoniert. Und das Waffenarsenal hat für genug Aufruhr in den Nachrichtentickern gesorgt. Es gab einige Nachfragen deiner Kollegen. Ausgerechnet Zwickau, wo man die NSU-Geschichte noch nicht aufgearbeitet hat. Als hätten da einige in Köln oder München drauf gewartet.«

»Kannst du mir sagen, wieso da noch zwei in Annaberg waren?«

»Der Junkie hatte ihnen leider unsere Adresse mitgeteilt, eh meine Kollegen ihn von seinem Handy befreit haben. Ich glaube aber, es wird jetzt ruhiger. Erstens gab es mehrere Verhaftungen und zweitens sind die ihre Waffen los. Die fangen quasi von vorn an, wenn sie denn wieder in Freiheit kommen. Wobei ich da auf die Justiz und auf ein fernes Datum hoffe. Wie so oft hat uns ein Drogenabhängiger auf die richtige Spur gebracht.«

»Das ist eine gute Nachricht. Dann kann ich wieder zurück …«

»Du bleibst schön hier. Wir fahren am Freitag gemeinsam. Und meine Kollegen werfen bis dahin ein Auge auf unser Haus. Hast du eigentlich noch mehr so Freundinnen wie Sally?«

»Warum fragst du?«

»Na, weil ich ein gutes Gefühl hätte, wenn du nicht die ganze Woche allein in Annaberg zubringst.«

# 6 VEGAN IST NICHT DIE LÖSUNG

## DRESDEN

»Komm, ich zeige dir das Viertel«, sagte Oli zu Adina. Sie verließen Olis Apartment in der Dresdner Neustadt und gingen die Treppe hinunter. Nach ein paar Schritten waren sie am Eingang der Kunsthof-Passage zwischen Görlitzer Straße und Alaunstraße.

»Wir sind in der Äußeren Neustadt, sozusagen im Szeneviertel, das nicht mehr viel mit dem Elbflorenz der Altstadt zu tun hat. Du findest alles von der top sanierten Villa bis zur Abbruchbude. Vor über 20 Jahren sah das Quartier genauso aus wie die Häuser in manchen Straßen draußen. Zum Glück fanden sich ein paar kreative und unternehmungslustige Leute, die ein Kleinod geschaffen haben. Ich war letzte Woche in der *Lila Soße* zum Probeessen. Das wird dir bestimmt gefallen«, begann Oli seine Erklärungen.

»Oh, schau mal das blaue Haus! Das sieht ja cool aus«, rief Adina, als sie den ersten Innenhof betreten hatten.

»Das ist der Hof der Elemente. Jeder der insgesamt fünf Höfe hat einen Namen und ein Thema. Eigentlich muss man vor diesem Haus stehen, wenn es regnet, denn dann macht es Musik«, sagte Oli. Die Fassade des blau gestrichenen Gebäudes ist mit Regenrinnen und Trichtern verziert, die bei Regen ein Wasser- und Klangspiel entfalten. Dabei wird das Wasser auf kunstvolle Art vom Dach in ein Wasserbecken geleitet und erzeugt ganz verschiedene Töne. »Es waren echte Künstler am Werk, die eine Idee aus Sankt Petersburg aufgegriffen haben. Das gelbe Haus gegenüber gehört dazu. Es erinnert mit den verbogenen Alublechen an den Wind«, klärte Oli auf.

Vom Hof der Elemente gelangten die beiden in den Hof der Fabelwesen, die von den Fassaden auf Adina und Oli herabschauten. »Schau, hier ist der Hof der Fabelwesen, wo sich die *Lila Soße* befindet. Wir können eine Runde durch die Passage drehen. Die Reservierung ist in 20 Minuten.«

»Oja, ich will mir das erst anschauen. Ich hätte sonst keine Ruhe zum Essen«, antwortete Adina.

»Die kleinen Läden und Ateliers kannst du tagsüber besuchen. Das meiste ist jetzt geschlossen. Die Kunstwerke wirken immer anders, je nach Lichteinfall. Ich war ein paarmal in der Passage, es ist nie das Gleiche. Es gibt ein *Hofcafé* und ein Teegeschäft und ein paar andere Lokale, wo man sich niederlassen kann. Und wenn dich die Neugier morgen hertreibt, kannst du mir in der Bierothek eine Flasche dunkles Bier mitbringen«, sagte Oli.

Sie schlenderten weiter durch die Höfe, den Hof des Lichts, den Hof der Metamorphosen und den Hof der Tiere. Sie betrachteten Kunstwerke an Wänden oder

Bäumen, liebevoll gestaltete Läden oder ein Wasserspiel. Der Weg zur *Lila Soße* im Hof der Fabelwesen führte am Ballettstudio vorbei.

»Ich hätte zwischen den Häusern nicht so ein bezauberndes Lokal vermutet. Echt toll. Schön, dass du mich an diese Stelle geführt hast«, bedankte sich Adina, als sie ihren Platz eingenommen hatten. »Die schönsten Kneipen und kleinen Restaurants befinden sich oft in den Hinterhöfen. Die Passage ist ein gutes Beispiel. Wenn du ein wenig durch die Neustadt bummelst, wirst du vieles entdecken«, erwiderte Oli.

»Guck mal! Die kleinen Gläser mit dem Essen drin. Das sieht alles sehr lecker aus. Man weiß nicht, wofür man sich entscheiden soll«, kommentierte Adina das Tablett, das der Kellner in diesem Moment am Nebentisch ablud. »Lies die Speisekarte ganz in Ruhe. Und nimm, worauf du Appetit hast. Es schmeckt so, wie es aussieht.«

Adina wählte lila Folienkartoffeln mit grüner Soße und Käsespätzle mit Pesto sowie Bergkäse im Glas, dazu Feldsalat mit Birnen und Walnüssen. Oli nahm den Brotsalat, geschmorte Lammkeule mit herzhaftem Armen Ritter und Möhren. »Können Sie bitte alles zusammen servieren?«, bat er den Kellner. Das hatte den Effekt, dass der Tisch voller Speisen war und jeder von jedem probieren konnte.

»Sieht aus wie bei einer Feier in Israel. Kein Stück Tischplatte frei«, fand Adina. »Mmmhhh, Oli, koste bitte die Spätzle! Das ist zwar nichts Regionales, aber so was von gut!«, lobte Adina die ungewöhnliche Kombination im Glas.

»Der Brotsalat ist eher italienisch, die grüne Soß' aus Frankfurt. Das ist kreativ, modern, abwechslungsreich, fantasievoll und ein bisschen magisch, wie lila eben!«, erklärte Oli. Nach dem Essen gönnten sich beide Desserts, die sie ebenfalls gemeinsam verspeisten. »Was meinst du, Adina, der Tag war lang. Trinken wir unterwegs einen Absacker und gehen ins Bett?«

»Klar, gegenüber von deinem Apartment ist eine kleine Bar. Gin Tonic wäre was.«

»Mir reicht ein Bier. Ich muss zeitig aus dem Haus. Da schläfst du sicher noch den Schlaf der Unschuldigen«, meinte Oli.

Als Adina am nächsten Morgen erwachte, zeigte ihr Handy mehrere Anrufe von Mia und eine Sprachnachricht. »Adina, was ist los? Hast du gestern zu lange gefeiert? Hältst du dich in Dresden auf? Wenn ja, ruf mich ganz schnell zurück.«

Adina versuchte, zu sich zu kommen. Nach einem Rundumblick im Zimmer wurde ihr klar, dass sie nicht in der Annaberger Wohnung, sondern in Olis Apartment in der Dresdner Neustadt war. Als sie ihre Orientierung ganz langsam wiedergefunden hatte, wählte sie Mias Nummer.

»Wo brennt es denn? Du weißt, dass ich nicht früh um 5 Uhr aufstehe! Ja, ich bin in Dresden. Ich wurde evakuiert, sozusagen.«

»Um fünf wollte ich nichts von dir. Jetzt reicht vollkommen. Sascha fragt, ob du ab und an für ihn wieder als Journalistin tätig sein willst. Er hätte einen dringenden Auftrag.«

»Sascha.« Adina sprach den Namen ihres früheren Freundes in Berlin mit einem leicht verächtlichen Unterton aus.

»Nicht dein Ernst! Darüber stehst du doch. Außerdem ist es zwei Jahre her. Uns sind mehrere Korrespondenten ausgefallen, unter anderem in Sachsen. Und in Dresden steppt der Bär. Mit Markus habe ich gesprochen. Er hat nichts dagegen, wenn du gelegentlich Beiträge für uns schreibst. Du sollst nur dafür die Rechnung an Sascha schicken und nicht an ihn.« Mia hatte an alles gedacht.

»Vielleicht erzählst du zuerst, was in Dresden los ist. Danach entscheide ich, wie schnell ich mich aus dem Bett schäle.«

»In der Äußeren Neustadt von Dresden gab es heute Nacht eine Anschlagsserie auf Restaurants, Fleischereien und Molkereigeschäfte. Und in einem Abbruchhaus liegt ein toter Fleischermeister. Es wird vermutet, dass radikale Veganer am Werk waren.«

»Äußere Neustadt? Da bin ich gerade. Gestern Abend, als wir vom Essen nach Hause gingen, war alles ruhig und unauffällig.«

»Die haben eben später zugeschlagen. Und jetzt mache hin. Hast du einen Fotoapparat mit?«, fragte Mia.

»Klar, Kamera und Laptop immer anbei. Stets zu Diensten. Was erwartet ihr?«

»Zuerst einen schnellen Lagebericht, ein paar aussagekräftige Bilder. Sieh zu, dass dir ein paar der Schmierereien und Schilder vor die Linse flattern. Und bring ein paar O-Töne mit!«

Nach einem »Ok« legte Adina auf und rief Oli an. »Adina, was ist? Ich kann jetzt nicht«, sagte Oli.

»Du bist der Pressesprecher der Polizeidirektion! Bist du für die Aktion in der Äußeren Neustadt zuständig?«

»Adina, was soll das! Genau deshalb habe ich keine Zeit für dich. Die Journalisten rennen uns die Bude ein.«

»Deswegen rufe ich dich an. Ich muss einen Beitrag für die Berliner machen. Die haben keinen besseren Berichterstatter vor Ort als mich. Schenkst du mir ein paar Exklusivinformationen?«

»Adina, muss das sein! Kannst du dich nicht um die Touristen kümmern? Wieso schreibst du für die Zeitung oder für dieses Onlineprodukt! Wenn jemand herausfindet, dass ich dir besondere Informationen zugespielt habe, sind meine Tage im Polizeipräsidium gezählt. Das sind sie sowieso, ich meine, dann ist vorher Schluss! Du kannst wie die anderen Journalisten in die Görlitzer Straße kommen. Wir treffen uns in einer halben Stunde am Schild mit den vielen Tieren bei der Bierothek. Du wirst es nicht wiedererkennen«, versprach Oli. Eine halbe Stunde – das war sportlich.

»Ach du Sch…«, entfuhr es Adina, als das Schild in Sichtweite auftauchte. Von den vielen bunten Farben und den Tieren war nichts mehr zu sehen, stattdessen prangten dort viele schwarze Kreuze.

Aus beiden Richtungen der Straße und aus dem Durchgang zur Passage strömten die Journalisten zum Treffpunkt. Stifte und Aufnahmegeräte wurden in Startposition gebracht, Auslöser klickten. Oli begrüßte die Reporter und lud sie zu einem kleinen Rundgang durch das Viertel ein. »Ich bin Kriminalhauptkommissar Uhlig und amtierender Pressesprecher. Wir laufen bis zur Bautzner Straße kurz hinter der Molkerei der Gebrüder Pfund und in einem Bogen zurück. In diesem Bereich sind die meisten Tatorte. Das vegane Restaurant hinter Ihnen können wir uns sparen. Es ist nicht betroffen. Und damit wissen Sie bereits, in welcher Szene wir die Täter vermuten, obwohl wir in alle Richtungen ermitteln. Los geht's. Ich hoffe, Sie haben die richtigen Schuhe gewählt«, sagte er mit Blick auf die Damen. Adina schaute instinktiv auf ihre Füße. So groß war ihre Auswahl in Dresden nicht gewesen. Die Wanderschuhe lagen in ihrem Auto, das sie in Annaberg zurückgelassen hatte.

»Stimmt es, dass Sie einen Toten gefunden haben?«, tönte es aus dem Hintergrund.

»Wissen Sie, ob er ermordet wurde?«, piepste eine Blondine gleich neben Oli.

»Wir sind ganz am Anfang. Alles deutet darauf hin, dass der Mann keines natürlichen Todes starb. Wir wissen jedoch nicht, ob ein Zusammenhang mit den Anschlägen auf gastronomische Unternehmen und Verkaufseinrichtungen für tierische Kost besteht.« Blondchen, wie Adina sie in Gedanken nannte, gab sich nicht geschlagen. Sie rückte näher an Oli heran. Adina rauschte das Blut in den Ohren. Sie musste sich beherrschen und zurückhalten. Ihre Beziehung zu Oli durfte keine Rolle spielen. »Wurde er nun ermordet?«, hakte Blondchen nach.

»Das haben Sie gerade gefragt«, antwortete Adina für Oli. Der schaute sie verdutzt an und sagte »Nein, äh, das wissen wir noch nicht.«

Blondchen ließ nicht locker. »Und wo haben Sie ihn gefunden?«

»Im Zugang zu einem Abbruchhaus«, sagte Oli und dachte: Den Rest musst du selbst herausfinden. Er beschleunigte seinen Schritt und überholte die Vorhut. Vor einer Fleischerei stoppte er und brachte die Gruppe so zum Stehen. »Von hier traf heute früh ein Anruf beim Bereitschaftsdienst ein. Es war der erste Anruf einer ganzen Serie. Wir haben sofort alle verfügbaren Kräfte ins Viertel geschickt«, begann Oli.

Die Presseleute lichteten das Ladengeschäft pflichtbewusst ab. Das Team des regionalen Fernsehsenders filmte eine Passantin in viel zu engen Leggings, die auf das linksgrünversiffte Veganerpack und diese Greta-Jünger schimpfte. »Die haben uns gefehlt. Da sind mir die Pegida-Leute montags in der Altstadt lieber«, plärrte sie.

»Gute Luft, alle Klischees vom gemeinen ostdeutschen AfD-Wähler erfüllt«, murmelte Adina vor sich hin. Außer, dass sich die Dame freiwillig »ins Gesicht filmen« ließ, was der hasserfüllte, herumbrüllende Demonstrant nicht wollte, der ungewollt zum Medienstar geworden war. Die Tusse hatte sich vor dem Geschäft aufgebaut und sich überhaupt nicht daran gestört, dass sie mitten in einer Pfütze blutroter Flüssigkeit stand. »Guggen Sie sich die Sauerei an. Der ganze Fußweg ist versaut. Die sind die Schweine, nicht die anderen«, schimpfte sie. »Und das Schaufenster! Da muss einer richtig schrubben. Mörderhaus, so ein Unfug, norr! Das Fleisch ist doch schon dood, wenn die des bringen.«

Die Kameraleute wuselten um die Dresdnerin herum. Adina wusste, dass ihr die eigenwillige Aussprache des Wortes tot tagelang in den Ohren klingen würde. »Dood, ganz dood, mausedood«, murmelte Adina vor sich hin. Beinahe hätte sie Olis Fortsetzung verpasst. »Wir haben 42 Stellen, von denen ich Ihnen einige wesentliche zeigen werde. Sie haben hoffentlich Verständnis dafür, dass wir nicht jeden Platz besichtigen«, sagte Oli. Adina meinte ein Aufatmen zu vernehmen.

Beinahe hätte Oli sich verplappert und etwas von der Vermisstenmeldung erzählt. Da der Tote nicht identifiziert war, wollte er Anspielungen vermeiden. Der Fundort der Leiche unweit des Fleischerladen war für den Medienrundgang tabu.

Betroffen von den Schmierereien und Zerstörungen waren so gut wie alle Kneipen und Restaurants, die nicht ausschließlich vegane Speisen anboten, die Fleischereien, sogar die Molkerei der Gebrüder Pfund in der Bautzener Straße. Allerdings hatten sich die Täter im schönsten Milchladen der Welt nicht an die historische Substanz gewagt und stattdessen ein paar Schilder mit Sprüchen wie »Milchwirtschaft ist Tierquälerei« oder »Tiere fühlen, Tiere leiden« hinterlassen. Nebenan am Altenburger Senfladen waren die Fenster mit roter Farbe beschmiert: »Ihr müsst nicht überall euren Senf dazugeben«, las Adina. Oder: »Vegan schmeckt auch ohne Senf«.

Die Journalisten sahen eingeschlagene Fenster, beschmierte Fassaden, rote Farbe auf dem Pflaster vor den Läden. Unzählige Fotos wurden geschossen. Ein paar Eigentümer, die fassungslos vor ihren Häusern standen, wurden befragt. Zurück an der Kunsthof-Passage verabschiedete sich Oli von den Journalisten. »Wenn Sie weitere Fragen haben, können Sie sich jederzeit bei mir melden«, sagte er und verteilte Visitenkarten. Blondchen war für Adinas Geschmack wieder zu nah an Oli herangerückt. »Sind Sie neu in diesem Job? Sie machen das gut«, sagte Adina und lächelte ihren Lebensgefährten an. Blondchen wollte gerade etwas hinzufügen, da klingelte ihr Telefon. Als sie ihren Anrufer abgewimmelt hatte, war Oli bereits verschwunden.

Adina bestellte sich im *Hofcafé* einen Kaffee und rief Mia an. »Ich denke, ich brauche etwa eine Stunde. Dann habt ihr den ersten Bericht. Bilder lade ich gleich hoch. Hier gibt es zum Glück überall WLAN«, sagte sie, packte ihren Laptop aus und begann zu schreiben.

Auf dem Weg zu Olis Wohnung auf Zeit machte sie in der Bierothek an der Görlitzer Straße Station und stand überfordert vor den Regalen mit mehr als 300 Biersorten. Die freundliche Bedienung führte sie zum Regal mit Guiness & Co. Sie kaufte weniger nach der Sorte, sondern wählte eine ausgefallene Flasche mit Bügelverschluss. »Wenn das Bier nicht schmeckt, kann ich das immer noch als Blumenvase verwenden«, sagte sie zu der Frau an der Kasse. »Dafür hätten wir auch sehr schöne Gläser«, erfuhr sie. »Ich versuche es mit der Flasche. Ich glaube, das reicht. Es schenken heutzutage nicht mehr so viele Männer Blumen«, lachte Adina.

»Und? Weißt du etwas Neues?«, fragte Adina, als Oli am Nachmittag im Apartment eintraf.

»Wir haben keine heiße Spur. Wir wissen, dass militante Veganer heute Nacht an mehreren Stellen Europas aktiv waren. Und wir kennen eine internationale Vereinigung, die Gruppen in vielen Ländern unterhält. Möglich, dass die in Dresden einen Ableger haben. Gerade in der Neustadt sind die Bedingungen ideal dafür«, antwortete Oli.

»Ist dir oder besser deinen Kollegen aufgefallen, dass die erste Fleischerei, an der wir waren, nicht so ganz ins Bild passt? Irgendwie sah an dieser Stelle alles anders aus, die Farbe war anders, die Schrift war anders, die Pfütze vor der Tür, die etwas frischer wirkte. Und Mörderhaus – das passt nicht so recht zu einer Fleischerei, die nicht einmal selbst schlachtet.«

Olis Pupillen hatten sich vor Schreck geweitet. »Ich hoffe, du hast das nicht in deinen Bericht geschrieben«, stammelte er.

»Was ist los mit dir, etwas nicht in Ordnung?«, fragte Adina.

»Ich darf dir das nicht sagen, und du darfst es nicht verwenden. Die Ermittlungen laufen auf Hochtouren. Der Tote, den wir in dem Hauseingang gefunden haben, ist der Fleischermeister dieser Fleischerei.«

»Das ändert die Sache wesentlich«, sagte Adina. »Mörderhaus – wenn das nicht jemand geschrieben hat, der den Mörder kennt oder in dem Haus vermutet! Und wenn die Tötung des Fleischermeisters oder der Mord an ihm gar nichts mit den Veganern zu tun hat?«, spann sie den Faden weiter.

»Das versuchen wir gerade herauszufinden.«

»Deshalb bist du mit uns nicht zum Fundort der Leiche gegangen. Aha.«

»Das hast du bemerkt? Ich glaube, da warst du die einzige.«

»Hatte der Fleischer eine Frau? Mord aus Eifersucht? Das wäre naheliegend. Er war bei der Geliebten, ein paar Häuser weiter, die Frau hatte die Nase voll von den Eskapaden und hat ihn umgebracht. Oder umbringen lassen. Und die Geliebte hat den Spruch ans Fenster gesprüht. Jetzt müsst ihr die Geliebte finden. In dem Haus, wo er lag oder ganz in der Nähe. Offen gestanden kann ich die Ehefrau verstehen, die sich ihres untreuen Gatten entledigt.«

»Da sollte ich wohl aufpassen?«, fragte Oli.

»Ja, zum Beispiel mit solchen Blondchen, die dir bei Stadtrundgängen auf die Pelle rücken und dumme Fragen stellen«, grinste Adina und gab ihm einen kleinen Knuff in die Seite. »Getroffen«, sagte Oli und ließ sich auf die Seite fallen, was Adina zu einem inszenierten Nahkampf anstachelte. Die zärtliche Rangelei endete mit einem Lachanfall bei beiden. »Komm, lass uns etwas essen gehen. Hier vorn ist ein Stand mit Falafel und köstlichem Hummus. Da kommen wir auch nicht mit den militanten Fleischverächtern in Konflikt, denn der Stand ist vegan«, schlug Oli vor.

Den Freitagvormittag verbrachte Oli in der Dienststelle. Adina lief die Tour vom Vortag ab. Fast alle Spuren der Aktion waren beseitigt, lediglich am Fleischerladen war etwas von der roten Farbe erhalten. Sie verfasste ein paar Zeilen und schickte die Fotos dazu an die Online-Redaktion. Vor der Heimfahrt nach Annaberg kam Oli ganz von selbst auf die Ermittlungen zu sprechen. »Meine Kollegen haben die Freundin gefunden. Nun müssen wir den Mörder überführen. Oder die Täterin. Die Freundin vermutet, dass es die Gattin höchst selbst war. Also doch Eifersucht. Die Sachbeschädigungen werden wir wohl so schnell nicht aufklären. Vieles deutet daraufhin, dass Auswärtige am Werk waren. Jetzt lass uns nach Hause fahren. Und bitte keine neuen Aufreger am Wochenende. Es reicht irgendwie.«

# 7 ENTSCHEIDUNG MIT FOLGEN

## LANDKREIS SÄCHSISCHE SCHWEIZ – OSTERZGEBIRGE

»Fährst du am Montag mit nach Dresden oder bleibst du hier in Annaberg?«, fragte Oli Adina nach einem ungewöhnlich ruhigen Wochenende.

»Ich glaube, ich komme am Dienstag nach und fahre am Donnerstag zurück. Am Montag kann ich alles organisieren und mir in Ruhe überlegen, welche Orte ich besuchen will. Ich denke, es wird die Sächsische Schweiz werden. Die kenne ich so gut wie gar nicht. Da dauert es sicher etwas länger, um lohnenswerte Ziele fernab ausgetretener Pfade für unser Tourismusportal zu finden. Publikationen darüber wurden zuhauf veröffentlicht. In den meisten steht dasselbe, die Hotspots halt«, antwortete Adina.

»Du bist bitte vorsichtig und lässt keinen ins Haus. Ich werde Sebastian informieren, dass du allein bist, und im Revier Bescheid sagen. Melde dich bitte bei Sebastian an und ab.«

»Oli, die Terrorbande sitzt in U-Haft, mein Auto hat eine neue Nummer und außer den drei Kerlen, die hier waren, dürfte keiner die Adresse kennen. Ich passe auf.«

»Trotzdem. Ich will nicht, dass dir etwas passiert, schon gar nicht hier in meiner Wohnung. Und ich weiß, dass du Ganoven und merkwürdige Vorfälle magisch anziehst. In die Sächsische Schweiz würde ich dich ohne zu zögern begleiten. Ich war da als Kind drei, vier Mal im Ferienlager. Meine Großeltern fuhren gern in die gleiche Pension, wenn sie wandern oder klettern wollten. Irgendwo bei Struppen. Da macht die Elbe so eine Schleife, eigentlich ein S, das sich um die Festung Königsstein legt. Dort musst du unbedingt hin, und auf die Bastei und die Felsenbühne Rathen.«

»Wenn du möchtest, bleibe ich bis Mittwoch in Annaberg, und wir verbringen das Wochenende gemeinsam in der Sächsischen Schweiz. Eine Unterkunft finden wir bestimmt. Ich könnte am Donnerstag nach Pirna fahren und abends zu dir nach Dresden kommen. Und Freitag nach Dienstschluss starten wir ins Wochenende. Du musst etwas mehr mitnehmen, denn du bist quasi zwei Wochen unterwegs. Im Apartment ist eine Waschmaschine. So ein paar Sachen sind fix trocken. Was meinst du?«

»Das ist eine gute Idee. Such uns ein Quartier von Freitag bis Sonntag oder besser Montag. Ich kann früh nach Dresden fahren, und du bleibst noch oder du kehrst nach Annaberg zurück. Wenn du willst, kannst du heimwärts beim Sauensäger anhalten. Das wolltest du sowieso, und es liegt fast am Weg. Wir müssen eben mit zwei Autos fahren, aber das sollte kein Problem sein.«

»Gut. Wir sehen uns Donnerstagabend in Dresden

bei einem leckeren Abendessen und Freitag bis Montag sind wir im Elbsandsteingebirge. So sagt man auch zur Sächsischen Schweiz, oder?«

»In meiner Kindheit hieß das nur so. Der Name Sächsische Schweiz hat sich erst später durchgesetzt. Oder das war so eine DDR-Masche. Damit keine Sehnsucht nach der Schweiz geweckt wurde. Ich packe die Wanderschuhe und ein paar Outdoorklamotten ein. Etwas für gut habe ich in Dresden im Schrank, falls wir das benötigen. Und du machst einen Plan. Da können wir gleich ausprobieren, ob all das funktioniert, was du dir immer so für das Tourismusportal ausdenkst.«

Während Adina die Küche aufräumte, begann Oli, sich ein paar Sachen zurechtzulegen und in seine Reisetasche zu packen. Er kehrte in die Küche zurück. »Übrigens hat Steffen heute früh angerufen, Steffen Müller aus Chemnitz. Du hattest den richtigen Riecher. Der Schauspielertyp aus Nürnberg hatte solche Wut auf den Kulturhauptstadt-Coach, dass er ihn für immer von der Bildfläche verschwinden ließ. Mit dem Fundort in dem Auto wollte er den Verdacht auf den Künstler legen. Der Mime hat offensichtlich die Stücke, in denen er seine Rollen spielte, nicht begriffen. So stellt sich kein Mörder an, nicht bei Shakespeare und nicht in der Gegenwart. Vielleicht wurde sein Unvermögen mit zu wenig Rollen bestraft, und er wollte es deshalb als Kulturmanager versuchen.«

»Oh, das freut mich, dass die den Fall so schnell gelöst haben«, sagte Adina.

»Ich soll dir ausdrücklich dafür danken und beste Grüße von Steffen und seinem Team übermitteln. Wenn du nach Chemnitz fährst, sollst du dich vorher bei ihm melden. Eine Einladung ins *Schalom* ist dir gewiss. Ihr habt euch wohl im Restaurant getroffen?«

»Ja, zumindest diesmal. Ich war ja schon einmal bei ihm wegen des Irren mit dem Beutekunstsyndrom, der mich verfolgt hatte. Das wird sich nicht vermeiden lassen, dass ich ab und an nach Chemnitz fahre, schon wegen meiner Urgroßmutter, deren Namen ich trage. Ich habe mir vorgenommen, zu ihrem Geburtstag und Todestag den Jüdischen Friedhof zu besuchen. Und der Titel Kulturhauptstadt ist endgültig bestätigt. Da muss ich von Zeit zu Zeit schauen, was sich so bewegt. Das *Schalom* ist eine gute Adresse für ein Abendessen. Da sage ich gewiss nicht Nein.«

Als Oli am Montagmorgen nach Dresden aufgebrochen war, begann Adina, sich, mit den Attraktionen im Landkreis Sächsische Schweiz – Osterzgebirge vertraut zu machen. Sie fand die Herren von Dohna, ein edelfreies Adelsgeschlecht, dem unter anderem das Gut in Gamig oder Schloss Weesenstein gehörten. Die beiden Orte wollte sie später ohne Oli besuchen, genau wie den Barockgarten Großsedlitz.

Als der Adel abgearbeitet war, kämpfte sich Adina durch die wechselvolle Pirnaer Stadtgeschichte. Dabei fielen ihr zwei Dinge besonders auf: Zum einen das Kunstprojekt »Denkzeichen – Vergangenheit ist Gegenwart«. Es führt vom Bahnhof zur Festung Sonnenstein. Zum anderen die Gedenkspur, ein Weg mit knapp 15.000 gemalten bunten Kreuzen quer durch die Stadt. Adina erfuhr aus mehreren Berichten und Beschreibungen, was hinter dem Kunstprojekt und der Gedenkspur steckt: »Das schöne Stadtbild, das der Barock-Hofmaler Canaletto ebenso wie den Elbblick in Dresden und die Silhouetten anderer Städte aus dem 18. Jahrhundert festgehalten hat, wird verletzt durch die Verbrechen des Nationalsozialismus, die am gleichen Ort geschahen. Dafür ist jedes der Bilder mit einem Begriff versehen, der einen Zusammenhang mit der in der Heilanstalt Pirna-Sonnenstein betriebenen Euthanasie hat. Die Künstlerin Heike Ponwitz will damit auf die zwiespältige Geschichte der Stadt aufmerksam machen.« Adina legte eine Lesepause ein und dachte nach. Dann las sie weiter: »Fast 15.000 Menschen vorwiegend geistig Behinderte und psychisch Kranke, wurden in den Räumen der Festung Pirna-Sonnenstein in den Jahren 1940/41 systematisch getötet, unter ihnen Häftlinge aus Konzentrationslagern. Grundlage für die Euthanasie genannte ›Vernichtung unwerten Lebens und von Ballastexistenzen‹ durch die Nationalsozialisten war die ›Aktion T4‹. Mit ihr wurde die Schoah, bekannt unter dem menschenverachtenden Namen Holocaust, vorbereitet.« Adina skizzierte einen Plan für ihren Pirna-Trip.

Mit dem Donnerstag hatte Adina einen sonnigen Frühsommertag erwischt. Von der Autobahn A4 kommend fuhr sie von Dresden auf die A17 in Richtung

Prag. In Pirna angelangt, stellte Adina ihr Auto in Bahnhofsnähe ab. Angesichts ihrer schwierigen Mission in Pirna wollte sich keine Hochstimmung einstellen. Sie warf einen Blick auf die Gründerzeithäuser und staunte, wie gut hier alles erhalten oder saniert war. Im Bahnhofsgebäude stand sie vor dem riesigen Canaletto-Bild und suchte vergeblich nach einem Hinweis auf eines der Denkzeichen-Bilder. Das entdeckte sie gegenüber an einem Häuschen mit einem Imbiss.

Sie hatte sich vorgenommen, die 16 Canaletto-Bilder der Festung auf dem Weg zwischen Bahnhof und dem Sonnenstein zu finden. Die Größe des Bildes enttäuschte sie, genau wie die verwaschenen Kreuze der Gedenkspur, die dringend nach neuer Farbe schrien. Adina überlegte, ob sie auf ihrer Plattform ein Projekt für Schulklassen oder Gruppen von Kirchgemeinden entwickeln sollte. Diese könnten ihren Besuch in der ehemaligen Tötungsanstalt mit einer Malaktion für den Gedenkweg verbinden. Vielleicht gab es Namen und weitere Angaben zu Euthanasie-Opfern aus den Regionen der Besucher, mit denen sie sich im Vorfeld beschäftigen könnten. Für diesen Personenkreis könnten sie die Kreuze auffrischen, damit der Weg für alle wieder gut sichtbar wurde. Adina hatte im Internet den Hinweis zu einer Ausstellung über die Opfer von Pirna-Sonnenstein gefunden, die Schüler mit einem ehemaligen Pfarrer aus Zwickau erarbeitet hatten. Sie machte sich ein paar Notizen, damit sie den Gedanken nicht vergaß.

Den Alten Bahnhof hätte sie beinahe links liegen lassen, doch der Anblick des frisch sanierten Gebäudes löste eine magische Anziehungskraft aus. Sie betrat den Designerladen mit dem hübschen Café und beschloss, eine kleine Rast einzulegen. Fashion-Café, eine schöne Idee, und wenn es für die Männer ist, damit die Frauen entspannt einkaufen können, dachte sie. Frisch gestärkt, setzte sie den Weg entlang des früheren Klosters fort. Das Stadtmuseum konnte sie nicht locken, dafür die Geschäfte in der Fußgängerzone. Hier waren ein paar der bunten Kreuze auf dem Fußweg sichtbar. Nach den Canaletto-Bildern suchte sie vergeblich. Oder ihr fehlte der Blick, um sie wahrzunehmen.

Ihr Rucksack füllte sich mit Schokolade und frisch geröstetem Kaffee, einem T-Shirt mit dem Spruch *Geene Heggdigg offgomm lassn* und einem schwarzen Shirt für Oli als Wink gegen die verwaschenen Feinrippunterhemden. Fasziniert betrachtete sie die Schaufenster der Geschäfte oder der leeren Ladenlokale. Überall standen Sprüche oder Zitate. Die Gaststätten trugen lustige Namen wie *Zur Armen Sau.*

Die Fußgängerzone führte geradewegs an die Elbe und den Fähranleger. Spontan entschloss sich Adina, mit der Fähre überzusetzen. Sie fragte den Fährmann, wann er zurückführe. Eine halbe Stunde blieb ihr auf der anderen Seite.

»Bis dann«, sagte Adina.

Vom Elbufer gegenüber hatte sie einen fantastischen Blick auf Pirna und die Seitenansicht der Festung. Sie meinte, den Canaletto-Weg zu erkennen, der an der Gedenkstätte entlangführte. Drastischer hätte der Gegensatz nicht sein können. Adina versuchte eine der alten Erlen am Uferweg zu umfassen und schaffte nicht einmal ein Viertel. Sie schätzte das Alter des Baumes auf wenigstens 200 Jahre. Vor Adinas innerem Auge marschierten Napoleons Truppen durch die Stadt, die Eisenbahnlinie wurde eröffnet, die erste Elbbrücke gebaut, die Klinik Pirna-Sonnenstein als Tötungsanstalt missbraucht. Es gab einen Bombenangriff, mehrere Hochwasser, die Stadt verkam, um nach der Wende in neuem Glanz wieder zu erstehen. Und Tausende Verliebte, die am Elbufer spazierten, Kinder, die spielten, Frauen und Männer, die zur Fähre eilten. All das würde der Baum gesehen haben, wenn er Augen hätte. Das wurde Adina in diesem Moment bewusst.

Sie blickte zu dem Schiff. Der Fährmann winkte. Adina eilte die paar Meter hinunter zur Elbe und entwertete ihre Rückfahrkarte. Nach wenigen Minuten war sie zurück in der Fußgängerzone und schaute auf die Karte in ihrem Handy. Sie bog seitlich ab und bewegte sich in Richtung Markt. Dort stieß sie wieder auf eines der Canaletto-Bilder. Es trug die Aufschrift *Meldebogen*. Wenigstens auf Bürokratie wurde geachtet, obwohl jegliche Menschlichkeit fehlte, dachte Adina. Ein grauenhafter Gedanke beschlich sie: Vielleicht fand jemand aus meiner Familie hier sein Ende? Einige lebten früher in Sachsen. Sie beschloss, ihre Mutter zu fragen, wenn sie ihre Eltern in Berlin besuchte.

Auf die Verlockungen des Marktplatzes verzichtete sie. Rathaus, Stadtkirche Sankt Marien, die gotischen Portale, das Canaletto-Haus, all die Zeugen aus der früheren Zeit mussten auf später warten. Jetzt strebte sie den steilen Aufgang zur Festung an, um sich der jüngeren Geschichte zu widmen. Ihr Weg endete vorerst an der früheren Tötungsanstalt, die zu einer Gedenkstätte umgestaltet wurde. Vor dem sanierten Gebäude las sie die Schrift auf der Tafel. Bei den Worten »Gaskammer im Keller« wusste sie, dass sie das Haus nicht würde betreten können, ohne an Erstickungserscheinungen und Platzangst zu leiden. Allein erst recht nicht. Sie erinnerte sich an ihren Besuch in Auschwitz, wo sie vor der Gaskammer im Stammlager stehen geblieben war und ihre Gruppe verlor. Ihr Begleiter war zurückgekommen und hatte sie geholt, damit sie den Bus zum noch größeren Grauen in Birkenau nicht verpasste.

Adina machte kehrt und lief in Richtung Schloss. Im Park von Pirna-Sonnenstein traf sie auf einen Mann, der mit einem offensichtlich behinderten Mädchen unterwegs war. Er hatte sich auf eine der wenigen Bänke nahe der früheren Anstaltskirche niedergelassen. Das Kind versuchte, selbstständig zu laufen. Es traute sich nicht weiter, hielt sich an ein paar Steinen fest und begann zu schreien. Der Mann sprang auf und gab Hilfestellung. Adina grüßte ihn freundlich.

»Unsere Tochter Amelie. Sie ist 13. Ohne die Masern wäre sie ein mopsfideles Mädchen«, begann er zu sprechen. Adina beschlich ein mulmiges Gefühl. Sie schwankte zwischen hierbleiben und sich entfernen. Eigentlich wollte sie die Geschichte des Mannes nicht hören. Andererseits hatte sie hier einen Einheimischen, der ihr sicher ein paar Fragen beantworten konnte. Und die hatte sie nicht nur zu der verrammelten Anstaltskirche, die einen jämmerlichen Anblick bot.

Der Mann redete weiter. »Wir dachten, sie hätte die Krankheit überstanden, denn sie hatte sich recht schnell erholt. Sie besuchte den Kindergarten und wurde mit Gleichaltrigen eingeschult. Als sie sieben war, fiel uns auf, dass sie sich veränderte, ständig matt war, viel länger schlief als vorher und wie abwesend wirkte. Kurze Zeit später begannen die Anfälle. Amelie lag auf dem Boden und zuckte. Wir konnten ihr nicht helfen. Das Warten auf den Notarzt wurde jedes Mal zur Tortur, die Minuten zu Ewigkeiten. Es dauerte eine Weile, bis die Ärzte erkannten, dass die Masernviren ins Gehirn gewandert waren. Sie hatten Nervenzellen zerstört und verursachten eine chronische Entzündung. Davon rühren die geistige Behinderung und die spastische Lähmung. Schauen Sie, wie sie läuft. Sie spricht kaum. Und dabei sind wir froh, dass es ihr so geht, denn irgendwann wird sie im Rollstuhl landen. Falls sie so lange lebt ...«

»Oh, das tut mir leid. Ich dachte, Masern sind längst Geschichte. Wurden wir nicht dagegen geimpft? Ich meine unsere Generation, und Sie sicher auch«, sagte sie zu dem Mann, der wie Anfang 50 wirkte.

»Das ist es ja. Ich bin noch in der DDR aufgewachsen. Da fragte keiner wegen Impfungen oder welchen

Impfstoff man erhält. Ich habe Narben von der Pocken-impfung, die Ihnen dank der Gnade der späten Geburt erspart blieb. Als Sie geboren wurden, waren die Pocken ausgerottet. Durch die weltweite Impfung. Was machen die Leute jetzt? Sie hinterfragen grundsätzlich alles und beharren auf ihrer Entscheidungsfreiheit. Wenn unsere damaligen Freunde ihren Sohn hätten impfen lassen, wäre das alles nicht passiert. Er hat Amelie angesteckt. Sie war zu klein für die Impfung. Und viel zu klein für eine Maserninfektion ohne Komplikationen.«

Adina widersprach nicht. Sie war kein DDR-Kind und hatte deshalb keine Erinnerungen an die Schul-untersuchungen, bei denen alle Schüler einer Klasse in Schlüpfer und Unterhemd hintereinander anstanden und die Spritze erhielten, wenn der Arzt ihre Knick-Senk-Spreizfüße und andere Fehlstellungen begutachtet hatte. Oli hatte ihr davon erzählt. Er hatte das in sei-nen ersten Schuljahren noch erlebt. »Was macht sie so sicher, dass es so war?«, fragte sie den Mann.

»Malte-Richard hatte sich infiziert. Er erkrankte an Masern, die ohne bleibende Schäden ausheilten. Als er bei uns war, wusste keiner, dass er die Masernviren ver-teilt. Es dauert drei bis fünf Tage, ehe sich der typische Ausschlag zeigt. In seinem Kindergarten waren Flücht-linge. Die haben die Masern bestimmt mitgebracht und an unsere Kinder weitergegeben.«

»Die Flüchtlinge.«

»Wer denn sonst. In der Einrichtung gab es selten Windpocken oder Röteln, öfter Durchfall, aber keine

Masern. Seitdem Zuwanderungen zunehmen, haben wir alles Mögliche, sogar Krätze und solche Sachen.«

»Der Junge ist kein Flüchtlingskind. Wäre er geimpft gewesen …«, wendete Adina ein.

»Da haben Sie recht. Unser Kind wird sterben, weil das Kind unserer besten Freunde nicht geimpft war. Meine Frau kann diesen Schicksalsschlag nicht verwinden. Wir waren ziemlich reif, als sie schwanger wurde. Und so glücklich über dieses Geschenk. Ich habe ein Kind bekommen und einen Freund verloren. Seit Jahren rennen wir von Therapie zu Therapie, von Krankenhaus zu Krankenhaus. Die Fortschritte bleiben aus. Unser Kind ist und bleibt behindert.«

»Wieso haben Sie einen Freund verloren?«

»Meine Frau kann den Anblick von Malte-Richard und seinen Eltern nicht mehr ertragen. Ich habe René regelmäßig hier getroffen, wir haben miteinander geredet. Diese Woche wartete ich vergeblich. Anrufen kann ich ihn nicht, denn sie könnte seine Nummer sehen. Und ich will sie nicht zusätzlich verletzen. Wer weiß, wie lange unsere Ehe den Schicksalsschlag noch überlebt.«

»Das kann ich nachvollziehen. Könnte ja sein, Ihr Freund ist krank und taucht irgendwann wieder auf. Haben Sie eigentlich die Schmierereien an den Steinen gesehen, die Nazisymbole, den verunglimpften Davidstern?«

»Das haben wir hier laufend. Kaum wird es entfernt, erscheint es erneut. Die Rechtsradikalen haben sich früher in der leer stehenden Kirche getroffen. Die war eine Art Tummelplatz für verschiedene merkwürdige Gruppen. Ich weiß gar nicht, wer da alles zugange war. Die Lost-Places-Fotografen waren die harmlosesten. Jugendliche, Spinner, Kriminelle, Drogendealer, Neonazis, sogar schwarze Messen sollen gefeiert worden sein. Man wundert sich, dass da drin nicht ein paar Leichen abgelegt wurden. Jetzt ist alles abgesperrt. Es gibt einen einzigen Zugang, und der ist nicht so offensichtlich.«

Adina blickte demonstrativ auf die Uhr. »Ich muss leider weg. War nett, mit Ihnen geplaudert zu haben. Ich wünsche Ihnen und Amelie alles Gute«, verabschiedete sie sich und lief am Amtsgericht vorbei zum Schloss, in dem der Landrat residiert. Im Biergarten der Schlossschänke holte sie sich einen Kaffee und eine Ofenkartoffel mit Kräuterquark. Nach dem Mahl spazierte sie ein paar Meter auf dem Canalettoweg am Schlosshang entlang und startete den Rückweg in Richtung Bahnhof.

Die ganze Zeit ging ihr der Mann mit dem behinderten Kind nicht aus dem Kopf. Auch nicht am Abend, als sie mit Oli in einer Tapas-Bar in der Äußeren Neustadt zum Essen war. Adina erzählte Oli, was sie den Tag über gemacht hatte, und kam auf den Mann zu sprechen. »Ich habe die ganze Zeit gedacht: Wie kann er so seelenruhig mit dem Mädchen hier auf dem Sonnenstein im Park sitzen! Ein paar Meter weiter ist ein Haus, in dem seine Tochter mit ihren Behinderungen vergast worden wäre, wenn sie 1940 gelebt hätte.«

»Die Masernimpfung existiert ja nicht seit ewigen Zeiten. Meine Mutter hatte Masern. Und die ist 1956 geboren. Jetzt wird ewig diskutiert. Die Risiken der Krankheit sind halt nicht so einfach wegzuwischen. Die der Impfung auch nicht«, sagte Oli.

»Ich habe oft über solche Dinge nachgedacht, ohne zu einem richtigen Ergebnis zu gelangen. Ich weiß nicht, wie ich bei einem eigenen Kind entscheiden würde.«

»Du stammst aus Westberlin. Ich bin im Osten geboren. Ich glaube, wir waren auch nach der Wende viel impffreudiger als unserer Bekannten aus dem Westen des Landes. Oder haben uns nicht so einen Kopf gemacht. Jetzt dreht sich alles um persönliche Freiheit und Privatleben. Doch wie weit langt meine persönliche Freiheit, bevor sie die Freiheit anderer verletzt? An dem Beispiel des Mannes mit dem behinderten Kind siehst du, dass es gar nicht weit ist.«

»Lass uns die Tapas genießen und ein Glas Wein trinken. Morgen wirst du ein paar Stunden arbeiten, und dann brechen wir ins Wochenende auf. Pirna lassen wir erst einmal links liegen. Ich habe ein Zimmer in Wehlen gebucht. Am Samstag wandern wir die zweite Etappe vom Malerweg, wenn du möchtest. Dabei besuchen wir die Bastei, Rathen mit der Felsenbühne, den Amselsee und gehen über die Wolfsschlucht bis nach Hohnstein mit der Burg. Am Sonntag würde ich gern zur Festung Königstein und anschließend nach Děčín fahren, immer die Elbe entlang. Das befindet sich zwar nicht in meinem Arbeitsgebiet, aber die tschechische Stadt soll sehr schön sein«, sagte Adina.

»Das klingt alles sehr gut. Ich hatte gedacht, du willst zur Burg Stolpen, Gräfin Cosel, starke Frauen und so. Übrigens, mein Kollege, mit dem ich das Zimmer teile, ist aus Pirna. Ich werde ihm von deiner Begegnung erzählen. Vielleicht weiß er mehr«, brachte Oli das Gespräch auf den Mann im Sonnenstein-Park zurück.

Beim Morgenkaffee in der Dresdner Polizeidirektion sprach Oli von Adinas Ausflug nach Pirna und ihrer Begegnung mit dem behinderten Kind sowie dessen Vater. »Ich kenne die Familie. Unser Großer ging in den gleichen Kindergarten wie das Kind mit den Masern. Malte-Richard hieß er. Sein Vater René wird übrigens seit ein paar Tagen vermisst. Die Frau hat eine Vermisstenanzeige aufgegeben, hat mir meine Frau erzählt. Aber du weißt ja, wie lange es dauert, ehe wir nach einem unauffälligen Erwachsenen suchen«, erwiderte der Mitarbeiter der Medienabteilung. Er sah nicht, wie Olis Gesicht erstarrte. »Behindertes Kind – Verursacher vermisst – Adina und ihr Hang zu Verbrechen …« Das und ein wenig mehr schoss ihm durch den Kopf.

Gegen 15 Uhr brachen Oli und Adina auf. Da sie mit zwei Autos fuhren, hatten sie sich kurz über die Strecke ausgetauscht, bevor jeder seinen Wagen startete und ihn aus der Stadt herausbugsierte. Adina versuchte, an Oli dranzubleiben. Der gab sich große Mühe, sie nicht abzuhängen. Sein Auto hatte ein paar PS mehr als Adinas Kleinwagen.

Das Wochenende verlief entspannt und ohne Probleme. Oli entdeckte seine Erinnerungen an das Elbsandsteingebirge und jede Menge unbekannte Dinge. Für Adina war alles Neuland und deshalb nicht weniger reizvoll. Beide beschlossen, weitere Stationen des 112 Kilometer langen Malerweges zu laufen, wenn es ihre Zeit erlaubte.

Am Montagmorgen brach Oli zeitig nach Dresden auf, um seinen Dienst anzutreten. Adina blieb noch ein wenig im Pensionsbett liegen und legte die Stationen fest, die sie auf dem Weg nach Annaberg besuchen wollte.

In der Polizeidirektion wurde Oli von seinem Zimmerkollegen erwartet. »Kann deine Freundin auf dem Rückweg in Pirna anhalten?«, fragte ihn dieser.

»Bestimmt, wenn ich sie anrufe. Was soll sie dort?«

»Eine Zeugenaussage im Revier machen. Kriminalhauptkommissar Siegel wird sich extra für sie Zeit nehmen«, erwiderte der Beamte aus Pirna.

»Hat sie etwas angestellt?« Oli stellte sich ein wenig dumm, denn er war sicher, dass Adina ihm das nicht verschwiegen hätte.

»René ist tot. Meine Kollegen haben ihn in der Anstaltskirche gefunden. Und sie hatte Kontakt mit einem dringend Tatverdächtigen.«

»Ich ahnte es, als du am Freitag von der Vermisstenmeldung gesprochen hast. Adina hat solche Talente.

Mich wundert, dass sie die Leiche nicht selbst entdeckt hat. Sie war bei der Anstaltskirche gewesen.«

»Es ist so gut wie alles verbarrikadiert. Und deine Freundin wird ausschließlich auf legalen Wegen wandeln! Hoffe ich.«

»Davon gehe ich aus. Ich rufe sie an«, sagte Oli und griff zum Telefon.

Adina versprach ihm, sich in Pirna zu melden. Als Zeugin gab sie ihre Erinnerungen an das Gespräch mit dem Mann im Park zu Protokoll. Am Ende fragte sie den Beamten, ob er in ihm den Verursacher für den Tod seines Freundes sehe. »Ich weiß es nicht«, antwortete dieser ehrlich. »Ich würde eher vermuten, dass die Mutter von Amelie etwas damit zu tun hat«, erwiderte Adina.

Am Abend erzählte sie Oli am Telefon von ihrem Gespräch in Pirna und der Stippvisite beim Sauensäger. »Ich glaube nicht, dass Amelies Vater seinen Freund umgebracht hat. Der hat auf ihn im Park gewartet. Und er war so nah, quasi in Sichtweite, nur halt tot«, sagte sie und wiederholte ihre Vermutung, die sie zuerst im Revier geäußert hatte.

Der Rest der Woche gehörte ihrem Reiseblog und dem Tourismusportal. Bei ihrer Freundin Mia fragte sie an, ob sie Lust auf einen gemeinsamen Ausflug hatte. Die Sächsische Weinstraße oder der Krabat-Radweg standen zur Auswahl. »Lass mich das erst mit Sascha klären. Möglicherweise kann ich etwas Redaktionelles in der Nähe machen«, antwortete Mia.

Sein Kollege empfing Oli am nächsten Morgen mit einer Neuigkeit: »Deine Freundin hatte den richtigen Riecher. Die Frau hat gestanden, sich mit René im Park getroffen zu haben. Als Affekt geht das vergiftete Bier sicher nicht durch, aber eventuell findet der Richter einen anderen Grund zur Strafmilderung. Verminderte Schuldfähigkeit nach Paragraf 21 oder so. Sich selbst aus dem Leben zu schleichen, hat sie nicht geschafft. Ihr Mann ist jetzt mit Amelie allein. Das kann sie nicht gewollt haben«, sagte Olis Mitstreiter.

Oli rief Adina an und berichtete ihr die Neuigkeit. Als er aufgelegt hatte, hörte er seinen Kollegen sagen: »Schreib bitte auf, bei welchen Fällen deine Adina der Polizei wie geholfen hat. Da lässt sich bestimmt etwas machen.«

Oli nickte. »Das dauert länger«, sagte er. In seinem Kopf stritten der Stolz auf Adina und ihre kriminalistischen Fähigkeiten mit der Angst, dass sie irgendwann einen Fehler machen könnte, der nicht so glimpflich endet wie die bisherigen Situationen mit hohem Gefahrenpotenzial.

# 8 DER NEUE OPA

## LEIPZIG STADT

»Was war eigentlich dein skurrilster Kriminalfall?«, fragte Adina beim Frühstück.

»Was meinst du mit skurril?«, fragte Oli zurück.

»Na die dümmsten, kuriosesten, mystischsten. Oder erzähl mir überhaupt von denen, die ein bisschen aus der Reihe tanzten und dich berührt haben. Für mich waren es die Pilz-Opas, die auf ihrem Vorrecht über unreife Pilze beharrten und sich dafür erschlugen. Die Geschichte kennst du ja.«

»Einmal hatten wir einen Einbrecher, der die Tür mit seiner Kreditkarte öffnen wollte. Sie zerbrach und blieb teilweise stecken. Wir mussten nicht lange suchen. Oder der Osteuropäer, ich weiß nicht mehr genau, wo er herstammte. Er stieg in ein Einfamilienhaus ein, packte sich die Taschen voll Schmuck, Bargeld und Werkzeug und trank eine halbe Flasche Whisky. Als das Ehepaar zurückkehrte, fanden sie ihn schlafend auf dem Sofa. Traurig war der Unfall mit der schwangeren Frau, die ins Auto rannte, weil ihr Mann sich bei der Annaberger Kät mit einer tschechischen Hure vergnügte. Mystisch, da muss ich nachdenken. Vielleicht der Räuber, der sich von Hupfmännlein verfolgt fühlte, die ihn zu Überfällen angestiftet haben sollen. Der war nicht schuldfähig. Die Hupfmännlein hat ihm keiner abgekauft. Und gelacht haben wir, als wir die wahre Ursache hinter den Schreien entdeckten, wegen denen wir in ein Mietshaus gerufen wurden. Dem kopulierenden Pärchen war der Spaß vergangen. Wir hatten ihnen beinahe die Tür eingetreten. Sebastian hat uns zurückgehalten. Er kannte die Geräusche irgendwoher.« Oli musste lachen.

Adina stimmte ein. »Wenn es nur ständig solche ›Fälle‹ geben würde. Das ist leider nicht so. Manches belastet einen weit über den Arbeitstag hinaus, so wie die Sache mit der schwangeren Frau. Ich erinnere mich an das Pärchen auf dem Weihnachtsmarkt. Die beiden sind tot.«

»Ja, und wie bist du diese Woche vorangekommen? Hast du die Sächsische Schweiz komplett aufgearbeitet, Königstein, unsere Wanderung auf dem Malerweg?«, fragte Oli.

»Ach, wenn es so leicht wäre! Unser Wochenende ist nicht das Problem. Du weißt, dass Markus viel Wert auf Storytelling legt. Da verbinden sich Werbung, Journalismus und ein wenig Literarisches. Nun schreib mal Geschichten über solche Orte wie Pirna, wo sich sächsischer Barock mit fantastischer Natur trifft, jedoch alles vom Nazigrauen in der Tötungsanstalt Pirna-Sonnenstein überschattet wird. Das zehrt ein wenig an den Nerven. Und der Mann mit der behinderten Tochter geht mir nicht aus dem Kopf. Durch ihn oder besser sein Kind erhielt das in der Gedenkstätte aufgearbeitete Geschehen eine andere Dimension. Alles rückt plötzlich viel näher.«

»Verstehe. Du wirst diese Woche keine ausgedehnten Touren unternehmen?«, fragte Oli.

»Eher nicht. Aber ich habe ein bisschen Lust auf Großstadt. Vielleicht fahre ich einen Tag nach Leipzig.«

»Was willst du in Leipzig anschauen?«

»Ach Oli, ich glaube, gar nicht so viel. Vielleicht das bunte Treiben im Hauptbahnhof. Gucken, wie die Verkehrsströme so sind, was am meisten frequentiert ist, wo die Leute am liebsten einkaufen. Der Bahnhof ist nicht nur ein wichtiger Punkt für Reisende, sondern zugleich Einkaufszentrum. Vielleicht kaufe ich ein paar Dinge ein, die man in Annaberg eher nicht bekommt. Soll ich dir etwas Schönes mitbringen?«, fragte Adina.

»Ich weiß nicht. Ich lasse mich überraschen. Kann ja sein, du entdeckst etwas. Ein Duschbad könnte ich gebrauchen. Eins, das du gerne riechst. Gib bitte kein Vermögen aus. Du kannst uns was Nettes zum Essen mitbringen. Oder richtig gutes Nougat. Das kannst du erst kurz vor der Rückfahrt kaufen bei der Wärme. Oder du nimmst die Kühltasche mit.«

»Gute Idee, auch für kaltes Wasser zum Trinken. Mal schauen, vielleicht zieht es mich in den Zoo oder ich schaue mir das Paulinum an. Johann Sebastian Bach gibt sicher etwas her mit den Thomanern und der Thomaskirche. Ich weiß es nicht. Ich denke, am Mittwoch oder

Donnerstag vor Ort bin ich schlauer. Dann sprechen wir später darüber.« Adina war nicht der Typ, der stets alles so minutiös festlegte. Sie liebte es, sich einfach treiben zu lassen, vor allem, wenn sie ihr Pflichtprogramm absolviert hatte oder sich darauf einstimmen wollte. Im Grunde war es die fortwährende Suche, ihre unbändige Neugier, die sie stets motivierte. Trotzdem war ihr eine sorgfältige Vorbereitung der Recherchetrips wichtig.

»Ich sollte noch viel dankbarer sein, dass ich diese Aufgabe gefunden habe oder sie mich. Wir passen ganz wunderbar zusammen, so wie du und ich.« Adina lächelte Oli verliebt an. Er strich ihr übers Haar.

»Stimmt. Ich bin froh, dass du glücklich und beschäftigt bist, vor allem jetzt, wo ich in Dresden arbeite. Ich gestehe, dass ich ab und an ein wenig Angst um dich, um uns habe. Übrigens, weißt du, was mein Zimmerkollege aus Pirna gesagt hat?«

»Nein. Du verrätst es mir sicher gleich«, antwortete Adina.

»Ich soll all deine guten Taten für die sächsische Polizei aufschreiben. Und für die Bürger natürlich. Er will sehen, ob man da nicht etwas machen kann. Also so ab Verdienstmedaille aufwärts.«

Adina lachte. »Sehe ich so alt aus, dass ich Orden trage?«

»Er meinte es ernst. Wir können alles zusammentragen. Es schadet auf keinen Fall. Und wenn wir das später unseren Kindern zeigen oder den Enkeln davon berichten.«

Adina blickte erstaunt auf. »Unseren Kindern? Aha. Fange ruhig an. Und vergiss nicht aufzuschreiben, dass ich in Annaberg einem gewissen Lars-Oliver Uhlig regelmäßig unter die Arme und anderswohin greife. Jetzt zum Beispiel werde ich den Tisch abräumen. Du kannst inzwischen die Betten machen. Heute Nachmittag ist sicher ein Spaziergang drin«, schlug Adina vor.

Den Wochenstart nutzte Adina, um Texte zu schreiben und ins Internetportal einzupflegen. Da Oli in Dresden war, stürzte sie sich in eine Grundreinigung der Wohnung. Am Mittwoch hatte sie genug. Nach dem Abendessen packte sie ihre Sachen für die Fahrt nach Leipzig.

Da ihr Kleingeld lediglich für das Parkhaus in Leipzig gereicht hatte und im Portemonnaie ohnehin gähnende Leere herrschte, führte Adinas erster Gang zur Sparkasse in Marktnähe. Ein alter Mann stand am Geldautomaten, hinter ihm eine junge Frau mit ungeduldigem Blick. Der Mann zitterte am ganzen Körper. Die Frau stupste ihn an. »Nu machen Sie schon«, fauchte sie. Adina hatte die Situation schlagartig erfasst. Sie trat einen großen Schritt nach vorn an den Automaten und sprach: »Hallo Opa, schön, dass ich dich treffe. Ich helfe dir. Du kannst gleich mit mir zurückfahren, wenn du möchtest.«

Der Satz war nicht zu Ende, als die junge Frau Reißaus nahm. Oder besser wollte. Durch die Tür schritt ein Pärchen. Der Ausgang war somit versperrt. »Jetzt bleiben Sie stehen. Sie haben eh keine Chance«, rief

Adina der Ausreißerin zu. »Und Sie, würden Sie sich bitte um den Mann am Automaten kümmern und ihn in die Schalterhalle bringen. Die Mitarbeiter sollen bitte den Notruf betätigen.« Adina packte die junge Frau am linken Handgelenk. »Kommen Sie bitte mit. Ich glaube, wir müssen einiges klären«, sagte sie zu ihr und konnte dem Kinnhaken geschickt ausweichen. »Wollen Sie es schmerzhaft oder reicht es so?«, fragte Adina. Sie konnte beobachten, wie die Frau innerlich zusammensackte und ihren Widerstand aufgab. »Folgen Sie mir! Das Aufsehen schadet Ihnen nur«, forderte Adina sie auf.

Das Pärchen war längst in der Schalterhalle, wo sich der Rentner einer Mitarbeiterin anvertraut hatte. »Wir haben die Polizei gerufen. Sie trifft gleich ein«, erfuhr Adina von der Mitarbeiterin am Schalter. Die Filialleiterin ließ Adina mit der jungen Frau in das Beratungszimmer. Der liefen inzwischen Tränen über das Gesicht.

»Und nun erzählen Sie mir bitte fix, was Sie vorhatten!«, forderte Adina sie auf. Die Delinquentin hatte sich auf einen Stuhl gesetzt und die Beine ausgestreckt. Sie zögerte einen Moment, dann brach ein Damm, der schon lange unter viel zu großem Druck stand:

»Ich wurde gezwungen, heute, gestern, letzte Woche, die Wochen davor. Und nicht nur ich. Was wir tun, muss ich Ihnen ja nicht erklären. Genug alte Menschen fallen auf den Enkeltrick herein. Der Opa sollte eigentlich Gutscheine kaufen und uns die Nummern nennen. Das hat er nicht hingekriegt am Computer. Und er hatte kein Geld zu Hause. Deshalb bin ich mit ihm hierher zum Geld abheben gegangen. Oder wollte es.«

Adina unterbrach sie. »Wer ist denn dieses ›Wir‹?«

»Na, unsere Kolonne. Wir arbeiten für Drückerkönig Olaf. Der hält uns wie Sklaven in seinen Gemeinschaftsunterkünften. Zehn Kolonnen laufen permanent für ihn. Jeden Morgen rücken wir mit dem Bus in eine andere Stadt aus, selten in die gleiche. Leipzig ist groß genug, da sind wir öfter. Wir verticken Abos und Handyverträge, sammeln Spenden für einen nicht existenten Tierschutzverein. Hungrige Hunde oder Katzen, das klappt zu 99 Prozent. Sie glauben nicht, wie viel Leute Mitleid mit Tieren haben, während ihnen Menschen vollkommen egal sind, Obdachlose zum Beispiel. Oder wir erpressen Leute mit getürkten Schreiben von Inkassobüros. Bei Männern ziehen wir gern die Pornomasche auf, mit offenen Telefonsexrechnungen. Die Scham lässt sie zahlen. Es ist unvorstellbar, wie viel Geld die alten Leute haben! Die meisten von uns sind arbeitslos, drogenabhängig, dem Alkohol verfallen, manche beidem. Olaf nimmt ihnen jeden Abend das Geld ab. Unser Kolonnenführer muss 18 Uhr zum Rapport erscheinen. Dort übergibt man ihm den Auftrag für den nächsten Tag, die Formulare, Benzingeld. Montags erhalten wir unser Taschengeld. Er nennt es Lohn, zieht davon aber reichlich Geld für Wohnung und andere Dinge ab. Und für die Stornos. Manchen Leuten wird später bewusst, dass da etwas nicht ganz stimmen kann. Sie erhalten Abos von Zeitungen, die sie nie bestellt haben, oder Spenden werden abgebucht. Ich versuche, etwas von den Einnahmen für mich abzuzweigen, um mir eine Ausbildung und eine Wohnung leisten zu können. Wenn das geschafft ist, darf meine Tochter zurück zu mir. Und die alten Leute sind eine Goldgrube. Vor allem weiß Olaf nicht, wie viel ich da eingenommen habe. Das kann er nur bei den Abos nachprüfen. Das war es wohl.« Die Frau brach erneut in Tränen aus. Zwei Polizeibeamte betraten die Sparkassenfiliale und liefen schnurstracks in die Schalterhalle. Die Mitarbeiterin schickte sie ins Beratungszimmer, nachdem sie ihnen den Sachverhalt knapp geschildert hatte.

»Das Früchtchen haben wir schon lange gesucht. Und ihre Kumpels gleich mit. Wir haben mindestens ein Dutzend Anzeigen. Die Dunkelziffer ist sicher höher, denn viele schämen sich, wenn sie den Betrug ahnen. Die gehen nicht zur Polizei«, sagte der Polizeiobermeister zu Adina.

»Sind Sie vom Fach, oder wie haben Sie das erkannt?«, fragte sein Begleiter.

»Ich bin Journalistin und Frau, also vom Fach, wenn Sie den geübten Blick meinen. Als ich in den Schalterraum trat, habe ich die Situation ziemlich schnell erfasst und wollte dem alten Mann helfen«, antwortete Adina. Es dauerte eine Weile, bis die Beamten die Personalien und Adinas Aussage aufgenommen hatten. Ein weiteres Team hatte die Drücker-Lady inzwischen abgeführt. Um den Sparkassenkunden kümmerte sich eine Mitarbeiterin des Kreditinstituts. Die Filialleiterin brachte

Adina eine Schachtel mit Prosecco und zwei Gläsern sowie einen Gutschein für das Spezialitätengeschäft in der Fußgängerzone. »Wir danken Ihnen, dass Sie den Betrug verhindert und dem Mann seine Ersparnisse gerettet haben. Machen Sie sich einen netten Abend, vielleicht mit Ihrem Partner«, sagte sie.

»Verzeihen Sie, dass ich Sie Opa genannt habe. Mir blieb nichts anderes übrig«, entschuldigte sich Adina bei dem älteren Herrn, dessen Puls sich inzwischen wieder im Normbereich bewegte.

»Ich hätte nichts gegen so eine hübsche Enkeltochter. Und meine Enkel werden dankbar sein für den kurzfristigen Zuwachs, der mich vor einem großen Fehler bewahrt hat«, entgegnete der Rentner.

»Passen Sie gut auf sich auf. Und lassen Sie sich nur von seriösen Leuten helfen!«, verabschiedete sich Adina.

Sie holte tief Luft, nachdem sich die Tür der Filiale hinter ihr geschlossen hatte. Ihr Weg führte zu ihrem Auto ins Parkhaus. Dort legte sie das Präsent in den Kofferraum. Anschließend setzte sie sich ins Café an der Thomaskirche, bestellte sich eine heiße Schokolade und Leipziger Lärchen. Nach dieser bösen Erfahrung mit Menschen entschied sie sich für den Besuch im Zoo. Ihr Glaube an das Gute hatte soeben arg gelitten.

# 9 AUF DER FLUCHT

## LANDKREIS NORDSACHSEN

»Gibst du mir am Mittwoch in Dresden Asyl, wenn ich Bedarf habe?«, fragte Adina ihren Freund Oli.

»Du weißt, dass in meinem Apartment immer ein Platz für dich frei ist. Willst du dir Dresden anschauen?«

»Ja. Ich war nicht in der Altstadt. Und im Umkreis finde ich sicher ein paar Ziele. Ich würde am Donnerstag über Torgau nach Hause fahren. Am Freitag kehrst du zurück nach Annaberg, und wir können gemeinsam überlegen, was wir am Wochenende machen.«

»Das ist eine gute Idee. Kann sogar sein, ich komme auch am Donnerstag. Ich habe ein paar Überstunden zum Absetzen«, sagte Oli. »Torgau hat übrigens ein sehr schönes Schloss, Hartenfels heißt es. Die Kapelle hat Martin Luther selbst eingeweiht. Sie ist nach seinen Vorstellungen gebaut. Ich finde den Wendelstein am schönsten. Schade, dass in dem Flügel dahinter eine Verwaltung sitzt. Da sollte ein interaktives Hotelangebot hin – Leben wie die Fürsten oder so etwas. Übernachten im Knast gibt es schließlich auch. Wie ich dich kenne, wirst du dich sowieso mehr für die neuere

Geschichte interessieren. Fort Zinna in Torgau war das größte Wehrmachtsgefängnis in Deutschland. Heute ist es Justizvollzugsanstalt. Es gab noch ein zweites Gefängnis im Ort, das nannten sie *Brückenkopf*. Bei der Justizvollzugsanstalt existiert lediglich ein künstlerisch gestalteter Gedenkort. Oli dachte einen Moment nach. »Es gibt eine weitere Gedenkstätte: In Torgau befand sich der einzige geschlossene Jugendwerkhof der DDR. Fast schon zynisch, dass die Straße dort Fischerdörfchen heißt, denn darunter stellt man sich ganz etwas anderes vor – einen romantischen Platz mit kleinen Häuschen, Fischernetzen, gemütlichen Kneipen, dem Geruch nach Salz und geräuchertem Fisch, nah am Wasser. Nur letzteres stimmt ansatzweise, denn die Elbe befindet sich fast in Sichtweite. Für die Beschäftigung mit diesem Kapitel Stadtgeschichte brauchst du länger als einen Tag. Ein Dokumentations- und Informationszentrum zu allen Torgauer Haftstätten befindet sich im Schloss Hartenfels. Da waren wir einmal beim Studium oder kurz danach. Wenn ich es mir recht überlege, kannst du in Torgau rund 550 Jahre sächsische und deutsche Geschichte auf allerengstem Raum nachempfinden. Und das in einer Stadt, die heute kaum noch Bedeutung hat. Oder zumindest nicht mehr die von früher. Sagt dir Leipziger Teilung etwas?«

»Das war damals. Stimmt's?«, warf Adina ein. Oli musste lachen. »Wettiner hast du aber schon einmal gehört? 1485 teilte sich das berühmteste sächsische Adelsgeschlecht, zu dem später auch der potente August gehörte, in die Ernestiner und Albertiner. Damit wurde auch die Teilung in evangelisches und katholisches Sachsen zementiert. Die Ernestiner machten den Weg für die Reformation frei. Und weißt du, wo sie residierten?«

»Wenn du so fragst, in Torgau! Auf Schloss Hartenfels?«

»Bingo, meine Liebe. Beim Schmalkaldischen Krieg 1547 waren die protestantischen Ernestiner nur zweite Sieger und mit ihnen verlor Hartenfels seinen Residenzstatus. Die Albertiner bauten Dresden als ihren Herrschaftssitz weiter aus. Torgau geriet erst wieder während des Zweiten Weltkrieges in die Schlagzeilen. Und nicht in die positiven.«

»Aber erst einmal schon: Ich entsinne mich. An der Elbe in Torgau trafen Russen und Amerikaner aufeinander, am 25. April 1945. Der Elbe Day erinnert jedes Jahr daran. Einer der amerikanischen Soldaten hat sich später sogar in Torgau begraben lassen, zu DDR-Zeiten. Wir können uns gar nicht vorstellen, wie das gewesen sein muss, als die Regimenter in Torgau eintrafen. Vorausgegangen war ein versehentlicher Beschuss des Ortes. Verbrüderung der Alliierten vor einem Leichenfeld. GIs und Rotarmisten. Das Bündnis hielt nicht lange, und wie es weiterging, wissen wir. Die Amerikaner haben Fort Zinna befreit. Die Russen machten postwendend ein Speziallager daraus. Die Freundschaft mit den Amerikanern wurde umgehend unterbunden, und dann entwickelten sich die Besatzungszonen für 40 Jahre zu zwei verfeindeten Staaten. Der Zweite Weltkrieg mündete nach kurzer Zeit in den Kalten Krieg mit einem kostenintensiven Wettrüsten.«

»Unvorstellbar aus heutiger Sicht. Was man mit dem Geld alles hätte machen können. Und wie viele Probleme den Deutschen ohne die Teilung erspart geblieben wären«, flocht Oli ein.

»Leider ist die historische Elbbrücke nicht mehr vorhanden. Aber es stimmt. Torgau hat tatsächlich eine imposante, wenn auch wechselvolle Geschichte. ›Dafne‹, die erste deutsche Oper, von Heinrich Schütz komponiert und leider verschollen, wurde auf Schloss Hartenfels uraufgeführt. Luther in Torgau ist ebenso interessant. Er starb kurz nach der Einweihung seiner Kirche, also eineinhalb Jahre später. Und seine Frau Katharina von Bora liegt in der Marienkirche begraben, nicht weit vom Schloss entfernt. Ihr Sterbehaus ist ein Museum«, zählte Adina Torgaus Sehenswürdigkeiten auf.

»Ich dachte mir, dass du dich mit der Stadtgeschichte und den Besonderheiten von Torgau beschäftigt hast und dabei auf die kulturellen Besonderheiten gestoßen bist. Als Kommissar fällt mir bei Torgau heute natürlich zuerst die Justizvollzugsanstalt ein. Aber dort sollten deine Urlauber eher nicht landen!«, lachte Oli. »Oder vielleicht doch: Die stellen in den Werkstätten Souvenirs her. Schwibbogen mit dem Schloss Hartenfels, Knacki-Räuchermänner und so etwas«, fügte er hinzu.

»Na, mit Schwibbogen und Räuchermännern bist du als Erzgebirger bestens versorgt. Davon konnte ich mich Weihnachten überzeugen. Alle Fenster waren beleuchtet, und in jedem Zimmer rauchte es«, erwiderte Adina. »Ja, so richtig heimelig. Das machen wir jetzt auch. Ein Glas Wein, ein wenig Musik und mal schauen, was daraus entsteht …«

»Das klingt gut«, erwiderte Adina. »Was hören wir an?«

»Such uns etwas aus! Jazz oder etwas Schmusiges, schmusiger Jazz vielleicht«, schlug Oli vor.

»Wie wäre es mit Norah Jones? Die ist nicht nur eine gute Pianistin. Sie hat auch eine angenehme Stimme. Das Studio-Album *Day Breaks* mit Brian Blade als Schlagzeuger, ich glaube, das passt.« Adina setzte sich zu Oli auf die Couch. Norah Jones schmachtete ihr *It's a wonderful time for love* ins Wohnzimmer.

»Bis Mittwoch in Dresden. Ich suche uns ein schönes Lokal«, verabschiedete sich Oli beim Aufstehen am Montagmorgen. »Am besten, wir treffen uns im Anschluss an deine Arbeit in der Altstadt. Nach dem Abendessen können wir zusammen zu dir fahren. In der Münzgasse sind viele nette Restaurants, da finden wir bestimmt etwas«, antwortete Adina und drehte sich noch einmal um. Olis Aufstehzeit war deutlich vor ihrer. Sie schlang ihre Arme um den Oberkörper und stellte sich vor, wie sie in Olis Armen liegt, eng gekuschelt an seine seidenweiche Haut. Dann schlief sie wieder ein.

Am Mittwochmorgen düste Adina nach Dresden. Sie stellte ihr Auto in der Tiefgarage an der Frauenkirche ab und besuchte das Gotteshaus. Dann schlenderte sie durch die Prager Straße und schaute im Zwinger und an der Semperoper vorbei. Am frühen Abend traf sie Oli am Cosel-Palais und lief mit ihm die paar Meter bis zur Münzgasse. Nachdem sie alle Restaurants von außen inspiziert hatten, nicht erneut Tapas und schon gar nicht gutbürgerlich essen wollten, wählten sie die australische Küche mit viel Fleisch auf dem Grillteller und Salaten als Beilage.

Das Frühstück am nächsten Morgen fiel karg aus. Oli ging danach in die Dienststelle. Adina räumte die Küche auf und fuhr nach Torgau. Sie parkte am Rosa-Luxemburg-Platz und schlenderte entlang der Wintergrüne zur Stadtkirche Sankt Marien. Während sie sich Gedanken über den merkwürdigen Straßennamen machte, nahm sie flackernde blaue Lichter und Martinshörner mehrerer Fahrzeuge wahr. Im gleichen Moment vibrierte ihr Handy in der Tasche, und die Pfarrerin der Marienkirche rief ihr ein aufgeregtes »Kommen Sie schnell« zu. Adina versuchte, ihr Handy aus der Hosentasche zu fummeln, das Vibrieren verstummte. »Kommen Sie, machen Sie schnell, ich muss die Tür schließen!« Der Tonfall sagte Adina: »Gefahr im Verzug!« Sie beschleunigte ihren Schritt und rannte die restlichen paar Meter bis zum Portal. Dabei hörte sie eine Lautsprecheransage, die aus einem der Einsatzfahrzeuge stammen musste: »Bleiben Sie in Ihren Häusern! Schließen Sie Fenster und Türen! Wir informieren Sie sofort, wenn die Gefahr vorüber ist!«

Adina hatte die Tür erreicht. Das Handy vibrierte erneut. Oli! Adina betrat die große Hallenkirche und nahm das Gespräch an. Die Pfarrerin verschloss das Kirchenportal von innen. »Adina, bring dich sofort in Sicherheit! Aus der Justizvollzugsanstalt Torgau ist ein Häftling entflohen! Der versteht keinen Spaß! Er hatte eine Beamtin in seiner Gewalt …«

»Oli«, versuchte Adina den Redefluss zu unterbrechen.

»… der Tierpfleger …«

»Oli!«, sagte sie mit mehr Nachdruck. Der redete immer weiter. Jetzt wurde sie laut. Die Pfarrerin und eine weitere Frau in der Kirche schauten zu ihr herüber. »Oli, ich bin in der Kirche. Die Tür ist verschlossen. Was soll mir passieren!«

»Gott sei Dank«, hörte sie. Am anderen Ende der Leitung trat Funkstille ein. Sie konnte fast fühlen, wie eine große Last von Olis Schultern fiel. »Rühr dich nicht weg, bevor ich Entwarnung gebe. Bis dahin«, sagte er.

Adina wandte sich der Pfarrerin zu. »Mein Verlobter. Er ist Kommissar und hat irgendwie erfahren, dass ein Häftling der Justizvollzugsanstalt entflohen ist. Wissen Sie mehr?«

»Ich weiß, dass er wohl mit einer Betreuerin auf Freigang war. Er brachte sie in seine Gewalt. Dann muss er sich mit seiner Geisel zum Schloss bewegt haben. Ein Wachmann ist verletzt. Und der Tierpfleger liegt im Bärengraben. Ich hoffe, er kann gerettet werden. Die Polizei durchkämmt die Innenstadt. Sie gehen davon aus, dass er sich irgendwo in der Nähe versteckt. Die

Frau konnte am Schloss fliehen. Es wird vermutet, dass er weitere Geiseln nehmen könnte. Deshalb müssen die Straßen leer sein.«

»Für mich sollte es heute ein entspannter Tag werden. Ich bin zum ersten Mal in Torgau und wollte mich ein wenig umschauen. Adina Pfefferkorn, Reisejournalistin und Bloggerin, zurzeit in ganz Sachsen unterwegs«, stellte sie sich vor und ließ erst gar keine Pause entstehen. »Ich arbeite für eine Berliner Marketing-Agentur an einem Tourismusportal. Mein Freund sagte mir, dass Torgau eine interessante Stadt sei. Und nach meiner ersten Recherche war ich total begeistert vom Schloss, von Ihrer Kirche, der Befreiung 1945 und der wunderschönen Lage an der Elbe. Und dann komme ich hierher und gerate mitten in eine Polizeiaktion. Können Sie mir trotzdem etwas von Ihrem Gotteshaus erzählen? Ich schaue nur schnell in den Nachrichtenticker!«, sagte Adina. Dort entdeckte sie nichts Neues.

»Wir können sowieso nicht viel machen. Ich zeige Ihnen die wichtigsten Dinge«, antwortete die Pfarrerin. Draußen heulten die Sirenen. Auf der Empore begann die Kantorin, an der Orgel zu üben. »*Also hat Gott die Welt geliebt* von Heinrich Schütz, der war einst zu Gast in Torgau«, sagte die Pfarrerin.

»Ich habe davon gelesen. Die Gelehrten streiten, ob ›Dafne‹ tatsächlich eine durchkomponierte Oper war oder ein Theaterstück. Schwachsinn! Das mit der Einordnung in eine bestimmte Schublade ist so ähnlich wie beim Krimi. Bücher von Frank Schätzing und Sebastian Fitzek liegen im Fach Trivialliteratur. Andererseits würde kein Buchhändler Friedrich Dürrenmatts *Besuch der alten Dame* oder Dostojewskis *Schuld und Sühne* ins Krimiregal stellen!«

»Da haben Sie recht. Bei unserer Kirche ist das ähnlich. Sie setzt sich aus verschiedenen Teilen von Romanik bis Barock zusammen, gilt jedoch als gotische Hallenkirche. In der Stadt überwiegt die Renaissance. Kommen Sie, ich zeige Ihnen die Grabplatte von Luthers Frau. Die wollen die meisten Besucher zuerst sehen. Sie floh aus Wittenberg während der Pest und starb an den Folgen eines Unfalls mit der Kutsche, den sie auf dem Weg nach Torgau erlitt. Das Schicksal kann hart sein.«

Adina blickte ehrfurchtsvoll auf das Bildnis der kräftigen Frau. »In der Wand ist sie aber nicht begraben, oder?«, fragte Adina.

»Keiner weiß den genauen Ort. Er soll auf jeden Fall in der Kirche sein. Wenn Ruhe eingezogen ist, können Sie in das Sterbehaus an der Katharinenstraße gehen. Das Museum ist heute geöffnet. Dort ist auch *Herr Käthe*, ein nettes Restaurant. Luther nannte seine Frau so. Sie muss außergewöhnlich gewesen sein«, erfuhr Adina von der Pfarrerin, was sie schon teilweise wusste.

Nach Ruhe klang es außerhalb des Kirchenschiffes nicht. Adina wollte gar nicht wissen, was zur gleichen Zeit am Schloss Hartenfels los war. Trotzdem schaute sie auf den Live-Ticker: »*Der Tierpfleger konnte schwer verletzt aus dem Bärengraben gerettet und ins Krankenhaus eingeliefert werden. Er war auf dem Weg zu den*

*Bären, die sich noch nicht im Freien befanden. Dabei muss er den Weg des Häftlings gekreuzt haben. Die Beamtin konnte fliehen, als die beiden Männer miteinander rangen. Der Wachmann ist vermutlich allein die Treppe runtergefallen.*«

»Der Tierpfleger lebt. Er ist schwer verletzt. Keine Entwarnung«, sagte Adina zu der Pfarrerin. Von der Orgelempore erklang das von Martin Luther getextete *Ein feste Burg ist unser Gott*. »Hoffen wir, dass alles gut geht«, flüsterte Adina mehr zu sich selbst als zur Pfarrerin.

»Sie können erst einen Rundgang machen und mir anschließend Ihre Fragen stellen. Ich zeige Ihnen gern die Sakristei mit ihren fast legendären Schlössern. Vielleicht haben Sie davon gehört oder gelesen. Wir haben ein Faltblatt, auf dem alles Wichtige steht. Es kostet einen Euro.« Adina kramte Kleingeld aus ihren Taschen und warf die überschüssigen Münzen in die Spendenbox. In dem Moment wummerte es an die Tür. »Lieber Gott, öffne mir. Ich brauche Hilfe.« Die Pfarrerin überlegte nicht lange. »Ich muss es tun. Ich habe keine Wahl. Wenn ich das Portal aufmache, verlassen Sie die Kirche sofort durch die Tür im rechten Seitenschiff. Drehen Sie den Schlüssel, der von innen steckt, zweimal um. Und sagen Sie den Beamten draußen, dass ich etwas Zeit benötige. Ich bin eine erfahrene Seelsorgerin, keine Angst.«, flüsterte die Pfarrerin Adina zu. Die Kantorin und ein Mann, der etwas reparierte, schüttelten den Kopf, als Adina zu ihnen hin blickte. Sie wollten die

Chefin ihrer Gemeinde nicht allein lassen. »Und jetzt los, keine Widerrede!«, forderte die Pfarrerin Adina auf. Sie schritt zum Portal und rief »Einen Moment, bitte!«. Fast gleichzeitig erreichte Adina die Seitentür. Die beiden Frauen nickten sich kurz zu, dann öffneten sie die Türen synchron.

Als Adina vorsichtig aus dem Seitenschiff der Kirche getreten war, warf sich ein Polizeibeamter auf sie und drückte sie zu Boden. »Nun mal sachte, mein Herr«, sagte die verdutzte Adina. »Ich bin nur Besucher. Der Häftling legt gerade die Beichte ab. Oder so etwas in der Art. Ist ja eine evangelische Kirche. Bitte warten Sie eine Weile, bat mich die Pfarrerin auszurichten. Vielleicht geht alles unblutig aus. Es sind weitere Leute in der Kirche, mindestens eine Frau und ein Mann, also die Kantorin und ein Mitarbeiter. Die wollten nicht mit mir flüchten.« Der Beamte ließ sie los und entschuldigte sich.

Adina blickte sich um und sah, dass sich eine Sondereinheit rund um die Kirche zu postieren begann. Auf dem Dach des gegenüberliegenden Hauses entdeckte sie einen Scharfschützen, der sich gerade eine günstige Position suchte. Schlagartig wurde ihr bewusst, dass das Verlassen der Kirche keine gute Idee war. Wenn der Mann auf dem Dach die Nerven verloren hätte, wäre sie jetzt tot. Das musste sie in ihrem Bericht an Oli weglassen! Er würde sich sonst unnötig Sorgen machen.

Adina nahm das Gespräch mit dem Beamten wieder auf. »Die Pfarrerin wird das Kirchenportal vorn öffnen, wenn sich der Mann ergibt. Sie glaubt fest daran.« Der

Beamte ging zu seinem Kollegen, der etwas ins Funkgerät sprach, was Adina nicht verstand.

»Ok, wir warten eine Weile. Wir schicken zwei Beamte mit Handschellen nach vorn und einen Transportwagen. Ich hoffe, die Frau da drin weiß, was sie tut und in welcher Gefahr sie ist.«

»Seelsorgerische Kenntnisse und Gottvertrauen sind eine gute Basis«, sagte Adina. Ihr war erst jetzt aufgefallen, dass es ruhig um das Gotteshaus herum geworden war. Keine Sirenen, kaum Bewegung. »Ich rufe meinen Freund an und sage ihm, dass ich in besten Händen bin bei seinen Kollegen«, sagte Adina zu dem Beamten, der neben ihr stand. Olis Nummer war besetzt. Sie sprach ihm eine Nachricht auf WhatsApp.

»Ich bin draußen, der Häftling ist in der Kirche. Deine Kollegen waren auf der anderen Seite, an der Straße. Er muss durch den Apothekengarten und die Grünanlage gekommen sein. Hoffen wir, dass der Spuk bald vorbei ist und ich die Stadt ein wenig genießen kann. Mach dir keine Sorgen«, sagte Adina zu Oli.

Die Beamten neben ihr unterhielten sich über den Häftling. »In ein paar Wochen wäre er draußen gewesen. Jetzt dauert es Jahre, wenn er überhaupt jemals die Freiheit sieht. Falls der Bärenhüter stirbt, hat er schlechte Chancen. Das reicht für einige Jährchen. Gefährliche Körperverletzung, vielleicht mit Todesfolge, da fallen Nötigung und andere kleinere Dinge gar nicht mehr ins Gewicht«, hörte sie den einen Beamten sagen. Gleichzeitig sah sie, wie sich vorn am Kirchenportal etwas tat. »Gehen Sie hinter die Mauer«, forderte der Beamte Adina auf. Nach kurzer Zeit gab er Entwarnung. »Es ist vorbei. Er sitzt mit Handschellen im Auto.« Adina reichte ihm ihre Visitenkarte. »Falls Sie Fragen an mich haben. Ich halte mich zurzeit mehr in Annaberg oder Dresden als in Berlin auf und wäre relativ schnell hier.« Adina verabschiedete sich und ging in die Kirche. »Sie haben das sehr professionell gemacht«, sagte sie zu der Pfarrerin, nachdem sie das bereits bezahlte Faltblatt entgegengenommen hatte.

»Er wollte dringend nach Hause. Seine Frau soll schwanger sein, von einem anderen. Das hatte er von einem Mithäftling erfahren. Da sind zwei Drähte zusammengekommen, die besser auseinander geblieben wären. Vermutlich ist es gut, dass er es nicht bis zu ihr geschafft hat. Ich werde beten. Sie können solange bleiben«, erwiderte die Pfarrerin. Adina konnte gut verstehen, dass sie die Kirche erst einmal bis Mittag schließen wollte. Schnatternde Touristen waren das, was man in so einer Situation am wenigsten haben wollte. Adina dachte nach, wie eine interessante Story über die Kirche aussehen könnte, ohne die kriminelle Einlage, die sie gerade erlebt hatte. Aufmüpfige Frauen wie Katharina von Bora waren nach ihrem Geschmack. Und solche wie die Pfarrerin, die die Nerven behalten hatte.

Nach Verlassen der Kirche gönnte sich Adina ein Mittagessen im Restaurant *Herr Käthe*. Die witzigen Namen für die Speisen auf der Karte erheiterten sie. Sie entschied sich für das *Treffen der Gemüsevölker*, eine

bunte Gemüsepfanne mit Kartoffelecken und Schafskä-
sestreifen und folgte der Aufforderung *Lassen Sie sich
verführen ...* mit einer fruchtigen Mascarponecreme.
Ein doppelter Espresso rundete das Mahl ab. Frisch
gestärkt widmete sie sich der Geschichte von Luthers
Frau in der Katharina-Luther-Stube in deren Sterbehaus. Sie erfuhr, dass Torgau nicht nur Katharinas Ster-
beort war, sondern auch am Beginn ihres Lebens mit
Luther stand. Ein Torgauer Kaufmann hatte ihr mit
weiteren acht Nonnen aus dem Kloster Nimbschen
bei Grimma zur Flucht verholfen und sie nach Torgau gebracht, wo das bürgerliche Leben für sie möglich
wurde. Dieser Kaufmann war ein Freund Luthers, der
in Wittenberg für die Nonnen sorgte. Und für Katharina mehr als das. Sie hat Luther in 20-jähriger Ehe
sechs Kinder geboren. »Sechs Kinder, im Alter zwischen 27 und 34 Jahren. Ich sollte langsam anfangen«,
murmelte Adina vor sich hin. Dann bewegte sie sich
in Richtung Elbe und überquerte die neue Brücke, die
anstelle der historischen Elbbrücke errichtet worden
war. Von dem mit Fahnen geschmückten »Geist der
Elbe« genannten Platz in der Nähe des ehemaligen Brü-
ckenkopfes eröffnete sich ein traumhafter Blick auf
Schloss Hartenfels und die Marienkirche. Adina schoss
ein paar Fotos und speicherte das Panorama in ihrem
Gedächtnis ab. Ihr wurde bewusst, dass sie nicht zum
letzten Mal hier gewesen sein konnte. Torgau fiel unter
Geheimtipp. Sie lief zurück zu ihrem Auto und fuhr
nach Annaberg.

Beim Lagebericht an Oli erfuhr Adina, dass er am Abend zurückkehren würde. Sie rief über die Freisprechanlage ihre Freundin Mia in Berlin an. »Wie sieht es mit unserem gemeinsamen Ausflug aus? Anfang September? Kommende Woche fahre ich mit meinen Eltern ins Leipziger Neuseenland. Der Herbstanfang wäre doch etwas für uns, oder?«, fragte Adina.

»Das passt, Anfang September habe ich eine Woche frei, kann mich aber nur schwer zwischen den beiden von dir genannten Zielen entscheiden«, antwortete Mia. Zur Auswahl standen die Oberlausitz und die Sächsische Weinstraße in Richtung Meißen. »Lass uns die Oberlausitz nehmen. Da können wir Fahrrad fahren oder wandern. Es ist nicht mehr so heiß, aber auch noch nicht zu kalt für Outdooraktivitäten.« Mia war froh, dass ihr die Entscheidung abgenommen worden war. »Ich bin dabei«, sagte sie.

# 10 SCHREI NACH HILFE

## LANDKREIS LEIPZIG

Adina hatte auf dem Weg von Torgau nach Annaberg bei einem Direktvermarkter angehalten und frisches Geflügel, Gemüse, Salat, Käse und hausgemachte Nudeln eingekauft. Daraus wollte sie Hähnchen-Pasta mit Paprika, Brokkoli, Champignons und Zitronenrahm zaubern. Olis Anruf, mit dem er seine Rückkehr bereits für den Donnerstag ankündigte, traf sie nicht unvorbereitet. Sie würde vor ihm in Annaberg sein und konnte schon etwas vorbereiten.

Zuerst lüftete sie die Wohnung und bestückte die Waschmaschine. Dann putzte sie das Gemüse, zerpflückte den Salat und legte alles zum Kochen bereit. Als Oli die Tür aufschloss, war die Wäsche aufgehängt und die Soße für die Nudeln fertig. Adina hatte geduscht und den Tisch gedeckt.

Adina freute sich auf den gemeinsamen Abend. Hauptgesprächsthema waren folgerichtig Adinas Erlebnisse in Torgau. »Diesmal hast du uns keine Mörder oder Verdächtigen geliefert. Du bist nicht einmal über Leichen gestolpert, sondern nur in eine Fahndungsaktion geraten«, sagte Oli. Er betonte das »nur« so, dass Adina sofort Widerspruch anmeldete.

»Dieses ›nur‹ hätte mich mein Leben kosten können, Oli. Es war viel gefährlicher als eine Leiche zu finden. Als ich die Seitentür der Kirche öffnete, hatten sich deine Kollegen gerade postiert und ein Scharfschütze hatte das Dach erreicht. Ich wollte das eigentlich gar nicht erwähnen.«

»Ich weiß das, Adina. Oder sagen wir, ich konnte es mir denken. Und ich mache mir echt Sorgen um dich. Sachsen ist nun wirklich in Sachen Kriminalität kein Brennpunkt außer bei Drogen im grenznahen Raum. Aber du überstehst so gut wie keine Reise ohne einen kleinen persönlichen Krimi. Ich habe keine Ahnung, wie du es immer wieder schaffst, an den Tatorten zu sein oder Beteiligte zu treffen. Kannst du dich nicht wie normale Menschen mit den Fernsehserien begnügen?«

»Ach Oli, wer schaut denn *Tatort* oder *Polizeiruf*, wenn er so ein spannendes Leben wie ich hat. Die besten Geschichten passieren in der Realität und nicht im Fernsehen. Und was gibt es bei dir Neues?«, fragte Adina.

»Kommt darauf an, was du wissen möchtest. Hatte ich dir erzählt, dass die Frau Fleischermeisterin in Dresden festgenommen wurde? Und ihr jugendlicher Liebhaber auch? Stell dir das vor: Der ist fast 20 Jahre jünger und ein Hemd gegen die Matrone.«

Adina schaute Oli ein wenig entgeistert an. »Na, ist doch wahr. Hast du die gesehen? Und der Lover nicht annähernd so alt wie ich. Keine Ahnung, was manche antreibt«, legte er nach.

»Da dürften dir in deiner Praxis ganz andere Sachen zu Ohren oder vor die Augen gekommen sein. Das ist harmlos. Und wenn ihr Oller nur auswärts und zu Hause nicht mehr konnte, ist es absolut gerecht, dass sie sich einen ordentlichen Hahn gehalten hat! Genug Futter hatte sie ja.« Adina lachte.

»Soso«, antwortete Oli nur.

»Hast du zufällig etwas Schönes zu berichten? Mehr Geld, mehr Urlaub, eine Beförderung?«, hakte Adina nach.

»Das nicht, aber etwas anderes: Nächstes Wochenende ist in Dresden eine Großveranstaltung. Ich darf dir bis Donnerstag zu Hause Gesellschaft leisten, falls du hier bist. Es reicht, wenn ich Freitag früh im Präsidium bin. Allerdings bleibe ich bis Freitag die Woche drauf«, sagte Oli zu Adina.

»Das trifft sich gut oder auch nicht, je nachdem, wie man es betrachtet. Ich bin tatsächlich nicht die ganze Zeit in Annaberg. Wir könnten trotzdem zusammen sein. Willst du mich Sonntag bis Donnerstag ins Neuseenland von Leipzig begleiten? Meine Eltern haben ein Ferienhaus am Störmthaler See gebucht und eine ganze Etage mit Schlafzimmer und Bad frei. Ihre Freunde mussten kurzfristig absagen und da haben sie mich angefunkt. Ich konnte dir noch gar nichts berichten, denn die Idee ist noch ganz frisch. Ich habe jedenfalls zugesagt, denn im Neuseenland war ich noch nicht. Da kann ich Job und Freizeit prima miteinander verbinden.«

Oli dachte kurz nach. »Hört sich verlockend an.

Durch dich komme ich wenigstens ab und an zu einem Kurzurlaub. Hast du in den Wetterbericht geschaut?«

»Ja, sieht gut aus. Wir müssen nicht den ganzen Tag baden. Man kann ein paar Sachen anschauen und Fahrrad fahren. Ich will das wieder öfter tun. Da kann ich schon ein wenig für die Oberlausitz-Tour mit Mia trainieren.«

»Für mein Auto gibt es einen Fahrradanhänger in der Garage. Aber du hast kein Rad hier«, warf Oli ein.

»Meine Eltern bringen meins aus Berlin mit. Es steht dort nur herum. Sie leihen sich welche aus. Oder die gehören zum Ferienhaus. Und meins nehmen wir anschließend mit nach Annaberg«, schlug Adina vor.

»Gute Idee. Ich hoffe, es hat genug Gänge, denn das Erzgebirge ist ein wenig hügeliger als Berlin.«

Adina musste lachen. »Das kann man wohl so sagen. Keine Angst, noch geht es.« Sie verschwand in die Küche, setzte das Pasta-Wasser auf und schaltete die Platte für die Soße an. »Wenn du vorher duschen willst, dann tu es jetzt. In etwa 20 Minuten können wir essen.«

Nachdem das Dressing gemixt war, kochte das Nudelwasser. Adina warf die Nudeln ins Wasser und ließ die Salatsoße langsam über den Salat tropfen. Die Nudeln waren al dente, Hähnchen und Gemüse in Zitronenrahm hatten die richtige Temperatur. Adina rief Oli zu Tisch.

»Ich habe schon ein wenig geschaut, was uns erwartet. Am Sonntagmittag treffen wir uns mit meinen Eltern zum Essen und beziehen das Ferienhaus. Du musst keine Angst haben. Meine Eltern sind keine Kletten. Die haben ein ziemlich aktives Leben. Aber sie freuen sich auch, mit mir zusammen sein zu können, nachdem ich mich in Berlin so rar gemacht habe.«

»Ich habe kein Problem, glaube mir. Sonst würde ich nicht mitfahren«, antwortete Oli.

»Wir haben dort viel mehr als die Seen. Nicht weit entfernt ist das Sächsische Burgenland oder das Kohrener Land. Na und Leipzig ist in Sichtweite. Falls uns gar nichts mehr einfällt, können wir in die Stadt fahren. Unbedingt sehen will ich den Bergbau-Technik-Park. Da stehen gigantische Geräte. Das ist was für kleine Jungs. Und die klein gebliebenen, also alle«, lachte Adina.

»Ok, überzeugt«, antwortete Oli knapp.

Am Sonntagvormittag packten beide ihre Reisetaschen. »Vergiss die Badesachen nicht. Wenn der See zu kalt ist, fahren wir nach Bad Lausick ins Freizeitbad *Pyramide*. Indoor kann man auf jeden Fall baden. Die letzten Nächte waren ein wenig kühl. Ich denke aber, es reicht noch für uns«, sagte Adina.

Ihre Eltern warteten bereits auf dem Parkplatz am Störmthaler See, als Oli und Adina gegen 12.30 Uhr eintrafen. »Wir haben geschaut: Das Haus liegt sehr idyllisch. Es ist nicht weit bis zu den Restaurants und zum Strand mit der Schiffsanlegestelle. Man kann von dort zur künstlichen Insel Vineta fahren«, sagte Adinas Mutter nach der Begrüßung.

»Bevor wir gleich alles auf einmal entdecken, sollten wir erst Mittagessen. Ich habe uns einen Tisch im Vineta-Bistro reservieren lassen, mit Seeblick. Kommt mit«, lud Adinas Vater ein. Oli war ein wenig zurückhaltend. Er hatte Sabine und Stefan noch nicht so häufig getroffen, und obwohl er es Adina gegenüber nie zugegeben hätte, waren die paar Tage eine Herausforderung für ihn. Eine, auf die er sich aber gern einlassen wollte, denn er spürte seine Sehnsucht nach einer richtigen kleinen Familie immer heftiger. Und Adina sollte die Frau sein, mit der er sich ein gemeinsames Leben vorstellen konnte. Das hatte er ihr zwar nie so deutlich gesagt, aber es klang immer öfter aus seinen Worten heraus. Schwiegereltern gehörten zur Familie dazu.

Am Tisch gegenüber hatte eine Familie mit drei Kindern Platz genommen. Die Frau unscheinbar, glattes braunes Haar, ein bisschen strähnig, nicht gerade mit Bikini-Figur. Der Mann schmächtig, Oberlippenbart, die Schultern nach vorn gebeugt, als ob er die Last der ganzen Welt zu tragen hätte. »Pass auf, was die Pandora neben dir macht. Siehst du das nicht!«, fauchte ihn die Frau an. Die etwa Zweijährige hatte den Rest ihrer Himbeerbrause auf den Tisch gekippt und malte mit Andacht Kreise aus der Pfütze heraus.

»Ich muss mal«, rief das kleine Mädchen gegenüber.

»Ich gehe mit Penelope auf Toilette. Rühr dich nicht weg.«

Oli schaute Adina an. Die schien den Dialog des Paares verpasst zu haben, was Oli wunderte. Vielleicht ist es das Wiedersehen mit den Eltern, das ihre Prioritäten verändert, dachte er. Die Krähe kehrte mit der Tochter schon kurze Zeit später zurück. Sie schien ihrem Partner nicht zuzutrauen, dass er die anderen beiden Kinder beaufsichtigen konnte.

Oli nahm sich vor, seine Konzentration mehr auf Adina und das Gespräch mit ihren Eltern zu lenken, doch es gelang ihm kaum. Immer wieder wurde er durch das skurrile Geschehen am Nachbartisch abgelenkt.

»Sag mal, pennst du, Heiko«, rief die Tusse im breitesten Sächsisch, sodass Oli gleich mit zusammenzuckte und nicht nur der angesprochene Mann.

»Was soll ich tun?«, fragte Heiko seine Zuchtmeisterin.

»Aufpassen, dass Ikarus nicht wegläuft. Er will auf den Spielplatz da drüben.«

»Wie soll ich das machen, wenn ich sitzenbleiben muss?«, fragte Heiko und Oli dachte: Großer Gott, wer hat den armen Kindern diese Namen verpasst. Und dem Heiko so ein böses Weib.

Auf dem Tisch von Adinas Familie rappelte der Pager. Das Selbstbedienungsgerät zeigte an: Essen abholen. »Wer kommt mit mir mit?« Adina und ihr Vater sprangen auf, die Mutter blieb sitzen. Der ist auch gut konditioniert, dachte Oli und blickte erneut an den Tisch nebenan, während er hinter Adina und ihrem Vater herlief. Mit drei Tabletts kehrten sie zurück. Als sie das Essen auf dem Tisch platziert hatten und sich ihrem Mahl widmeten, brach das Pärchen mit den drei Kindern auf. In Olis Schoß landete ein winziger Zettel, den

Heiko unauffällig dorthin geworfen hatte. Oli konnte ihn nicht öffnen, denn dafür hätte er das Besteck weglegen müssen. Er schaute in die Runde. Keiner schien etwas von der Aktion bemerkt zu haben. Auch nicht seine Adina, die sonst alles wahrnahm, dachte er.

»Wollen wir ein Eis essen?«, fragte Adina, nachdem sie mit ihrer Nudelpfanne fertig war.

»Klar, ich nehme einen Amaretto-Eiskaffee«, rief ihre Mutter begeistert aus.

»Bei mir tut es ein Espresso«, erwiderte ihr Vater. »Da schließe ich mich glatt an«, führte Oli die Runde weiter.

»Ok, ich entscheide mich auf dem Weg«, sagte Adina. Sie stellten das Geschirr gemeinsam auf ein Tablett. »Schaffst du das allein?«, fragte Oli. »Aber ja!« Adina nahm die drei übereinander gestapelten Tabletts hoch und bewegte sich damit zur Ausgabe des Bistros.

Oli hatte inzwischen unauffällig den Zettel geöffnet. Er las: »Helfen Sie mir, sonst bringt sie mich um.« Fast musste er lachen. Zwar war dieser Heiko ein halber Hahn, aber er würde doch dieser Frau gewachsen sein. Körperlich. Adina kam mit einem Tablett zurück. Durch Olis Hirn geisterte Heikos Botschaft. Er trank seinen Espresso schlückchenweise. Dabei fiel ihm der Inhalt einer Schulung ein, mit deren Thema viele seiner Kollegen nichts anzufangen wussten: *Gewalt in der Ehe – Wir benötigen mehr Männerhäuser.* Er dachte an die Psychologin, die ein Sammelsurium an Möglichkeiten körperlicher Gewalt sowie der viel subtileren psychischen Gewalt erläutert hatte, ohne dass er sich etwas davon richtig vorstellen konnte. Das war vor drei Jahren. Seitdem hatte er nichts mehr von der Sache gehört, auch nicht von Männerhäusern. Im Annaberger Revier waren die Frauen vermutlich sanftmütiger als die Tusse, die er eben erlebt hatte.

»Ich glaube, wir können langsam zum Ferienhaus laufen und den Schlüssel holen. Wenn wir eine große Runde am Strand vorbei drehen, dürfte es so weit sein«, meinte Adinas Vater. Sie brachten das Tablett mit dem Kaffeegeschirr zurück und machten sich auf den Weg.

Kurze Zeit später erreichten sie den Fähranleger, der sich direkt am See befindet. Als das Quartett ankam, starteten zwei Dutzend Neugierige mit der Vineta-Fähre zum Ausflug über den Störmthaler See. »Vineta heißt die Schwimminsel. Sie ist über dem ehemaligen Magdeborner Kirchturm verankert. Das 15 Meter hohe Bauwerk symbolisiert die verlorene Kirche des Ortes, der dem Bergbau geopfert wurde. Da fahren wir hin, eventuell morgen«, schlug Adina vor. »Hoffentlich versinken wir nicht wie das sagenhafte Vineta«, entgegnete ihre Mutter. »Klar, kann passieren, Mama. Die schreckliche Familie mit den sagenhaften Kindernamen – wenn das kein Zeichen ist. Nur sind wir nicht an der Ostsee, wo Vineta war.« Adina musste kichern.

Sie hatte die Sache am Nachbartisch mitbekommen. So viel wusste Oli nun.

»Ich habe von Amphibientouren gelesen. Das würde ich witziger finden als die Vineta-Fähre«, warf Adina in die Runde.

»Amphibientouren?«, hakte ihr Vater nach.

»Mit einem restaurierten Amphibienfahrzeug, also einem Schiff mit Rädern, Baujahr 1942. Der Besichtigungstour zu Land und zu Wasser folgt ein Picknick am Vineta-Imbiss«, prahlte Adina mit ihrem Wissen. »Oder wir buchen ein kleines Amphibienfahrzeug, allerdings passen maximal drei Personen drauf, ein Fahrer, ich glaube eher eine Fahrerin, und zwei Begleitpersonen«, setzte Adina ihre Erklärungen fort.

»Was du alles weißt«, staunte ihr Vater. »Tja, Reisejournalistin eben. Ich bin auf alle Eventualitäten vorbereitet. Selbst wenn es ein kleiner Mord ist, nicht wahr, Oli! Für Dienstag habe ich übrigens Vineta-Fly gebucht. Fliegen wie James Bond. Keine Angst, ihr bekommt einen Rucksack und hängt an einem Wasserschlauch. Es war nicht einfach, eine Reservierung zu ergattern. Mein Geschenk für das gemeinsame Wochenende. Ich muss für mein Reiseportal probieren, wie sich das anfühlt, so hilflos über dem Wasser. Und ich will eure Berichte!«

Das Quartett lief in Richtung Parkplatz. Mit den beiden Autos fuhren sie die kurze Strecke zum Ferienhaus. Der Vermieter erwartete sie. Er hatte gerade ein paar verblühte Teile in den riesigen Blumenkübeln am Tor abgeschnitten.

»Ein sehr schönes Häuschen haben Sie«, sagte Adinas Mutter zu ihm.

»Ja, wir würden gern selbst darin wohnen, so direkt am See. Aber es ist zu klein für uns. Nur in den Sommerferien mieten wir uns an den Wochenenden manchmal bei uns ein«, verriet er. Er erklärte den Gästen alles, was sie für ihren Aufenthalt wissen mussten.

Das Innere des Hauses strahlte genauso wie die Außenhülle. Alles war funktional gestaltet und von schlichter Eleganz. »Das gefällt mir. Du hast eine gute Wahl getroffen, Mama«, sagte Adina zu ihrer Mutter.

Nachdem die Sachen grob verstaut waren, trafen sich die vier zu einer kurzen Besprechung. Auf dem Tisch lagen Prospekte, Flyer, Karten, die ihnen der Vermieter zur Verfügung gestellt hatte.

»Was habt ihr in den nächsten Tagen vor?«, fragte Adinas Mutter.

»Ein paar Sachen stehen fest. Wir wollen radeln. Der Radweg um das Seenland ist so lang wie der Krabat-Radweg in der Oberlausitz, den ich mit Mia erkunden will. Eine Mammuttour mit zweimal 45 Kilometern, zumindest für Untrainierte. Mir würden diese Woche kleinere Etappen reichen. Um den See herum mit Abstecher zu diesem Bergbau-Technik-Park in Großpösna. Ihr könnt die große Runde fahren, denn euch bleiben ein paar Tage, wenn wir weg sind. Wir können euch an einen Startpunkt bringen und ihr radelt hierher zurück. Oder wir holen euch ab. Bis Donnerstagfrüh gilt das Angebot«, sagte Adina. Sie blätterte die Prospekte durch. »Der Bergbau-Park hat erst Mittwoch geöffnet. Super, wir haben fast alles verplant. Montag Amphibientour oder Fähre, Dienstag Vineta Fly, Mittwoch Radtour mit Besichtigung der Großgeräte. Dazwischen baden, ein wenig spazieren gehen, relaxen.«

»Wir besprechen uns noch konkreter. Das Angebot mit dem Rad-Transfer klingt verlockend. Vielleicht machen wir am Mittwoch die Tour zum Cospudener See und gucken den Belantis-Freizeitpark an. Zu den Bergbau-Großgeräten ist es nicht weit. Da radeln wir hin, wenn ihr weg seid. Wir haben alle Zeit der Welt. Ok, nicht ganz. Manchmal ist es schneller vorbei, als man denkt«, meinte Adinas Mutter.

»Du sprichst hoffentlich nur vom Urlaub«, antwortete Adina. Ihre Mutter lachte schallend. »Wovon sonst!«

Adina und Oli gingen zum Strand der Magdeborner Halbinsel. Sie hatten ihre Strandtücher kaum ausgelegt, als eine schrille Frauenstimme ein »Pass doch auf« ausstieß. »Oh nein, Penelope, Pandora und Ikarus sind mit ihrer gruseligen Mutter im Anflug. Das halte ich nicht aus. Was stand eigentlich auf dem Zettel, den dir der Heiko zugeworfen hat?«, wollte Adina wissen. Oli erschrak.

»Du hast das mitbekommen?«, fragte er Adina.

»Würde ich mich sonst danach erkundigen?«, fragte Adina zurück. Oli schwieg. Dann presste er »Männersache« heraus. »Oh, du fängst an, Geheimnisse vor mir zu haben. Soso. Das fängt mir ja zeitig an.«

Auf dem Rückweg besuchten sie das Bistro, in dem sich auch der Schalter für die Freizeitaktivitäten befand. Sie versuchten, Tickets für die Aktivitäten zu reservieren, die sie mit Adinas Eltern abgesprochen hatten. Für die Amphibientour waren noch vier Plätze frei. »Die nehmen wir«, sagte Adina und blätterte das Geld hin. Im Ferienhaus hatte Adinas Mutter alles für das Abendessen vorbereitet. »Wir haben ein paar Vorräte aus Berlin mitgebracht. Daraus habe ich etwas gezaubert«, sagte Sabine.

Adina und Oli unternahmen nach dem Essen einen Abendspaziergang und setzten sich in eine kleine Strandbar. »Schau die Tusse da drüben. Der Heiko sitzt im Bungalow und hütet die Kinder und die vergnügt sich. Sieht nicht wie ihr Vater aus, der Mann am Tisch, eher wie der Reitlehrer«, meinte Adina. Als sie vom Toilettengang zurückkam, flüsterte sie: »Die will ihren Waschlappen umbringen, hat sie geflüstert. Mit Gift. Das ihr der Reitlehrer verschaffen soll.«

»Du hast dich bestimmt verhört, Adina. Vielleicht meinte sie auswringen«, entgegnete Oli.

»Gewiss nicht. Ich höre bestens. Was stand denn nun auf dem Zettel?«

»Dass ich ihm helfen soll.« Adina schaute Oli entgeistert an. »Du? Kennst du ihn denn? Und was machst du jetzt?«

»Na, nichts. Ich beobachte das. Wir können niemanden wegen einer Beziehungskiste präventiv verhaften. Da wären alle Justizvollzugsanstalten überfüllt. Und bis vorhin dachte ich, dass der eine Macke hat. Ein Mann muss sich selbst helfen können. Ich kenne ihn natürlich nicht.«

»Oli, ich glaube, du nimmst das zu leicht. Ich habe jahrelang über Gewalt in der Ehe geschrieben und war die einzige Journalistin, die wusste, wo das Männerhaus ist, in dem die Betroffenen Schutz fanden. Ich meine Gewalt gegen Männer.«

»Das hast du mir bisher verschwiegen, Adina. Also, dass du dich mit Gewalt gegen Männer auskennst«, sagte Oli.

»Wieso? Krav Maga, das weißt du doch. Ich setze alle außer Kraft.«

»Du weißt, dass ich das nicht meine. Ich hatte eine Weiterbildung, in der es um häusliche Gewalt gegen Männer ging. Ich glaube allerdings, der Psychoterror ist schlimmer als die physische Gewalt. Ich hatte noch nie so einen Fall.«

»Einmal ist immer das erste Mal, aber bitte nicht jetzt und hier. Denke besser dran, dass du frei hast und ich in Funktion einer Reisejournalistin unterwegs bin.«

Die beiden tranken aus und liefen zurück. Die Tusse und ihr Reitlehrer hatten das Lokal vor ihnen verlassen. Im Bungalow mit den drei Sagengestalten und ihrem Möglicherweise-Vater war es dunkel und ruhig. Die Tusse schien woanders abgestiegen zu sein. Oder sie vergnügte sich im Inneren des Hauses, ohne sich lautstark an Heiko auszulassen.

Am Montagvormittag war Strandzeit angesagt. Adina und Oli holten sich lediglich eine Bratwurst für jeden am Imbiss, denn sie hatten ein Picknick am Bistro in Aussicht. Adinas Eltern waren rechtzeitig von ihrer Tour zurück, damit alle pünktlich um 13 Uhr das Amphibien-fahrzeug besteigen und über den See schippern konnten. An Land stiegen sie gemeinsam mit drei Pärchen in das Geländefahrzeug. Nach einer bisweilen holprigen Fahrt über festen Untergrund und Erklärungen zum Leipziger Neuseenland wechselte das auf *Krista* getaufte Gefährt ins Wasser. Der Antrieb wurde vom Motor bei der Landfahrt auf den Propeller im Wasser umgestellt. »Die Schwimminsel sieht gewaltig aus«, meinte Adinas Mutter, als die *Krista* auf Vineta zusteuerten.

»Sie ist ein Mahnmal für die durch Braunkohleabbau zerstörten Orte und zurzeit das höchste schwimmende Bauwerk auf einem deutschen See. Weißt du, woran sie mich erinnert, Oli?«, fragte Adina.

»Ich würde sagen, an den monströsen Sakralbau auf dem Berg der Seligpreisung am See Genezareth. Nur dass der nicht im Wasser schwimmt, sondern auf dem Berg thront. Stimmt's?«

»100 Punkte«, antwortete Adina.

Nach einer Führung auf dem schwimmenden Veranstaltungsort wurde das Quartett zurückgeschippert. Das betagte Amphibienfahrzeug hatte keine Mühe, alle wieder an Land zu bringen und im Bistro zum Picknick abzuliefern.

Am Abend, als Oli und Adina im Garten vor dem Haus saßen, drangen Schreie durch die Stille. »Heiko«, entfuhr es Oli. »Also doch auch physische Gewalt, nicht nur psychische. Wie können wir ihm helfen?« Adina schaute Oli an.

»Ich versuche, ihm morgen einen Zettel zuzustecken. Meine Kollegen wollen mir einen Kontakt mit der zuständigen Hilfsorganisation für häusliche Gewalt gegen Männer schicken. Es ist ein bundesweites Hilfetelefon geschaltet. Hast du das beobachtet? Die lässt ihn keinen Moment aus den Augen. Keine Ahnung, ob er überhaupt ein eigenes Telefon hat.«

»Ach Oli, da hast du es wirklich gut mit mir«, seufzte Adina, stand auf und umarmte Oli. »Jegliche Gewalt ist inakzeptabel. Mir würde so etwas nicht im Traum einfallen. Komm, lass uns reingehen«, fügte sie hinzu. Oli folgte ihr ins Haus.

Nach dem Frühstück am Dienstagmorgen brachen die vier Urlauber zum Vineta-Fly auf. »Ich habe etwas auf dein Konto überwiesen, nachdem ich den Preis gesehen hatte. Das musst du nicht bezahlen«, flüsterte Sabine ihrer Tochter zu. Adina lachte. »Ich bin so froh, dass wir zusammen sein können und ihr euren künftigen Schwiegersohn kennenlernen könnt. Es gibt nicht viele Termine im Jahr, wo das so perfekt passt. Außerdem habt ihr das Ferienhaus bezahlt«, entgegnete Adina.

»Schwiegersohn? Ist da etwas, das wir wissen sollten?«, fragte Sabine. »Noch nicht. Jähe Wendungen sind jedoch nicht ausgeschlossen.« Adina lachte. Ihre Mutter stimmte ein. »Alt genug bist du ja«, sagte sie.

Sie begaben sich zum Treffpunkt unterhalb des Vineta-Bistros, wo ein Mittvierziger mit sonnengegerbter Haut bereits auf sie wartete. Obwohl nicht alle vier auf einmal starten konnten, erhielten sie die Fluginstruktionen gleich im Quartett. Adina entschied, dass Oli und ihre Mutter den Anfang machen sollten. Danach war sie mit ihrem Vater an der Reihe. Angesichts des sommerlichen Wetters hatten alle vier die Frage nach dem Neoprenanzug verneint. »Für Weicheier«, hatte Adinas Vater gesagt und damit war die Entscheidung gefallen. Wer wollte schon ein Weichei sein! Der Trainer startete den Jetpack-Raketenrucksack, wie er das Huckepack-Gepäckstück genannt hatte, mit einer Fernbedienung. Sabine kreischte, als der Rüssel sie mit Luftdruck in die Höhe beförderte. Anfangs wirkte sie noch etwas verkrampft, doch nach wenigen Minuten hatte sie den Dreh mit der Steuerung heraus und gab sich dem Vergnügen hin. Oli, der deutlich größer als Sabine war, tauchte seine Füße immer wieder ins Wasser, bevor er den Flug optimiert hatte. Adina filmte die beiden und kommentierte das Auf und Ab zwischen Himmel und Erde wie ein Radiomoderator den Kampf zweier Boxhelden. Immer, wenn die beiden aufeinander zu flogen, lief Adina zur Höchstform auf. »Hier sehen sie den Flug zweier Kometen, die gerade haarscharf aufeinander zu rasen. Werden sie sich berühren? Das ist die Frage, die unsere Zuschauer bewegt!«, deklamierte Adina ins Mikrofon ihres Handys und musste über sich selbst lachen.

»Ich hätte gern noch ein wenig weitergemacht«, sagte Adinas Mutter, als sie wieder am Ufer war. Doch nun wechselte das Team. »Nix da, wir sind dran«, sagte Adina. Sie drückte Oli das Handy in die Hand und erklärte, welchen Button er wann drücken muss. Als sie über dem Wasser schwebte, wollte sie die coole

Journalistin geben, die sich durch nichts und niemanden aus der Ruhe bringen und sich schon gar keine Gefühle anmerken ließ. Doch plötzlich ergriff eine Stimmung von ihr Besitz, die ihr fremd war. So muss es sein, wenn man den Boden unter den Füßen verliert, die Erdung, alles, was einem Sicherheit gibt, dachte sie. Dann blickte sie zu ihrem Vater und augenblicklich beruhigte sie sich. Mit ihm war sie schon öfter an Grenzen gegangen, psychisch wie physisch. Immer war er der verlässliche Punkt in ihrem Leben gewesen, obwohl sie spätestens seit ihrer Pubertät ahnte, dass er an Adinas Stelle gern einen Sohn gehabt hätte. Ob Oli diese Rolle eines Tages übernehmen kann? Ob Oli auch gern einen Sohn hätte, oder lieber eine Tochter? Ob sie die richtige Frau dafür war? Sie steuerte in seine Richtung, wackelte mit dem Kopf und versuchte zu winken. Oli winkte zurück. Mit den Handbewegungen verflog der Zauber des Moments und Adina ließ sich durch die Luft wirbeln, ohne der Bewegung Widerstand entgegenzusetzen. Es ist auch schön, sich einfach fallen zu lassen und an nichts zu denken, schoss ihr durch den Kopf. Der Trainer signalisierte, dass die Zeit um war. Adina und ihr Vater verließen das Wasser, entledigten sich all der geliehenen Sachen und bedankten sich für jeweils eine halbe Stunde Spaß. Da sie vom Fliegen nass waren, blieben sie danach eine Weile am Strand. Heiko und seine Familie waren ebenfalls da. Oli versuchte vergeblich, ihm einen Zettel zuzustecken. Die Frau passte auf wie ein Wachhund. Und wenn sie am Wasser war, hatte Heiko ein oder zwei Kinder zu beaufsichtigen. Oli befürchtete, die könnten etwas verraten.

»Ich mach uns fix einen Nudelsalat. Papa wirft den Grill an«, sagte Adinas Mutter.

»Soll ich dir helfen?«, bot die Tochter an.

»Bleibt ruhig hier. Ich bin es gewohnt, in der Küche nicht so viele Leute um mich herum zu haben. Und morgen könnte uns Oli mit den Rädern zum Cospudener See bringen und abholen, wenn ihr von eurer Tour zurück seid.«

»Gerne doch. Wir haben es euch angeboten«, antwortete Oli.

Am Abend unternahmen Adina und Oliver wieder einen Spaziergang. Als sie ihr Ferienhaus erreicht hatten, schrien die Kinder im Bungalow von Heiko und seiner Tusse wie wild. »Die ist vorhin mit ihrem Lover vorbeistolziert. Heute kriegt der arme Heiko die Pandora-Büchse nicht zu. Und Penelope erst. Kassiopeia wäre noch etwas, als Reserve für die nächste Schwangerschaft.« Adina versuchte, die Mutter nachzuäffen und die Namen auf Sächsisch auszusprechen. Bennelobbe, Bonndorra, Igoruss. »Adina!«, ermahnte sie Oli, musste jedoch selbst lachen.

Sabine und Steffen wollten frühzeitig aufbrechen. Oli packte die Räder auf den Fahrradständer und brachte sie samt Adinas Eltern in die Nähe des Yachthafens am Cospudener See. »Dort ist es auch sehr schön«, sagte er zu Adina, nachdem er zurückgekehrt war. »Beim nächsten Mal. Jetzt radeln wir nach Großpösna«, erwiderte Adina.

Der Bergbau-Park öffnete am Mittwochvormittag seine Pforten. Adina und Oli waren die Ersten. »Komm, wir gehen gleich zu dem Riesending da drüben. Das fasziniert mich am meisten«, schlug Adina vor. Sie achteten nicht auf Wegmarkierungen und Pfeile. »Der Bagger arbeitet hauptsächlich in der Hochverschnittfigur des Blockverhiebes«, las Adina vor. »Hast du zufällig nebenbei Bergbau studiert und kannst mir das erklären? Du bist aus dem Erzgebirge, da liegt das nahe«, fragte sie Oli. Der lachte nur.

»Bei uns waren sie unter Tage, Braunkohle wird über Tage abgebaut. Silber ist etwas ganz anderes, Adina.«

»Ja, ich weiß, viel edler. Das sollte ein Witz sein! Gut, ich ziehe den Beitrag zurück. Delete und Enter.«

Unter der Bandanlage stehend, konnte Adina die Dimension des Schaufelradbaggers erahnen. »Der wiegt ein paar Tonnen«, meinte Oli.

»Der da oben nicht«, entgegnete Adina. Olis Blick richtete sich in die Höhe. Er stutzte.

»Das ist keine Puppe und kein Gag«, stellte Oli fest und griff nach dem Telefon.

»Ne, das sieht aus wie … Heiko. Puh!« Adina schaute Oli an, der nickte nur. »Ich fürchte, du hast recht«, sagte er.

»Ich laufe vor an die Kasse. Die dürfen niemanden mehr hereinlassen. Sperrst du bitte ab? So viele sind nicht auf dem Gelände«, schlug Adina vor, ehe sie in

Richtung Eingang rannte. Die Frau im Kassenhäuschen alarmierte alle verfügbaren Kräfte. Die luden die anwesenden Besucher zu einer Kostnix-Runde an den Imbiss ein. Das Tor wurde verschlossen und mit einem Schild versehen. »Aus technischen Gründen kein Einlass möglich!« Neuankömmlinge durften das Gelände nicht mehr betreten.

Zwei Mitarbeiter waren inzwischen bei Oli angelangt. Er stellte sich als Kriminalhauptkommissar Uhlig vor. »Allerdings bin ich nicht im Dienst, sondern im Urlaub und hier nicht zuständig. Ich habe aber meine Leipziger Kollegen bereits informiert. Sie sind auf dem Weg«, sagte Oli.

»Muss denn diese Sauerei hier sein? Konnte der nicht woanders hingehen«, schimpfte einer der Bergleute, die ihren Lebensabend mit der Erhaltung der Tradition verbrachten.

»Woher wissen Sie, dass der das selbst war?«, fragte Oli.

»Na Selbstmörder erhängen sich öfter. Aber Sie haben den Finger drauf. Es könnte jemand nachgeholfen haben. Allerdings muss der ihn nach oben getrieben haben. Mit einer Leiche huckepack da hoch steigen, das halte ich für fast unmöglich. Schauen Sie sich die Leitern an!«

»Meine Kollegen werden das untersuchen. Ich will nicht spekulieren, aber das ist tatsächlich eine körperliche Herausforderung«, antwortete Oli.

Zuerst brachten die Mitarbeiter eine Verhüllung am Riesenbagger an. Um zu dem Erhängten vorzudringen, mussten sie mehrere Treppen überwinden. Das Tuch zu verknoten, war fast schon eine akrobatische Meisterleistung. Olis Glaube an eine Fremdeinwirkung geriet ins Wanken. Das hätte man deutlich einfacher haben können, zumal hier ausreichend Gerätschaften standen, um etwas zu verstecken.

Der Eingangsbereich mit Imbiss und dem großen Spielplatz mit Haifisch-Kletter-Kombination leerte sich langsam. Nach der Kostnix-Runde baten die Mitarbeiter vom Parkteam die Besucher, ihre Karten an der Kasse zurückzugeben. »Wir haben eine Havarie und müssen den Park heute leider schließen. Sie erhalten das Eintrittsgeld selbstverständlich zurück. Wir hoffen, dass wir morgen wie gewohnt für Sie da sein können. Sie können vorher anrufen«, rief einer der Mitarbeiter vom Imbiss aus den Wartenden zu. Sie standen nacheinander auf und bewegten sich in Richtung Ausgang, wo sie von Neuankömmlingen nach dem Grund für die Schließung gefragt wurden. Keiner konnte Auskunft erteilen. Adina und Oli mussten vor Ort bleiben und mit den Ermittlern sprechen.

»Glaubst du, dass er das selbst war?«, fragte Adina.

»Ich bin hin- und hergerissen. Weißt du, was für den Selbstmord spricht? Die schreienden Kinder gestern Abend. Er hat sie einfach zurückgelassen, ganz allein«, antwortete Oli.

»Da könntest du recht haben. Aber wenn sie ihn mit ihrem Lover ermordet und hergebracht hat? Dann waren die Kinder zu der Zeit auch allein.«

»Du hast eine wilde Fantasie, Adina.«

»Alte Berufskrankheit.«

»Ich mache mir Vorwürfe, weil ich seinen Hilfeschrei nicht ernst genug genommen habe.«

»Du hast die Polizei informiert. Und ihm eine Information zuzuspielen, war schier unmöglich. Das hätte sie mitbekommen. Ich war die ganze Zeit dabei! Du musst dir keine Vorwürfe machen, auch wenn man hinterher immer schlauer ist! Komm, lass uns eine Runde laufen, bis deine Kollegen so weit sind.«

Sie liefen entlang der Foto-Schau »Park-Sichten«, für die der Fotoclub Vogtland einen Workshop zum Thema Mensch & Technik organisiert hatte, und schritten über Holzwege auf dem sandigen Untergrund zurück. »Schau, an manchen Stellen hat sich die Natur das Terrain zurückerobert.« Adina zeigte auf den Wildwuchs der Folgelandschaft. »Für Tiere und Pflanzen ist das sicher ein Paradies. Manchmal denke ich, der Mensch ist das einzig störende Wesen auf diesem Planeten. Wir ruinieren so vieles und opfern das, was uns gegeben ist, für sinnlosen Kommerz. Bei dir im Erzgebirge ist mir das aufgefallen. Da ist die Welt an vielen Stellen noch in Ordnung. In Berlin sieht das schon anders aus. Ich glaube, ich werde unser Internetportal künftig an solchen Überlegungen ausrichten und mehr auf Nachhaltigkeit und Vernunft achten«, philosophierte Adina. Oli musste nichts erwidern, denn sie waren am Eingang angekommen und hatten das Kassenhäuschen passiert.

Die Beamten erwarteten sie bereits am Imbiss. Adina und Oli machten ihre Aussagen bei einem Kaffee. Nach Essen war ihnen nicht zumute. »Sieht nach Suizid aus, hat mein Kollege gesagt. Er wird trotzdem obduziert«, verriet Oli auf dem Weg zu den Rädern am Parkplatz.

»Ein paar Zweifel bleiben dennoch«, fügte Adina an. Sie umfuhren den See und waren pünktlich zurück, um Adinas Eltern abzuholen. Unterwegs aßen alle vier eine Kleinigkeit, bevor sie im Garten des Ferienhauses einen kleinen Abschied feierten. So richtige Stimmung wollte sich nicht einstellen, nachdem Adina und Oli von ihrem Erlebnis berichtet hatten. Am Bungalow von Heiko herrschte Stille. »Ob sie abgereist ist oder ihren Lover hat einziehen lassen?«, fragte Adina.

»Ich vermute stark, der hat die ganze Zeit im Bungalow mitgewohnt oder nicht weit entfernt«, antwortete Oli.

Am Donnerstagmorgen packten Oli und Adina ihre Sachen, sprangen noch einmal in den See und traten die Heimreise an. »Besucht uns doch Weihnachten im Erzgebirge«, lud Oli Adinas Eltern ein. Adina stöhnte. »Weihnachten – das klingt wie Winter. Zum Glück ist noch eine Weile Zeit. Bis dahin könnt ihr euch gute Winterreifen und Schneeketten besorgen. Und Schlittschuhe. Auf dem Annaberger Markt ist eine Eisbahn. Skifahren geht natürlich auch. Die Loipen sind gespurt, die Lifte auf den Skihängen laufen. Allerdings werdet ihr in den Weihnachtsferien nicht allein dort sein.« Oli lachte. »Die Einladung steht trotzdem! Ich denke, der zweite Erzgebirgswinter wird für Adina nicht so hart wie der erste.«

In Annaberg angelangt, warf Adina zuerst die Badesachen in die Waschmaschine. Dann räumte sie ihre Tasche komplett aus und sortierte den Inhalt. Da Reisen eine ihrer häufigsten Beschäftigungen war, wanderte ein Teil der Sachen gleich zurück in die Tasche. Den letzten Sand vom Strand am Störmthaler See hatte sie zuvor ausgeklopft. Oli brachte derweil die Fahrräder in den Keller. Ein Blick in den Kühlschrank verriet Adina, dass einer von beiden einkaufen musste. Sie übernahm die Aufgabe freiwillig. »Ich gehe fix einkaufen, damit du in Ruhe packen kannst. Du musst ja morgen früh zeitig nach Dresden«, erklärte sie Oli.

Sie holte Fleisch und Champignons für eine Pfanne Geschnetzeltes. Im Gemüsemarkt kaufte sie außerdem Weißkraut, Gurke, Paprika und etwas Obst. Zurück in der Wohnung buk sie ein Fladenbrot und bereitete einen Weißkrautsalat zu. Für den Joghurt-Dip ließ sie die geraspelte Gurke abtropfen, bevor sie Joghurt, Knoblauch, Salz und ein wenig Dill damit verrührte. Dann brutzelte sie das Fleisch kräftig an und gab die Pilze dazu. Die reichliche Auswahl auf dem Gewürzbord ermöglichte ihr, mit verschiedenen Gewürzen zu experimentieren, damit das Fleisch eine annähernd mediterrane Note annahm. Ein paar Zwiebeln wurden in der Masse gut durchgeschmort. Ein Schluck Wasser brachte etwas Flüssigkeit in die Pfanne. »Wir können essen«, rief Adina Oli zu, der gerade seine Hemden akurat zusammenlegte.

Ein paar Minuten verbrachten Oli und Adina schweigend bei dem köstlichen Essen, zu dem sie einen funkelnden Primitivo tranken. Adina saugte mit ihren letzten Happen Brot die Soße vom Teller. Sie begann die Unterhaltung: »Nächste Woche musst du dir keine Sorgen machen. Ich bleibe hier und arbeite am Computer. Und die Woche darauf fahre ich mit Mia in die Oberlausitz.«

»Oh, das ist gut. Da bist du nicht allein, und ich kann ganz entspannt arbeiten. Hast du einen Plan?«, fragte Oli. »Frag mich in einer Woche. Wir sehen uns noch, bevor ich starte«, antwortete Adina.

# 11 NEUE BESEN KEHREN SCHLECHT

## LANDKREIS BAUTZEN

Adina hatte die Woche mit Homeoffice in der Anna-berger Wohnung genutzt, um die Räume auf Vorder-mann zu bringen und die Vorräte aufzufüllen. Als Oli am Freitagabend aus Dresden zurückkam, hatte sie einen Salat vorbereitet, Pita-Brote gebacken und war-men Ziegenkäse in Sesampanade gebraten. »Wir kön-nen gleich essen, wenn du dich ein wenig frisch gemacht hast«, empfing sie Oli. Dann bereitete sie die Teller mit dem Salat vor, legte den Käse dazu und übergoss ihn mit Dattelsirup. Nachdem Oli sich an den Tisch gesetzt hatte, holte sie die frischen Brote aus der Röhre.

»Und? Hast du schon alles vorbereitet für kommende Woche?«, fragte Oli.

»Nein, deshalb werde ich einen Teil des Wochenen-des am Computer verbringen müssen. Können wir am Sonntag essen gehen? Kleiner Ausflug oder so. Und abends packen wir unsere Sachen. Ich treffe mich mit Mia am Montag in Schwarzkollm. Dort habe ich eine Übernachtung bis Freitag gebucht. Eine Ferienwoh-nung, ganz neu. Da hat jemand eine Mühlenerlebnis-

Siedlung mit ganz verschiedenen Ferienhäusern gebaut. Ein Baumhaus, ein Schlaffass, einen Schäferwagen und solche Sachen. Und die haben ein Haus mit Themenwohnungen. Ich habe den Krabat ausgesucht. Habt ihr das Buch in der Schule gelesen?«

»Ja, *Krabat oder Die Verwandlung der Welt*, den Roman von Jurij Brězan. Der war Prüfungsthema im Deutsch-Leistungskurs.«

»Ein Roman? Ich meinte das Kinderbuch von Otfried Preußler. Wir hatten das in der fünften oder sechsten Klasse als Pflichtlektüre. Damals wusste ich gar nicht, wo die Oberlausitz liegt. Und von dem Roman habe ich nie etwas gehört«, antwortete Adina.

»In Sachsen legt man viel Wert darauf, das Erbe der Sorben zu pflegen. Und Jurij Brězan war der bedeutendste sorbische Gegenwartsschriftsteller. Ein sehr philosophisches Buch über die Formel des Lebens, und voller Liebe. Es gab außerdem *Krabat oder Die Bewahrung der Welt*. Das letzte habe ich nicht gelesen. Könnte sein, ich bevorzuge deshalb mehr die Verwandlung und nicht die Bewahrung. Wenn du magst, verwandle ich morgen unsere Vorräte in ein schmackhaftes Mittagessen, und du kannst dich um die Reisevorbereitungen kümmern.«

»Schon wieder essen«, rief Adina aus und boxte Oli in die Seite. »Lass uns den Tisch abräumen. Außerdem hast du mich mit deinem Krabat durcheinandergebracht. Das muss ich mir in Ruhe anschauen.«

Adina setzte sich an den Computer im Arbeitszimmer. Sie googelte nach den Büchern, nach dem Krabat-

Radweg und seinen verschiedenen Stationen, nach der Schwarzen Mühle und dem Vorwerk. Nach mehr als einer Stunde kehrte sie ins Wohnzimmer zurück und begann ihren Vortrag:

»Jetzt bin ich verwirrter als vorher. Ich hoffe, wir können das unterwegs aufklären. Da ist die Sagengestalt, also der arme Junge aus Eutrich, der das Müllerhandwerk lernte. Und dann existierte dieser Johann von Schadowitz, der aufgrund seiner kroatischen Wurzeln Krabat genannt wurde. Oder weil die südländischen Söldner im Dreißigjährigen Krieg Krabaten hießen, obwohl er erst später zum sächsischen Hof kam. Der muss eine illustre Persönlichkeit gewesen sein, die sogar bei den Kurfürsten ein und aus ging. Es gibt Forschungen zu seinem Leben und Kontakte zu Nachfahren seiner Familie in Kroatien. Er selbst hatte keine Kinder. Und in den Büchern verschmelzen Dichtung und Wahrheit. Eins ist mir klargeworden: Jurij Brězan war ein sorbischer DDR-Schriftsteller, Otfried Preußler von Böhmen aus in den Westen gegangen. Kein Wunder, dass wir unterschiedliche Bücher gelesen haben.«

»Das klingt interessant. Du machst mit Mia die Vorarbeiten, und wir fahren noch einmal zusammen hin. Vielleicht läuft bis dahin der Krabat-Film im Fernsehen und frischt meine Schulzeit-Überbleibsel auf«, sagte Oli.

»Wenn du glaubst, dass da nur einer gedreht wurde, muss ich dich enttäuschen. Während du dich in Dresden abends einsam im Apartment langweilst, kannst du ja in der Mediathek suchen«, klärte Adina auf.

»Ah, mehrere, wie mit den Büchern«, erwiderte Oli. »Soll ich dein Rad noch einmal durchchecken?«

»Das wäre ganz lieb von dir, Oli. Du kannst das ja morgen oder am Sonntagvormittag machen. Mittags können wir raus zum Fichtelberg fahren. Oder wir versuchen es wieder einmal böhmisch in der Pension *Anna* unterhalb vom Keilberg. Da war ich auch schon eine Weile nicht mehr«, sagte Adina.

»Gute Idee. Bei Fernsicht bleiben wir auf dem Berg. Wenn es diesig ist, könnten wir auch nach Tschechien fahren.«

Adina war am Montag als Erste in Schwarzkollm angekommen. Bei der Fahrt auf den Parkplatz hatte sie den Informationspavillon der Siedlung gesichtet. Als sie ihr Auto abgestellt hatte, war ihr klargeworden, warum sie keine Übernachtung im Fass oder im Baumhaus bekommen hatte. Sie war auf einer Baustelle gelandet. Die Bilder, die sie von der Mühlenerlebnis-Siedlung gesehen hatte, waren gute Computeranimationen gewesen. Beim Öffnen der Website auf ihrem Smartphone wurde ihr der Irrtum bewusst. Das Mühlenerlebnis, so wie sie es sich vorgestellt hatte, gab es gar nicht, lediglich den ehrgeizigen Plan eines Mannes, den man in Sachsen Zugereister nannte.

Sie betrat den Pavillon zum Einchecken. Am Anmeldetresen herrschte eine Nervosität, die angesichts der einen zusätzlichen Person im Raum unerklärlich war. »Sie wünschen?«, fragte die ältere Dame am Empfang.

»Mein Name ist Adina Pfefferkorn. Ich habe ein Apartment und zwei Fahrräder bis Freitag gebucht.«

Die Dame wühlte geschäftig in irgendwelchen Papieren, ohne einen Blick in den Computer zu werfen. Lange kann die nicht im Geschäft sein, ja, in welchem Geschäft eigentlich, dachte sich Adina. Sie ärgerte sich, dass sie bei der Buchung nicht besser geschaut, sondern auf die vollmundige Beschreibung hereingefallen war. »Sie sind wohl neu hier? Kein Problem, ich bleibe länger«, versuchte Adina die Wartezeit mit einem Wortspiel zu überbrücken. »Meine Freundin trifft etwa in einer Stunde ein. Ich will alles vorbereiten.«

»Füllen Sie bitte das Formular aus und reichen Sie es wieder rein. Ihr Schlüssel. Sie haben für heute Abendessen bestellt. Es wird in dem Gebäude rechts serviert. Einfach auf diesem Weg bleiben. Der Frühstücksraum ist in Ihrem Haus«, sagte die Dame, ohne mit einem Wort auf Adinas Frage einzugehen. Small Talk war nicht ihr Ding.

»Und die Fahrräder?«, hakte Adina nach. »Benötigen Sie die heute? Unser Chef ist kurzfristig ausgefallen. Er hat die Schlüssel für die Garage. Morgen früh ist er sicher wieder aufgetaucht.« Adina gab sich verständnisvoll.

»Morgen früh reicht«, sagte sie und dachte: Aufgetaucht ist ein seltsames Wort für jemanden mit so ambitionierten Plänen. Wäre abgetaucht auch eine Option?

Adina verließ die Anmeldung, holte ihr Gepäck aus dem Auto und bezog das Themenzimmer. Die Bezeichnung war übertrieben. Die Besonderheit beschränkte sich auf ein paar Bilder an der Wand, die Adina nicht so richtig deuten konnte. Während sie über die Symbolik nachdachte, begann ihr Handy zu vibrieren. »Hallo, Adina. Wo bist du? Ich warte auf dem Parkplatz.«

»Ich hole dich ab«, antwortete Adina.

»Erwarte nicht zu viel. Ich gestehe, dass ich mich ein wenig vertan habe. Kein Vergleich mit dem Ferienhaus, das meine Mutter am Störmthaler See gebucht hat. Ich habe vorhin geschaut: Übernachtungsmöglichkeiten im Ort sind rar. Und ich wollte in Schwarzkollm bleiben, wo die Mühle und der Ausgangspunkt unserer Radtour sind. Trotzdem hätte mir das auffallen können.«

Mia lachte. »Wir wollen in der Bude schlafen und essen, nicht leben. Und morgen nicht einmal das.«

»Stimmt. Trotzdem. Es spricht nicht gerade für eine kompetente Reisejournalistin, wenn sie auf Hochglanzwerbung reinfällt. Einfach peinlich, aber halt auch wieder gut. Das wird meine Sinne für die Zukunft schärfen. Auch Bilder können lügen«, gestand Adina.

»Ich werde es Markus gegenüber nicht erwähnen, versprochen«, lachte Mia und spielte auf Adinas Auftraggeber an. »Wir machen das Beste daraus. Da sind wir doch Meister. Übrigens habe ich ihn vergangene Woche getroffen. Er meinte, du könntest deinen Blog wieder ein wenig aufleben lassen. Da passiert zu wenig.«

»Dafür passiert mir dauernd etwas. Aber er liegt vollkommen richtig. Den Blog habe ich ein wenig vernachlässigt angesichts der fortwährenden kriminellen Attacken, mit denen ich an fast allen Orten konfrontiert wurde. Ich werde mich bessern. Lass uns ein bisschen ankommen. Wir können auspacken und einen Spaziergang durch den Ort unternehmen. Abendessen ist ab sechs möglich. Morgen früh nach dem Frühstück starten wir auf dem Krabat-Radweg und übernachten in Panschwitz-Kuckau, übermorgen kehren wir zurück. Es werden zwischen 22 und 25 Grad, also haben wir einen angenehmen Herbstanfang und Fahrradwetter. Wenigstens das ist perfekt.«

Nachdem die beiden Frauen die wichtigsten Dinge ausgepackt und ihre Rucksäcke für den folgenden Tag bereitgestellt hatten, spazierten sie durch den Ort.

Mia begeisterte sich für die Raben, die überall im Dorf mehr oder weniger versteckt auf Entdeckung lauerten. Am Dorfplatz erklärte Adina, was es mit den Raben auf sich hat. »Das sind die in Raben verzauberten Müllerburschen. Krabat war einer von ihnen. Wahlweise wurde er von seiner Mutter oder von seiner Liebsten erkannt und erlöst, je nachdem, welches Buch man gelesen hat und welcher Legende man mehr Glauben schenken will. Es ist nicht einfach, aber ich finde gut, wie sich die Region des Stoffes angenommen hat.«

»Es ist immer schön, wenn jemand etwas Eigenes, Unverwechselbares entwickelt. Billige Kopien haben wir schon genug. Und so beliebige Sachen. Schau dir nur die normalen deutschen Innenstädte an. Überall ein großes Einkaufszentrum. Kennst du eins, kennst du alle. Stets die gleichen Ketten, kaum etwas Regionales«, sagte Mia.

»Du, das brauchen wir hier nicht so sehr befürchten. Erstens gibt es nicht so viele größere Städte und zweitens scheinen sich die Leute ihre Tradition bewahren zu wollen. Das geht schon mit den Ortseingangsschildern los. Und den vielen sorbischen Bräuchen, die verschiedenen Orten oder einer Region zugeordnet sind«, sagte Adina und zählte auf:

»Die Vogelhochzeit, bei der Kinder in Tracht als Hochzeitsgesellschaft verkleidet durch den Ort ziehen. Oder die ganzen Osterbräuche – das Osterreiten, bei dem Reiter die Osterbotschaft transportieren, das Ostersingen. Die vielen kunstvoll verzierten Ostereier in einer speziellen Wachskratztechnik. Tänze in sorbischer Tracht, Maibaumstellen oder -werfen und vieles andere. Es bestehen sorbische Chöre und sorbische Sportvereine. Das meiste hängt jedoch mit der katholischen Kirche zusammen, denn wir sind hier in einer der wenigen katholischen Gegenden Ostdeutschlands. In den meisten Regionen hat die Reformation gesiegt.«

»Das interessiert mich. Was gibt es eigentlich für Bräuche in Berlin? Oder sollte ich mich mehr für das Erzgebirge interessieren, jetzt, wo du die ganze Zeit dort bist?«, fragte Mia.

»In Berlin? Na sicher machen einige an den Feiertagen auch spezielle Dinge. Fasching zum Beispiel. Auch in Berlin ziehen die Kinder herum und bekommen Süßigkeiten. Hier nennt man das zampern und es ist ein Brauch zum Austreiben des Winters. Ein paar Maibäume stehen in Berlin auch. Und neuerdings ziehen wieder jüdische Rituale ein. Das Entzünden des Chanukka-Leuchters am Brandenburger Tor zum Beispiel. Wenn wir ein wenig überlegen und unseren Freund Google befragen, finden wir bestimmt noch etwas. Aber das ist nichts so Kompaktes, in sich Geschlossenes wie hier. Dafür taugt eine Großstadt mit so vielen Zugezogenen wie Berlin einfach nicht.«

Auf dem Weg zur Mühle saßen schwarze Raben auf großen Findlingen. Es dauerte nicht lange, bis Adina und Mia am Parkplatz gegenüber der Krabat-Mühle angelangt waren. Sie lasen die Schilder und studierten die Karten sowie Orientierungspläne. »Guck, Mia, das hier heißt Koselbruch wie in der Krabat-Sage. Ein richtiger Erlebnishof erinnert daran. Auf dem Gelände finden die Krabat-Festspiele statt. Und das Krabat-Zauberbuch, der Koraktor, soll in der Mühle liegen. Wir hätten im Krabat-Erlebnishof schlafen sollen.«

»Und nachts werden wir verzaubert. Aus mir wird kein Prinz. Und keine gute Fee. Nein, nein, es ist schon gut so, wie es ist«, lachte Mia.

»Die Mühle und das Gelände schauen wir uns am Donnerstag an. Da haben wir einen ganzen Tag für den Außenbereich, die Werkstätten und etwas Gastronomie. Apropos, ich könnte etwas zu trinken vertragen. Komm, wir horchen, was am Stammtisch so erzählt wird.«

Adina öffnete die Tür zu dem urigen Lokal. Tatsächlich redeten ein paar einheimische Männer wild durcheinander. »Wo ist eigentlich der Schattenwitz, unsere Reinkarnation? Der hat sonst jeden Tag vorbeigeschaut und neidisch unsere Besucher gezählt«, sagte einer der Stammtischbrüder.

»Er war schon gestern nicht da, zumindest nicht, solange ich anwesend war«, antwortete ein anderer.

»Der soll sich davongeschlichen haben. Oben auf der Baustelle herrscht der blanke Aufruhr«, fügte ein ziemlich junger Bursche hinzu.

»Mia, ich glaube, die reden von unserer Absteige. Scheint nicht sehr beliebt zu sein im Dorf, der Bauherr. Was willst du trinken?«

»Keinen Alkohol«, antwortete Mia. Adina orderte zwei Limonaden aus Blutorange, Rhabarber und Gurke.

»Ich hoffe, das ist ein Zaubertrunk, der uns vor dem Schwarzen Müller rettet«, scherzte Adina.

»Der Schwarze Müller ist nicht das Problem. Eher der Gevatter Tod, der einmal im Jahr sein Opfer auswählt. Bleiben Sie länger?«, lachte ein älterer Herr.

»Na, wenn Sie das bisher überlebt haben, schaffe ich das auch«, antwortete Adina.

»Vorsicht, ab und an verschwindet jemand zwischendurch«, warnte dieser rundliche Herr. Sein Tonfall klang nicht sonderlich angenehm in Adinas Ohren. Sie sah, wie der junge Kerl neben ihm zusammenzuckte.

»So wie der Witz oder wie der heißt?«, hakte Adina nach.

»Vor allem die, die zu viel wissen. Die werden im Wüsten Plan verscharrt, wenn sie ihren Löffel abgegeben haben«, lachte der Übergewichtige, während der Knabe tiefer in sein Glas versank und ein schmächtiger Blonder einschritt:

»Der Klaus beliebt zu scherzen. Was er Ihnen weismachen will, können Sie drüben am Lehrpfad besser nachlesen oder nachempfinden. Der Wüste Plan ist hinter der Mühle. Da sind ein paar Scheingräber für die laut Sage auf seltsame Weise aus dem Leben geschiedenen Müllerburschen, Tonda und Michal zum Beispiel. Und die abgegebenen Löffel bilden ein Klangspiel. Im richtigen Wind kann man das Heulen der Müller-Opfer hören.« Der Mann fing laut an zu jaulen. Mia musste lachen.

»Na, das lassen wir uns nicht entgehen. Bestellt ruhig ein wenig Sturm, wir mögen es herzhaft. Am Donnerstag sind wir zurück. Vorher strampeln wir die 90 Kilometer auf Krabats Spuren. Wer weiß, was uns da alles begegnet. Und wer«, verriet Adina.

»Die interessantesten Dinge liegen eh abseits. Dafür muss man den Radweg verlassen oder auf andere Wege abbiegen. Zwischen Groß Särchen und Commerau könnt ihr den Weg zum Totholzpark Caminau nehmen. Das wird euch gefallen. Ihr scheint den morbiden Charme zu mögen«, sagte der Kompakte.

»Danke für den Tipp. Wir berichten am Donnerstag«, versicherte Mia. Adina hatte den Parknamen auf die Notizen in ihrem Handy geschrieben. Sie tranken ihre Limonade aus und verabschiedeten sich.

Im Apartment machten sie sich ein wenig frisch und gingen zum Abendessen. »Die Stammtischbrüder haben recht. Irgendetwas fühlt sich komisch an«, sagte Adina zu Mia. Und damit meinte sie nicht das Essen, das sich als geschmacklose Pampe aus Hack und zerkochten Nudeln im Hauptgang nach einer Eierflockensuppe zusammensetzte. Daran konnte auch der Schokoladenpudding mit Birnen nichts mehr retten.

»Zum Glück essen wir nur heute Abend in diesem Laden. Das Futter ist kurz vor eklig«, raunte Adina ihrer Freundin zu.

Am Morgen gingen Adina und Mia mit ihren Rucksäcken zum Infopavillon. Nachdem alle Missverständnisse ausgeräumt waren, konnten sie zwei Fahrräder in Empfang nehmen. »Die sehen überraschend gut aus. Ehe wir losfahren, sage ich Bescheid, dass wir heute auswärts schlafen und unsere Sachen im Apartment lassen. Bezahlt ist die Bude ja für die ganze Woche«, sagte Adina zu Mia.

»Ich weiß nicht, ob die Dame mich verstanden hat. Es wird schon alles gut gehen. Lass uns starten.« Adina schwang sich auf ihr Rad, Mia tat es ihr gleich »Wir müssen aus dem Ort fahren, nicht so, wie wir gestern gelaufen sind«, gab Adina die Richtung vor. Nach wenigen Metern erreichten sie den Radweg. Am Ortsausgang wies ein Schild auf das Naturschutzgebiet *Dubringer Moor* hin. »Hier kann man Vögel von einem Aussichtsturm aus beobachten., Kraniche und sogar Seeadler. Wenn wir Zeit und Lust haben, können wir am Donnerstag ins Moor gehen«, sagte Adina zu Mia, die kurzzeitig neben ihr fuhr.

Die Freundinnen radelten durch grüne Wiesen, Felder und vorbei an einer Teichlandschaft. »Die Teiche gehören zum Kloster Marienstern, in dem wir heute schlafen, falls dich das tröstet, Mia.« Nach knapp einer Stunde erblickten sie das Ortsschild von Wittichenau. »Lass uns eine kurze Pause machen. Mir tut der Hintern weh«, klagte Mia. »Das waren erst 17,5 Kilometer. Nicht einmal die Hälfte«, lachte Adina. »Du hast ja auch vor zwei Wochen im Neuseenland geübt«, hielt Mia gegen.

Sie schlenderten über den Marktplatz zu den öffentlichen Toiletten, die versteckt in der zweiten Reihe lagen. Dabei gelangten sie an einen Ruheplatz, der den Partnerstädten von Wittichenau gewidmet war. »Ein hübsches Städtchen. Überhaupt sieht die Region sehr einladend aus«, stellte Mia fest. Auf dem Rückweg von der Toilette setzten sie sich auf eine der Bänke. »Schau, wir sind im Dreiländereck. Es gibt je eine Partnerstadt in Deutschland, Tschechien und Polen«, sagte Adina. Sie nahm ihr Handy und schaute auf die Karte.

»Die nächste Station ist Groß Särchen. Wir können vorher die Krabat-Milchwelt besuchen.«

»Was ist da Besonderes? Hat Krabat Kühe gehütet und gemolken?«, fragte Mia.

»Eine Schaukäserei und ein Hofladen laden ein. Aber Käsetransport bei den Temperaturen, ich weiß nicht. Da verfolgen uns die Fliegen bis zum Vorwerk oder ins Kloster«, antwortete Adina.

»Ok, also Groß Särchen!«, legte Mia fest. Die weiße Kirche des Ortes grüßte die Radlerinnen von Weitem.

Sie hielten an Krabats Vorwerk und betrachteten die bemalte Wand. »Auf den Bildern siehst du eindrucksvoll, was mich total durcheinanderbrachte. Einerseits ist da der Oberst Johann von Schadowitz, der das Gut vom sächsischen Kurfürsten als Alterssitz erhielt. Andererseits der arme Bursche aus Eutrich, der beim Schwarzen Müller in die Lehre ging. Die Literatur hat beide miteinander verschmolzen, der eine mehr, der andere weniger«, begann Adina ihrer Freundin die Bilder zu erläutern.

»Ja, das Bild vom Türkenlager in Wien passt nicht in die Oberlausitz«, meinte Mia.

»Es gehört zu dem historisch verbürgten Kroaten Schadowitz«, entgegnete Adina. »Guck, Krabat hat hier den Koraktor im Teich versenkt.«

»Ich denke, der liegt in der Schwarzkollmer Mühle?«, fragte Mia.

»Ja, auch. Vielleicht gab es mehrere. Oder jemand hat ihn geborgen. Wer weiß das so genau. Ich jedenfalls nicht«, versicherte Adina und schoss ein paar Selfies. Für das Reiseportal hielt sie besondere Ansichten mit der Kamera fest. Nach dem Bild mit Krabats Beerdigung, bei der ein weißer Schwan aufstieg, war Mia weiter in Richtung des Abenteuerspielplatzes hinter dem Vorwerk gegangen. Sie hatte einen kleinen Wiesenhügel erklommen, der einen Blick von oben erlaubte. »So ein schöner Spielplatz! Nicht das ewige Einerlei mit Sandkasten, Rutsche und Klettergerüst. Das wäre bestimmt etwas für die Berliner Gören«, rief sie und war in ein paar Sätzen bei Adina. »So etwas schwebte mir auch vor. Einige Übernachtungsmöglichkeiten für Schulklassen sind vorhanden. Ich kann mich allerdings nicht entscheiden, welche Altersklasse günstig ist. Für den Radweg sollte man Große nehmen. Schwarzkollm funktioniert sicher bei Fünft- oder Sechstklässlern. Der richtige Krabat-Spielplatz für diese Alters-Kategorie ist übrigens in Kamenz.«

»Du bist wirklich gut vorbereitet. Ich glaube, ich werde nach unserer Tour die Krabat-Bücher lesen«, versprach Mia.

»Das ist nicht die schlechteste Idee. Manches wirst du wiedererkennen. Du kannst ja auf unsere Website schauen. Ich werde einiges dazu verfassen. Oder lies meinen Reiseblog, falls ich zum Aktualisieren komme. Von hier aus fahren wir in die Oberlausitzer Heide- und Teichlandschaft. Ich denke, wir nehmen den Totholzpark im Biotopverbund mit. Für Königswartha haben wir zu wenig Zeit. Dort kehren wir auf den Radweg zurück nach Eutrich. Ich glaube, allein die Etappen von heute, die wir in einem Ritt absolvieren, bieten so viele Möglichkeiten, um die Oberlausitz kennenzulernen.«

»Ja, man kann den Weg auch auf kleinere Etappen aufteilen. Dann braucht man mehr Übernachtungen und muss halt das Gepäck mitnehmen«, gab Mia zu bedenken.

»Ich würde auch gern hier oder da noch ein wenig verweilen. Wir dürfen jedoch nicht zu spät in Panschwitz-Kuckau sein, denn die Klosterpforte schließt um 18 Uhr, und dann bekommen wir keinen Schlüssel für das Gästehaus mehr. Also los.«

»Wow, allein auf diesem Gelände kann man einen ganzen Tag zubringen«, knüpfte Mia beim Biotopverbund mit dem Totholzpark und seinen vielen anderen Bestandteilen an das Gespräch vorher an. Sie nahmen den Eingang durch das Arboretum sinensis mit dem Glückstor, suchten an einigen Stellen vergeblich nach Schildern für die exotisch anmutenden Bäumchen, ließen die Pilzzuchtversuchsanlage und den Barfußpfad links liegen und erkundeten den Totholzpark mit seinen verschiedenen Bereichen.

»Ob die bei der Errichtung 2005 geplant hatten, die Geländer und den Aufstieg auf den Aussichtspunkt verwildern zu lassen?«, fragte Mia.

»Wohl eher nicht. Es gab irgendwann keine Arbeitsbeschaffungsmaßnahmen mehr und demzufolge keine Leute, die Hand anlegen. Eigentlich schade, denn der Prozess des Werdens und Vergehens tendiert in Richtung Vergehen, auch wenn etwas Werden dabei ist. Schau, wie groß die Birke ist, die da aus dem toten Stamm wächst. Und dahinter der kerngesunde Baum! Etwas später im Herbst ist es hier bestimmt noch schöner.« Adina zeigte auf den umgefallenen Stamm, der so viel neues Leben hervorbrachte. »Das Weiße, was du am Boden siehst, ist Kaolin. Dort hinten ist ein Kaolinwerk. Der Rohstoff wird zur Porzellanherstellung verwendet. Sogar nach Meißen soll das geliefert worden sein, habe ich gelesen. Lass uns zum Eingang zurückkehren. Ich habe einen netten Picknickplatz entdeckt«, fuhr sie fort.

Die Frauen setzten sich auf eine der überdachten Sitzgarnituren und packten ihre belegten Brötchen aus, die sie in Wittichenau beim Bäcker gekauft hatten. »Wir haben jetzt über die Hälfte geschafft. In Eutrich können wir in Krabats Kindertage eintauchen. In Ralbitz liegt ein interessanter Friedhof mit lauter weißen Holzkreuzen. Etwas anderes darf nicht auf die Gräber. Und dort in der Nähe treffen wir auf andere Radwege. Gleich mehrere tragen den Namen *Sorbische Impressionen,* einer ist dem Seenland gewidmet. Oder der *Froschradweg,* der führt durch Königswartha. Aber das lassen wir, ich habe meinen Prinzen in Dresden«, lachte Adina.

»Na, wenn der mal nicht wegen der vielen Teiche und ihrer Bewohner so heißt und gar nichts mit dem aristokratischen Märchen zu tun hat«, lachte Mia.

»Das war ein Scherz, Mia! Lass uns starten, wir haben noch fast 30 Kilometer. Dann gehen wir ins Kloster, also nichts mit Prinzen und anderem Techtelmechtel.«

Gegen fünf hatten es Adina und Mia bis zum Kloster Marienstern geschafft. Majestätisch lag das Zisterzienserstift in seiner rot-weißen Pracht vor ihnen. Sie fragten im Klosterladen nach dem Gästehaus, bestaunten die kunstvoll verzierten sorbischen Ostereier und nahmen ein paar Spezialitäten und einige Kerzen mit. Die Frau an der Kasse riet ihnen zu einem Besuch im Umwelt- und Lehrgarten und schwärmte vom Kräuterzentrum. »Ich mag heute nicht mehr Fahrrad fahren und nicht mehr laufen. Lass uns etwas im *Klosterstübel* essen«, schlug Mia vor. »Ich hatte die gleiche Idee. Hoffentlich haben wir morgen keinen Muskelkater. Das war allerhand an Strecke heute für Ungeübte.«

Nach dem Frühstück starteten Mia und Adina in Richtung Kamenz. »Nebelschütz blickt auf einige Krabat-Episoden. Die ignorieren wir. Lies sie am besten im Buch nach. Wollen wir uns das Lessing-Museum anschauen? Das müssten wir schaffen«, schlug Adina vor.

»Oh ja, *Nathan der Weise*. Wann hat Lessing das verfasst? 1779. Vor über 240 Jahren! Und warum haben es die Menschen bis heute nicht begriffen? Die Ringparabel war übrigens mein Prüfungsthema mündlich im Abitur«, erinnerte sich Mia.

»Kamenz hat noch andere interessante Museen und den Lessingturm auf dem Hutberg. Das lassen wir alles links liegen. Wir wollen nicht so spät in Schwarzkollm zurück sein. Vielleicht ist der Herr Unternehmer wieder aufgetaucht«, sagte Adina.

»Ich habe übrigens in einer Lessingstraße gewohnt«, bemerkte Adina, als sie im Museum ein Zitat aus einem Lessing-Brief entdeckte. »Wo ich meine Jugend vergnügt zugebracht«, stand da. »Was mögen das damals für Vergnügungen gewesen sein? Wir machen ja immer den Fehler und betrachten alles von der heutigen Zeit aus«, warf Adina ein.

»Nun ja, Humanismus ohne das unbedingte Beharren auf der eigenen Religion als der einzig wahren,

Toleranz, Aufklärung, das alles durch Bildung, Bildung, Bildung. Das Vorbild für den Nathan war ja der jüdische Aufklärer Moses Mendelssohn. Und Lessing entstammte einer christlichen Familie. Schau, hier ist seine Biografie. Aber du siehst schon: bei mir war Schule nur kostenlos und nicht umsonst«, scherzte Mia.

»Wann wird der Nathan behandelt in der Schule?«, fragte Adina. »Ich glaube, das erste Mal in acht oder neun und dann noch einmal in der Oberstufe vor dem Abitur«, antwortete Mia. »Man könnte auch eine literarische Reise kreieren. Lessing, die Krabat-Bücher, Erich Kästner in Dresden ... Ich habe schon wieder 1.000 Ideen«, sagte Adina. »Na da vergiss den Karl May nicht. Ein Sachse durch und durch«, ergänzte Mia.

Adina nahm noch etwas Lesestoff aus dem Museum mit. Viel Platz blieb ja nicht in ihrem Rucksack. Dann starteten die Frauen zur nächsten Etappe. Sie radelten vorbei an Teichen, durch Wiesen und Felder, staunten über Kohlegruben und verlassene Brikettfabriken, passierten hübsche Dörfer mit sanierten Häusern und gepflegten Vorgärten.

Am Imbiss der Teichwirtschaft *Weißig* hielt Adina an. »Lass uns etwas essen. Fisch hatte ich lange nicht. Die Fischsoljanka soll legendär sein. Das muss ich probieren. Und Räucherforelle mit Meerrettich. Das Essen in der Mühle kosten wir morgen und unsere Absteige muss nicht sein. Außerdem wären die überfordert, denn wir haben uns nicht angemeldet.«

Mia stieg vom Rad. »Eine gute Idee«, bescheinigte sie ihrer Freundin. »Heute drängt uns ja nichts. Es ist egal, ob wir um sechs oder um acht zurück sind.«

Die letzten Kilometer radelten Adina und Mia ohne anzuhalten. »So eine Tour schlaucht ganz schön. Ich muss öfter radeln«, gestand Mia.

»Da hast du es in Berlin deutlich besser als ich im Erzgebirge. Ohne viele Gänge ist da nichts an den Bergen. Die älteren Leute schummeln sich meist mit Elektrounterstützung entlang.«

»Oh Mann, das ist wie Fahren mit Stützrädern. Nichts für Leute mit Mitte 30!« Mia schüttelte den Kopf.

Auf ihrer Feriensiedlungsbaustelle gaben sie die Fahrräder ab. »Die sind genau so mies drauf wie vorgestern«, stellte Adina fest.

»Ich hoffe, wir werden morgen erfahren, was mit dem Witz los ist«, meinte Mia.

»Schattenwitz, der sagte Schattenwitz«, korrigierte Adina sie.

In dem Moment wussten beide nicht, dass sie dem Herrn tatsächlich begegnen würden.

Am Vormittag schlenderten Adina und Mia zum Krabat-Erlebnishof und betraten das Gelände. »Wir holen uns zuerst ein schwarzes Eis und dann einen Audioguide, mit dem wir zur Erkundungstour aufbrechen können«, schlug Adina vor. Sie nahmen sich Zeit für die Ausstellungen, warfen einen Blick ins Gesindehaus und liefen den Laubengang entlang. Höhepunkt war die *Schwarze Mühle* mit ihrem Wasserrad. Sie schossen Fotos und Selfies und freuten sich über die gepflegte Anlage, die im Sommer Veranstaltungsort der Krabat-Festspiele ist.

»Komm, wir erkunden den Lehrpfad«, schlug Adina ihrer Freundin vor. Sie spazierten an der *Schwarzen Mühle* entlang auf den hinteren Ausgang zu. Der junge Mann, den sie nach ihrer Ankunft in der Kneipe als Helfer im Freiwilligen Sozialen Jahr Kultur kennengelernt hatten, kümmerte sich im Außengelände um Sauberkeit auf der Wiese. Adina grüßte freundlich. Er nickte kaum merklich. Dafür fühlte sie seinen Blick beim Verlassen des Mühlengeländes im Rücken. »Es scheint mehr Gestörte hier zu geben. Grüßen kann der nicht, aber glotzen«, sagte sie zu Mia.

»Der Erlebnispfad beruft sich auf Otfried Preußlers Version der Sage. Behauptet die Tafel. Das Quiz umfasst zwölf Stationen. Für die Lösungen muss man die Texte auf den Tafeln lesen. Ach schau, die Raben weisen uns den Weg«, bemerkte Adina und schritt zur ersten Tafel, auf der Krabats Weg nach Schwarzkollm nachgezeichnet war. Die dritte Station zeigte die versunkene Kutsche des Schneiders.

»Ein bisschen gruselig. Und wie das riecht. Modrig«, fand Mia.

»Modrig – kommt das nicht von Moor und Modder, also etwas Feuchtem? Warte, es wird schlimmer«, blickte Adina voraus und sagte. »Alles morastig. Bleib schön auf den Wegen! Hier soll ja sogar eine Kutsche versunkenen sein. Wie wird das damals gewesen sein, vor über 350 Jahren? Noch mehr Nässe und Wildnis?«

»Ich weiß nicht, das ist auch heute noch ein bisschen unheimlich«, fand Mia. Die Frauen mussten über einen langen Holzpfad laufen, der sie vor Nässe schützen sollte. »Schau, was die raten: ›Geht nicht vom Wege ab, sonst ergeht es euch wie dem Schneider aus der Sage!‹ Ich wusste, dass es nicht ganz ohne ist.« Mia trottete trotzdem weiter, Adina folgte ihr. »Es war schon mancher auf dem Holzweg und der erwies sich als Sackgasse«, witzelte Adina. »Das ist nicht so lustig, wie du denkst. Die Redewendung kommt genau aus der Zeit, in der auch Krabat gelebt haben soll. Das Holzgewerbe florierte damals, denn Holz wurde nicht nur zum Heizen und Kochen gebraucht. Es war eines der wichtigsten Baumaterialien. In die Wälder schlug man Schneisen als so genannte Holzwege. Das waren Sackgassen, die im Nichts endeten. Wer sie benutzte, kam irgendwann nicht mehr weiter und musste umkehren. Ich habe darüber und über andere Sprichwörter vor einigen Jahren geschrieben«, klärte Mia auf.

»Scheint ja das reinste Sprichwortparadies zu sein hier. Guck, das sind die abgegebenen Löffel, die der Stammtischbruder gemeint hat.« Adina zeigte auf das Löffel-Mobile.

»Was den Löffel abgeben bedeutet, muss ich dir nicht erklären. Allerdings ist diese Redewendung jünger, obwohl schon im Mittelalter jeder einen Löffel hatte. Schau hier, Namensschilder. Die rechte & die linke Hand des Müllers«, las Mia, nahm die beiden riesigen Holzlöffel an Ketten in die Hand und klopfte die

Hölzer ab wie ein Xylophon. »Ich suche gleich mal nach Adina.«

Adina schmunzelte. »Das muss eine Urururururahnin von mir gewesen sein. Oder noch mehr ur. Nein, das sind die Namen der Müllerburschen. Von Frauen ist keine Rede. Obwohl – Tondas Geliebte starb ja auch. Aber Müllerburschinnen gab es nicht. Nicht mal mit Gendersternchen.«

Mia fasste die Riesenholzlöffel erneut an ihren Stielen. Sie schlug damit die quaderförmigen Holzschilder an und las zu jedem den Namen vor. Jeder Klotz klang ein bisschen anders, so wie wohl jeder Müllerbursche ein wenig anders gewesen war. »Handruschk, Kito, Juro, Merten, Hanzo … Die Namen sind bestimmt sorbisch.« Sie hängte die Löffel wieder in die Halterung. »Jetzt müssen wir rechts und durch das Tor. Mach es zu hinter dir. Wer weiß, was sonst passiert. Die schreiben das nicht umsonst auf das Schild mit dem Ungeheuer.« Tatsächlich hing dort ein Schild mit der Aufschrift: *Tritt ein, doch schließ' das Tor nach Dir, sonst ist es frei, das Ungetier!*

»Willst du mich veralbern, Mia, oder hast du wirklich Angst?« Mia begann zu kichern. »Ok, ich weiß Bescheid«, offenbarte Adina und bewegte die abgetrennte Hand aus Holz über das Tor. »Zu«, stellte sie fest. Ein weiteres Tor war bereits in Sichtweite.

*»Komm' hindurch, doch schließ' das Tor, sonst folgt der Schatten aus dem Moor!!!* – Adina, schnell, mach, was hier angeordnet ist. Die drei Ausrufezeichen ste

hen nicht umsonst! Und der Knochen, und überall die Pentagramme …«

»Mir wären Davidsterne auch lieber«, erwiderte Adina.

»Wie kommst du jetzt darauf?«

»Keine Ahnung, Sehnsucht nach Israel?«

»Da muss ich unbedingt mit dir hin«, sagte Mia.

»Jetzt lass uns dieses Abenteuer überstehen. Außerdem habe ich die nächste Reise Oli versprochen. Oder er mir. Er kennt Israel von mehreren Aufenthalten. Da muss ich nicht Reiseleiter spielen und den Urschleim auftischen.«

»Wie meinst du das?«, fragte Mia.

»Na ich wäre ungeeignet, immer wieder die gleichen Sehenswürdigkeiten zu erklären, wie es die Reiseleiter bei den organisierten Reisebüroreisen machen. Und zu lügen im Stil von *Auf dieser Straße ist schon Jesus gewandelt*, obwohl ich weiß, dass es inzwischen andere Erkenntnisse zu seinem Weg ans Kreuz gibt und die Straße damals etliche Meter tiefer lag. Und wenn ich jedes Mal mit jemandem fahre, der Israel nicht kennt, dann komme ich immer wieder nur an die gleichen Stellen. Tagelang Steine betrachten, das liegt mir nicht. Ich will Menschen und das bunte Leben.«

»Na dann passen wir ja zusammen«, antwortete Mia. Das nächste Schild des Erlebnispfades war bereits in Sichtweite.

»Alles ganz schön verwildert. Sieht fast aus wie der Totholzpark«, fand Mia angesichts des Weges, der sie an die Tafel mit der Nummer acht führte. *Der Herr Gevat-*

*ter und der Tod,* war sie überschrieben. Adina las: »Wer auf der Mühle im Koselbruch starb, der wurde vergessen, als ob es ihn nie gegeben hätte.« Ein Schild tanzte aus der Reihe. Es sah anders aus als die Aufsteller für den Erlebnispfad. Der *Wüste Plan* in der Krabat-Sage wird darauf als eine Art Friedhof mit den Gräbern der Müllerburschen beschrieben, anhand von Zitaten aus Preußlers Buch. »Sieh die Kreuze auf den Gräbern. Und dieses Grab ohne Kreuz. Das sieht frisch aus. Mia, da guckt ein Stück Hand heraus. Und das ist nicht so eine Fake-Hand wie an dem Tor da vorn.« Mia trat näher heran.

»Das kann nicht sein«, brach es aus ihr heraus. Adina hatte bereits ein Foto geschossen und es an Oli geschickt. Der antwortete prompt.

»Wo bist du und was ist das?«

»Wir sind in Schwarzkollm auf dem Erlebnispfad an der Krabatmühle, und das sieht verdammt nach einem frischen Grab aus, das hier nicht sein sollte …«

»Ist Mia bei dir?«

»Ja, natürlich.«

»Dann bleibt bitte beide in der Nähe. Zusammen, Adina! Ich kümmere mich um den Rest. Kann ein bisschen dauern, bis meine Kollegen da draußen sind. Ich schicke sie zum Gucken. Sie sollen dann entscheiden, was notwendig ist. Kannst du das Motiv ein wenig zoomen und mir schicken? Näher rangehen musst du nicht. Lass es die Kamera machen.«

»Sieht ein wenig eklig aus. Von Raben oder Füchsen angeknabbert.«

»Macht nichts für diesen Zweck. Nur, dass wir nicht die Pferde scheu machen und dann ist nichts.« Adina schoss ein paar Bilder, auf denen man das frische Grab und den Unterschied zu den anderen gut sehen konnte. Es dauerte eine Weile, bis die Fotos an Oli hochgeladen waren. »Lass uns unauffällig ein wenig weiterlaufen, falls uns jemand beobachtet«, sagte sie zu Mia.

Mia sah ein Fahrzeug durch den Hof der Krabatmühle fahren. Zwei Männer in Zivil stiegen aus. Den Beamten genügte ein Blick, nachdem Adina ihnen die Stelle gezeigt hatte.

»Das wird nichts ohne Vollprogramm. Ruf an!«, forderte der Mann, der sich mit Polizeiobermeister Geschke vorgestellt hatte, seinen Kollegen auf. Nach und nach rückten die Spezialkräfte der Polizei an. Das Gelände wurde abgesperrt. Adina und Mia durften den Schauplatz verlassen, bevor der Tote ausgegraben wurde. Sie hatten dem Polizeiobermeister ihre Kontaktdaten übergeben.

Am Abend kehrten die beiden Frauen zum Krabat-Erlebnishof zurück. Die Polizei war inzwischen abgerückt und die paar Schaulustigen saßen alle in dem kleinen Lokal. Der Tote im *Wüsten Plan* war Stammtischthema Nummer eins. »Es tut uns leid, dass wir für Aufruhr gesorgt haben, aber so konnte das ja nicht bleiben«, rief Adina in die Ruhe und orderte für sich und Mia jeweils ein Krabat-Pils. »Das mit der Tonda-Colada lassen wir lieber. Der Tonda liegt ja schon dahinten«, sagte Adina zu Mia.

»Sie sind ziemlich hart im Nehmen, Madame«, entgegnete der Kompaktklassenmann vom Montag.

»War nicht meine erste Leiche. Ich stolpere dauernd über Verblichene. Die angeknabberte Hand war zu auffällig. Nun wissen wir, wo der Besitzer dieser Baustelle ist, auf der wir abgestiegen sind. Der Herr Czadic …« Adina stutzte.

»Schadowitz, Schattenwitz, Czadic … Mia!« Mia guckte entgeistert, weil Adina etwas laut geworden war. »Das hätte mir auffallen können.« Adina griff sich an den Kopf. Sie fragte den Klaus genannten Mann am Stammtisch: »Was haben Sie eigentlich mit Reinkarnation gemeint, als Sie von diesem Schattenwitz sprachen?«

»Na, der glaubte, von diesem Schadowitz abzustammen. Der werweißwievielte Enkel eines unehelichen Sohnes. Deshalb kaufte er das Grundstück, wusste alles besser und wollte unseren Erlebnishof austrocknen. Oder er hatte die feindliche Übernahme geplant. Angeblich hätte die *Schwarze Mühle* früher auf seinem Grund und Boden gestanden.«

»Dieser Schattenwitz und der Czadic, dem die Baustelle gehört, sind eins, stimmt's? Und nun ist er tot. Wo ist eigentlich der junge Bursche, der am Montag mit am Stammtisch saß? Wir haben ihn heute früh beim Reinigen der Wiese gesehen. Er hat die ersten Herbstboten entfernt – herabgefallene Blätter der Bäume unterhalb der Mühle. Und ein bisschen Besuchermüll. Nachdem wir den Toten entdeckt hatten und zurückkamen, war er weg.«

»Er hat gekündigt. Seine Mutter soll sich schlecht fühlen, und er musste nach Hause. Ging alles ganz schnell. Ehe der Schattenwitz ausgebuddelt war«, rief die Wirtin vom Tresen an den Stammtisch.

»Wie der Schwarze Müller sah der nicht aus. Und auch nicht wie Gevatter Tod. Eher wie ein armes Würstchen«, warf Adina ein. »Wenn da nicht etwas faul ist. So, wie der uns hinterhergeschaut hat … Und ich habe ihn zuletzt wahrgenommen, während wir bei den Gräbern standen und ich die Polizei angerufen habe. Der wird doch nicht …«, flüsterte sie Mia zu.

Mia schaute die Wirtin an. »Haben Sie das der Polizei erzählt? Ich glaube, Sie sollten das dringend tun. Es könnte wichtig für die Aufklärung sein. Und die kommen eh dahinter, wer alles anwesend war zum vermutlichen Tatzeitpunkt.«

»Sie glauben, der Bursche hat etwas mit dem Tod des Newcomers zu tun?«, fragte die Wirtin.

»Möglich wäre es. Seine überstürzte Flucht macht ihn zumindest verdächtig. Dürfen wir etwas zu essen bestellen? Etwas Regionales, wenn das die Karte hergibt?«

»Selbstverständlich. Ich gehe nur geschwind ans Telefon. Es klingelt gerade.«

Adina blickte gespannt in Richtung Küche. Es dauerte eine gefühlte Ewigkeit, bis die Wirtin wieder erschien. Sie ging an den Tresen und nahm eine Flasche Schwarzer Müller Aroniabeerenlikör und eine Flasche Krabats Kräuter herb aus dem Kühlschrank. Dann füllte sie das runde Tablett voller Gläser. »Ich brauche einen Schnaps und ihr mit«, erklärte sie auf dem Weg zum Stammtisch.

»Am Telefon war die Mutter von unserem entflohenen Bürschlein. Die fühlt sich tatsächlich schlecht, aber erst, seit ihr Knabe zu Hause ist und gebeichtet hat«, sagte sie, während sie die Gläser füllte und verteilte. Danach setzte sie sich an den letzten freien Stammtischplatz. »Der Niklas hatte eine Auseinandersetzung mit dem Herrn von oben. Seiner Version nach war es ein Unfall. Mensch, der ist erst 19 und hat sich sein Leben versaut.«

»Was ist denn passiert?«, hakte Adina nach.

»Erst einmal Prost auf den Schreck«, sagte die Wirtin und hob das Glas. Nachdem ihr Glas geleert war, berichtete sie, was sie von Niklas' Mutter erfahren hatte. Am Wochenende vor Adinas Ankunft hatte der Bauherr einen zu viel gebechert und wie so oft mit seinem überdimensionierten Vorhaben geprahlt. Keiner der Gäste im Erlebnishof hatte ihn ernst genommen. »Niklas wollte ihn zur Rede stellen. Er fuhr mit dem Fahrrad hinter ihm her. Dabei muss der Schadowitz-Verschnitt vom Rad gestürzt sein und sich das Genick gebrochen haben. Besoffene haben eben nicht ständig einen Schutzengel«, stellte die Wirtin fest. »Niklas wusste ja, wo unsere ganzen Gerätschaften sind, da hat er ihn neben den Scheingräbern von Tonda und Michal verbuddelt«, fuhr sie fort.

»Na, hoffentlich war der wirklich tot, als er ihn versenkt hat. Nicht auszudenken, wenn er noch lebte. Aber das wird die Obduktion zeigen. Es hat Auswirkungen auf das Gerichtsverfahren, selbst wenn man ihm die Unfallversion abkauft«, erklärte Adina. Die Wirtin goss nach. Mia zögerte.

»Wir haben noch nichts im Magen«, deutete sie an.

»Oh, ich bin eine schlechte Wirtin. Was wollt ihr essen? Ich sage sofort in der Küche Bescheid.«

»Am besten Buttermilchplinsen oder etwas Leichtes. Nach der Nachricht muss es kein fettiger Schweinebraten sein. Und vorher eine Sorbische Hochzeitssuppe, obwohl die eher etwas für meine Freundin ist, bei der hoffentlich irgendwann die Hochzeitsglocken läuten«, lachte Mia.

»Nun mal langsam mit den jungen Pferden. Ich nehme einen Koselbruch-Burger, passend zum Ort des Geschehens, und anschließend ein Eis als Dessert«, fügte Adina hinzu.

»Ich kenne Oli noch nicht einmal ein Jahr. Klar, wir verstehen uns gut. Nur, reicht das schon?«, sagte sie, an Mia gewandt. Die kam nicht mehr zum Antworten.

»So ein dummer Junge! Er hatte Angst um uns, weil der Knaller von da oben uns vernichten wollte. Dabei hat der den Mund viel zu voll genommen. Und die Reinkarnation war ein Gag. Schadowitz hatte gar keine Kinder. Das ist wie beim Jerusalem-Syndrom. Bei ihrem Aufenthalt glauben manche ganz plötzlich, dass sie Jesus sind ...«, schimpfte die Wirtin nach ihrer Rückkehr aus der Küche. Am Stammtisch war es inzwischen laut geworden. Alle redeten durcheinander, und jeder wollte plötzlich vorher gewusst haben, dass das böse endet. »Wie beim Schwarzen Müller ...«, fasste dieser Klaus zusammen. Daraufhin wurde es plötzlich still und jeder hing seinen Gedanken nach.

Die Wirtin servierte das Essen für Mia und Adina. Nach einer Fassbrause verabschiedeten sich die beiden Frauen. »Ich komme sicher bald mal mit meinem Freund. Und dann suche ich mir eine angenehmere Bleibe als die Absteige da oben«, gelobte Adina.

In ihrer Ferienwohnung eingetroffen, begannen die Frauen zu packen, denn sie wollten gleich nach dem Frühstück aufbrechen. Mia hatte vor der Abreise ihre Mails gecheckt und eine Anfrage gefunden. »Möchtest du eigentlich wieder öfter etwas richtiges Journalistisches machen? Ich hätte da einen Auftrag für dich.

Adina dachte nach. »Ich war eigentlich froh, dass ich nicht mehr in diesem Hamsterrad aus Wettlauf um die Zeit und die beste Story gefangen bin. Zehn Jahre habe ich gekämpft, manchmal gewonnen, oft verloren. Noch immer spüre ich den Panzer um mein Herz, der sich nur schwer knacken lässt. Du weißt ja selbst, wie das ist. Manchmal hat man wochenlang nur schaurige Themen. Ich denke noch an eine schlimme Phase, als ich nacheinander über weibliche Genitalverstümmelung, gegen die Rüdiger Nehberg kämpfte, die Enthüllung eines Klosterschülers über regelmäßige Vergewaltigung durch einen Priester und diesen Kannibalen aus dem Müglitztal schreiben musste. Ich glaube, da hat mein Gefühlsleben einen Knacks wegbekommen. Mir wurde klar, dass ich nicht alle Probleme der Welt lösen kann. Egal, wie spannend und emotional ich sie beschreibe, ich bin und bleibe machtlos. Ohnmächtig fast. Damals begann ich, mir diesen Panzer zuzulegen. Der Reisejournalismus ist Entspannung pur. Man muss sich auch nicht permanent mit Leuten herumstreiten. Wenn ich einen Fehler mache, wird er korrigiert. Die Online-Plattform hat da viele Vorteile. Als ich kürzlich nach Pirna gefahren bin, habe ich einen Wegweiser zum Müglitztal gesehen. Das ist nicht weit weg von Dresden. Da ist die Erinnerung wieder hochgekocht. Kannst du dir das vorstellen? Ich meine, dass man so was ein Leben lang mit sich herumschleppt, obwohl man selbst ja nur darüber berichtet hat? Auch diese Genitalverstümmlung. Nehberg, der eher als Survival-Experte bekannt war, brachte das Thema von seinen Reisen mit. Es hat ihn zeit seines Lebens nicht losgelassen und er hat einen Verein gegründet, Aufklärungsarbeit betrieben, Geld gesammelt.«

»Was dich da bewegt, verstehe ich vollkommen. Ich habe selbst jahrelang Klinken geputzt, bevor ich ins Feuilleton aufgestiegen bin. Aber der Auftrag wäre Kultur pur. Und die Stadt kannst du gleich mit anschauen«, erklärte Mia.

»Das klingt verlockend. Was ist es denn?«, hakte Adina nach.

»Pauline Sommerfeldt kennst du doch? Die hat mich über einen Filmdreh in Görlitz informiert. Ganz bekannte Schauspieler, ein exaltierter Regisseur, dazu ein aufgepimpter historischer Stoff – E.T.A. Hoffmann-Verschnitt.«

»Und wer ist der abgefahrene Regisseur?«

»Na dieser Attila Zeiler. Bela Altmann und der Thorsten Danner spielen mit. Du darfst am Set dabei sein und bekommst Exklusivinterviews mit allen dreien. Pauline arrangiert alles. Sie ist hin und weg von dem Projekt«, verriet Mia.

»Das interessiert mich auch privat. Und Görlitz steht eh noch auf meiner Agenda. Das kann ich prima verbinden. Und Pauline habe ich schon ewig nicht mehr gesehen. Egal, sag zu, sie soll mir alles Notwendige schicken. Ich bin dabei. Wir fahren ein Stück gemeinsam zur A13, dann trennen sich unsere Wege. Ich hoffe, nicht für lange.« Adina drückte Mia und stieg in ihr Auto. Mia tat es ihr gleich.

# 12 FALSCHE TROPFEN

## LANDKREIS MEISSEN

»Wenn du die ganze nächste Woche in Dresden bleibst, kann ich dich besuchen kommen. Nimmst du mein Rad mit? Du hast einen Fahrradträger für das Auto. Da muss ich kein Rad leihen. Ich fahre die Sächsische Weinstraße zwischen Radebeul und Diesbar-Seußlitz entlang. Kurz vor dem Ziel ist ein Winzer, der aktuell für Aufsehen in der Szene sorgt. Er inseriert unter dem Motto *Weinträume – Traumweine*, was auch immer sich dahinter verbirgt«, sagte Adina zu Oli.

»Das ist eine gute Idee. Da wird die Woche nicht ganz so lange für mich. Wann darf ich mit dir rechnen?«

»Ich habe am Mittwochnachmittag einen Interviewtermin bei Diesbar-Seußlitz und darf danach die erste Stunde an einer Weinverkostung im Keller teilnehmen. Ausgewähltes Publikum, der Aufsichtsrat einer bekannten Firma, deren Namen ich verschweigen muss, Fotos nur vom Winzer. Die Aufsichtsräte unternehmen eine Weintour entlang der Weinstraße. Ich weiß eh nicht, wie die an der letzten Station drauf sind, bevor sie sich gänzlich die Kante geben. Aber den Winzer mit seinen Ideen kann ich journalistisch und zugleich für mein Reiseportal verwenden. Du könntest mich am Abend mit dem Auto abholen und mein Rad transportieren. Zuvor verfolgen wir den Sonnenuntergang an der Elbe. Die Weiße Flotte fährt abends auf dieser Strecke nicht mehr, sonst würde ich auf das Schiff zurückgreifen.«

»Klingt nach einem Plan, so wie ich es von Adina gewohnt bin. Soll ich fix noch etwas einkaufen?«, fragte Oli. Da er am nächsten Morgen sehr zeitig nach Dresden ins Polizeipräsidium und noch packen musste, nahm Adina ihm das Einkaufen ab und kümmerte sich um das Abendessen. »Pasta hatten wir in den vergangenen Tagen genug. Ich hole uns ein paar Lammkoteletts und mache Rosmarinkartoffeln sowie einen Salat dazu«, erklärte Adina und startete ihren Gang zum Fleischer.

Das Abendessen war kaum vorbei, als Oli seinen Wunsch nach Schlaf verkündete. »Die letzte Woche war nicht gerade erholsam. Wir sehen uns am Dienstag«, sagte er.

Am Dienstagabend zeigte Oli Adina, wo sie ihr Fahrrad fand. Sie nannte die Anschrift, an der er sie am Mittwoch gegen 18 Uhr abholen sollte. Gegen 9 Uhr verließ sie das Haus und nahm den Radweg rechts der Elbe nach Radebeul. Das Lügenmuseum hob sie sich für später auf. Den Schildern zum Karl-May-Museum oder dessen Grab konnte sie gerade noch widerstehen, nicht jedoch der Spitzhaustreppe. Adina kettete ihr Fahrrad an und nahm die 397 Stufen unter die Füße. Am

Tor zur Weinlage *Goldener Wagen* machte sie ihre erste Rast. Einer der Läufer, die die Treppe wieder hinaufrannten, sprach sie im Vorbeigehen an. »Sie haben allerhand vor sich.«

»Sehr motivierend. Danke!«, entgegnete Adina. Lieber hätte sie ganz etwas anderes von sich gegeben.

»100-mal rauf und runter entspricht einem Doppelmarathon mit Höhenmetern wie beim Besteigen des Mount Everests. Das Event nennt sich deshalb Sächsischer Mount-Everest-Treppenmarathon und ist der härteste Treppenlauf der Welt. Vielleicht tröstet sie das. Wir trainieren dafür«, lachte der Mann und vollführte ein paar Dehnübungen am Geländer. Adina sah seine vom Wetter gegerbte Haut im zerfurchten Gesicht und das zum Pferdeschwanz gebundene lange Haar, mit dem er besser zu Karl Mays Fantasien und zur Villa Bärenfett ganz unten im Tal gepasst hätte. Imponieren konnte er ihr nicht.

Sie ging weiter. Als sie das Ende nahen sah, merkte sie, dass sie sich geirrt hatte, denn das letzte Viertel war von unten aus verborgen gewesen. Adina gab sich keine Blöße, allerdings blieb sie ab und zu stehen, um sich umzudrehen und die wechselnde Aussicht auf den Weinhang und den Ort zu genießen. Sie hoffte auf eine bessere Aussicht von ganz oben. Es war gar nicht so einfach, den richtigen Platz dafür zu finden. Zuerst setzte sie sich in den Muschelpavillon mit flotten Weinsprüchen an den Wänden. Dann lief sie zum Bismarckturm. Die Tür war verschlossen, also ging sie die paar Meter zum Spitzhaus und kaufte sich eine Limonade. Mit dem Becher in der Hand bewegte sie sich zu dem Aussichtspunkt darunter und beneidete die nahe lebenden Menschen um ihre Aussicht. Unter ihr befand sind Radebeul. Adina drehte sich nach halblinks und versuchte, ihren Weg zurückzuverfolgen. Rechts vor ihr lag Dresden ein wenig im Hochnebel. Sie erkannte den Fernsehturm, die Frauenkirche, den Rathausturm und andere markante Gebäude der Altstadt. In dieser Richtung schlängelte sich die Elbe nach Pirna und ins Elbsandsteingebirge. Die Wälder auf den Elbhängen waren bereits in bunte Farben getaucht, obwohl der Herbst seine bunte Palette noch ein wenig zurückhielt. Fast geradeaus erahnte Adina den Flughafen Dresden-Klotzsche, wo gerade ein Flugzeug landete. Inzwischen hatte die Sonne den Hochnebel weiter heruntergedrückt. Sie sog das grün-gelb-braune Panorama in sich auf, in dem die Elbe immer wieder aufblitzte. Gern hätte sie ein Sonnenbad im Weinberg genommen, doch sie hatte noch straff anderthalb Stunden zu strampeln. Deshalb verzichtete sie auch auf Abstecher nach Schloss Moritzburg oder zum Schloss Wackerbarth und dachte sich: Aufgeschoben ist nicht aufgehoben.

Der Abstieg ins Tal auf der einst von Pöppelmann konzipierten, aber zwischenzeitlich sanierten Treppe war fast anstrengender als der Aufstieg. Einige der Treppenläufer begegneten ihr zum wiederholten Male. Manche nickten ihr freundlich zu und versuchten, die Stufen ganz locker zu nehmen und anerkennende Blicke zu erheischen. Andere kämpften sich verbissen Stufe für Stufe nach oben.

In Radebeul fuhr Adina durch den Ortsbereich Altkötzschenbroda und bewunderte den Dorfanger. Die Albrechtsburg in Meißen, deren fantastisches Panorama sie von der Elbe aus genießen konnte, hätte sie fast erschlagen in ihrer Pracht. Sie verließ den Radweg, um sich eine Kleinigkeit zu Mittag zu holen, entdeckte dabei malerische Gassen und beschloss die Rückkehr mit Oli im späteren Herbst.

Am frühen Nachmittag traf sie im Weingut bei Diesbar-Seußlitz ein. Der Winzer begrüßte sie und ließ sie im Haus Platz nehmen. »Ich muss schnell in den Weinkeller. Die Vorhut der Truppe heute will etwas vorbereiten. Meine Frau bringt Ihnen etwas zu trinken. Kaffee, Wasser, Wein – in welcher Reihenfolge?«

»Ein Wasser reicht vollkommen. Ich trinke im Dienst keinen Alkohol.«

»Und da nehmen Sie ausgerechnet an einer Weinprobe teil?« Der Winzer guckte ungläubig.

»Warum nicht. Ich besuche auch Pferderennen ohne zu wetten. Nur der Job als Restauranttester ohne Essen funktioniert nicht so gut«, lachte Adina.

Der Winzer kehrte zurück. Adina spulte ihren Fragenkatalog ab und hakte je nach Antwort nach. »Sie scheinen einer von den ganz romantischen Typen zu sein«, sagte sie zu ihm, nachdem sie alles über die Motivation des Weinproduzenten erfahren hatte. Sein Vater war dem Alkohol verfallen und zeitig gestorben. Als der

Sohn den Weinberg in einer der besten Lagen erbte, hatte er bereits zwei andere Anbauflächen gekauft. Der ihm zugefallene Weinberg war total heruntergewirtschaftet und jahrelang nicht fachgerecht gepflegt. »Wein war seine Leidenschaft. Er merkte nicht, dass sie ihm Leiden schafft. Und auf mich hat er nicht gehört. Deshalb bin ich meine eigenen Wege gegangen. Ich habe fast ein Jahrzehnt lang getüftelt, denn ich wollte den Wein aus der Liebeslust-Lage zu einem absoluten Genusswein ausbauen. In diesem Jahr ist mir das erstmals gelungen, und ich habe eine Werbekampagne dazu gestartet. Aber das wissen Sie ja, deshalb sind Sie hier.«

»Wieso meinen Sie, dass Ihr Wein nicht zum Suchtmittel werden kann?«

»Das reguliert einerseits der finanzielle Aufwand. Kein Mensch betrinkt sich häufig zu einem Literpreis von knapp 50 Euro, wenn er einen Tetrapack für 99 Cent bekommen kann. Die Mann- oder Frau- oder Pärchenflasche kaufen Leute, die etwas Besonderes verschenken oder einen romantischen Abend mit ihrem Partner verbringen wollen. Ich habe lange gebraucht, um die Substanzen, die das Hirn nach mehr schreien lassen, auszufiltern. Details darf ich Ihnen leider nicht verraten. Winzergeheimnis. Mein Tipp: Auf das Verfahren ist ein Patent angemeldet.«

»Verkaufen Sie mir so eine Flasche? Ich glaube, ich muss das selbst ausprobieren«, fragte Adina.

»Ich schenke Ihnen eine. Frau oder Mann?«, fragte der Winzer und ging ins Lager, nachdem sich Adina für die Frau entschieden hatte. Dass er die Flasche elegant mit auf die Rechnung des Abends schreiben würde, verriet er nicht.

»Ich gehe kurz hoch zu meiner Frau. In etwa fünf Minuten können wir zum Weinkeller aufbrechen und die Herrschaften erwarten. Ich zeige Ihnen vorher, wo ich mich aufhalte, damit Sie die beste Position zum Fotografieren haben. Ich werde die Weine vor dem Eintreffen der Gäste öffnen, damit diese atmen können. Das können Sie nutzen, um das perfekte Foto ohne störende Meute zu schießen. Meine Frau bringt Brot und Käse und etwas zum Knabbern. Die Tafel ist gedeckt. Da die Gruppe klein ist, haben wir genug Platz. Denken Sie daran. Die Herrschaften wollen nicht auf einem Foto erscheinen.«

»Ja, natürlich. Das hatten wir doch abgesprochen«, antwortete Adina und verstaute die Flasche Probewein.

Sie lief mit dem Winzer die paar Meter zum Keller.

»Hübsch eingedeckt haben Sie«, sagte sie zu dem Gastgeber.

»Das war ich nicht allein. Ein Mitarbeiter der Firma hat ein wenig Hand angelegt und ein paar kleine Geschenke platziert. Und die Karten.« Adina nahm eine der Karten. Auf dem Motiv vom Weinberg, das sie sofort als Tor zur Radebeuler Lage *Goldener Wagen* identifizierte, stand: »Lebe, als gäbe es kein Morgen.« »Am Ende wird alles gut. Oscar Wilde«, zierte den Nachbarplatz. Daneben lagen Karten mit Sprüchen wie Carpe diem oder Gib diesem Tag eine Chance. »Zum Thema Genuss findet man bestimmt passendere Sprüche«, murmelte Adina. »Immerhin ist das Foto schön. Und die farbigen Weinblätter auf dem Tisch. In zwei, drei Wochen ist hier bestimmt alles richtig bunt, die Weinberge, die Wälder …«, fügte sie an.

»Ja, Herbstzeit ist für mich die schönste Zeit, neben dem Frühling«, sagte der Winzer und bereitete die Flaschen vor, die er für die Weinprobe ausgewählt hatte. »Nehmen Sie die Flasche höher«, forderte Adina ihn auf. Er posierte für die paar Aufnahmen mit sichtlicher Freude. Es dauerte nicht lange, und der Kleinbus mit den Gästen traf ein.

»Was für eine schöne Tafel«, rief die einzige Frau in der Gruppe aus, nachdem sie den Raum betreten hatte. »Daran hat Ihr Unternehmen Anteil«, sagte der Winzer. Nachdem alle den im Vorfeld probierten Wein zur Toilette gebracht und ihren Platz am Tisch gefunden hatten, begann er sein Programm, schwärmte in den höchsten Tönen von seinem Wein, zeigte einen Film über Anbau, Pflege, Ernte und Verarbeitung, in den viele schöne Motive des *Goldenen Wagens* und der Spitzhaustreppe quer durch alle Jahreszeiten eingebaut waren. Dann schenkte er die erste Probe aus. »Sie wollen wirklich nicht probieren?«, fragte er Adina.

»Don't drink and work«, antwortete sie.

Die Begeisterung der Besucher hielt sich in Grenzen. Bei der dritten Kostprobe rief die Frau: »Ihr Wein schmeckt irgendwie seltsam. Ist das die besondere Art

der Herstellung oder fügen Sie etwas zu?« Ihr Sitz-
nachbar, der etwas schneller getrunken hatte, konnte
den Brechreiz nicht mehr unterdrücken. Ein Schwall
ergoss sich zwischen seine Beine unter den Tisch. Der
Winzer stutzte und schenkte sich ein Glas ein.

»Um Himmels willen! Hören Sie sofort auf zu trinken!«, brüllte er in den Raum. Es war zu spät. Ein Teil
der Besucher kippte um, andere wanden sich in Krämp-
fen und röchelten. Die meisten konnten ihre Ausschei-
dungen nicht mehr kontrollieren. Der Winzer verlor
das Bewusstsein.

Adina realisierte das Unheil. Sie rannte zu der Frau
im Wohnhaus. »Kommen Sie schnell, unten im Keller
ist was Schlimmes passiert. Ich rufe die Rettungsleitstelle an«, schrie sie der Frau entgegen. Danach berichtete sie dem Diensthabenden von den neun röchelnden,
brechenden und teilweise ohnmächtigen Personen und
gab die Adresse der Weinkelterei durch.

Die Frau des Winzers stürmte in den Keller und
beugte sich zuerst über ihren Mann. Sie versuchte, ihn
auf die Seite zu wuchten und zum Erbrechen zu bringen. Adina blieb im Freien. Sie drückte Olis Nummer.
»Bist du schon auf dem Weg? Hier spielt sich gerade
ein Drama ab. Ich habe die Rettungsleitstelle informiert.
Die alarmieren die Polizei«, sagte sie und berichtete,
was sie erlebt hatte.

»Ich bin ganz in der Nähe. Fünf Minuten, Adina.
Rühr nichts an! Und trink vor allem nichts. Wasch dir
die Hände.«

Oli traf fast gleichzeitig mit der Rettung ein und bot seine Hilfe an. Die Retter orderten weitere Krankentransporte nach, um die Besucher der Weinprobe abzutransportieren. Der erste von ihnen war bereits tot. Adina erkannte das an der Reaktion des Rettungssanitäters.

»Oli, ich könnte jetzt auch hier liegen, wenn ich nicht so konsequent auf Alkohol während der Arbeit verzichten würde«, sagte Adina zu ihrem Lebensgefährten. Sie klang gehetzt, ihr Atem ging schwer. Oli nahm sie in den Arm, um sie zu trösten. So hatte er sie weder bei der Schießerei in Annaberg noch bei dem Angriff des durchgeknallten Polizisten im Osterzgebirge erlebt.

»Ich glaube, du hast ein ernsthaftes Problem, Adina. Alle sind tot oder verletzt, lediglich dir und der Ehefrau fehlt nichts«, konstatierte Oli.

»Ich weiß, ich bin Hauptverdächtige. Ich bin die Einzige, die gar nichts getrunken und gegessen hat. Die Ehefrau war nicht mit im Keller, sie hat nur das Essen geliefert«, stellte Adina klar. »Aber ich könnte jetzt auch tot sein, Oli«, fügte sie an.

»Das bist du zum Glück nicht, und wenn der Wein vergiftet war, droht dir keine Gefahr. Pass auf, du wirst zuerst als Zeugin befragt, kannst jedoch ganz schnell zur Beschuldigten werden. Möglich, dass sie dich mit ins Revier nach Meißen nehmen. Ich bin leider komplett draußen und kann wenig tun. Und da wir nicht verlobt, verheiratet oder verschwägert sind, müsste ich sogar aussagen, auch gegen dich, wenn ein Grund dafür vorhanden wäre.«

Adina rannen die Tränen über das Gesicht. Oli nahm sie erneut in den Arm. Noch nie hatte er seine starke Adina weinen sehen.

Nachdem die Verletzten und Toten abtransportiert waren, begannen die Beamten mit der Aufnahme der Personalien und der Befragung der beiden am Nachmittag anwesenden Frauen. Die Spurensicherung hatte ihre Arbeit im Keller und im Außenbereich bereits begonnen. Oli erhielt die Weisung, sich in nichts einzumischen. Der Landkreis Meißen war nicht sein Revier, und er war nicht im Dienst für das Polizeipräsidium. Er verabschiedete sich von Adina. »Ich warte in der Nähe. Es dauert hoffentlich nicht sehr lange«, versuchte er, Adina zu trösten.

»Sie können Ihre Befragung im Wohnhaus fortsetzen. Es ist alles offen. Ich rufe unseren Sohn an, damit er meinem Mann schnell ein paar Sachen ins Krankenhaus bringt«, sagte die Frau des Winzers und griff zum Handy. Sie schien an sein Überleben zu glauben.

Oli lud Adinas Fahrrad auf. Sie brauchte es heute nicht mehr. Der Sonnenuntergang fand ohne sie statt. Und ob seine Meißner Kollegen sie nach Hause lassen würden, wusste er nicht. Bevor er startete, wählte er die Nummer seines Vorgesetzten und erstattete ihm Bericht. »Sie sind morgen auf alle Fälle dienstbefreit. Sehen Sie bitte zu, dass Sie erreichbar sind«, hörte er wie durch eine Nebelwand. Er fuhr die kurze Strecke an die Elbe in Diesbar-Seußlitz, stellte sein Auto ab, lief über die Straße in Richtung des Radweges an der Elbe und setzte sich auf eine Bank am Elbufer, getreu dem Motto: Kommt Zeit, kommt Rat. Die Sonne hatte einen kräftigen orangeroten Ton angenommen und färbte die Elbe, bevor sie am Horizont verschwand. Auf der Bank nebenan saß ein Pärchen, jeder mit einem Weinglas in der Hand. Sie hatten gerade Wein nachgefüllt. Der Mann schwafelte ununterbrochen von seinen Erfolgen und wen er alles überflügelt hat. Politiker, dachte Oli als erstes und wie traurig es ist, wenn jemand bei einem Rendezvous nur von sich erzählt. Seine Gedanken kehrten zu Adina und dem Weingut zurück, das jetzt unweigerlich in die Negativschlagzeilen geraten würde.

Adina klärte im Büro des Winzers den Beamten, der sich als Kriminalhauptkommissar Bosenius vorgestellt hatte, über den Grund für ihre Anwesenheit bei der Weinverkostung auf. Sie berichtete ihm von dem Interview, das sie geführt hatte und dass sie zuerst im Wohnhaus warten musste, weil der Winzer in den Keller zurückmusste. »Wissen Sie, was er dort gemacht hat, wo er doch einen Termin mit Ihnen hatte?«, fragte der Kommissar.

»Er sagte, dass jemand von der Firma der heutigen Besucher noch etwas für die Aufsichtsräte vorbereiten wollte. Der hat wohl die Tische dekoriert. Es lagen so Karten mit Weinbergmotiven und Sprüchen oder ein paar Schokofläschchen für jeden auf dem Platz. Und farbige Weinblätter.«

Der Beamte stutzte. »Wie lange dauerte es, bis der Winzer zurückkehrte?«

»Nicht lange. Er ließ den Mann allein hantieren und gab mir das Interview wie vorher vereinbart.« Die Ehefrau war inzwischen dazugekommen. Sie bot den Beamten, die ihr gefolgt waren, Kaffee und Wasser an. Die lehnten dankend ab. Solange der Fall nicht geklärt war, wollte keiner etwas Unkontrolliertes zu sich nehmen.

Die Frau hatte Adinas Antwort zu dem Mann im Keller gehört. »Ich kann das bezeugen. Ich habe das Fahrzeug vom Küchenfenster aus gesehen, als ich die Käsewürfel und das Brot schnitt. Ein VW mit einem Aufkleber. *Buchbinder* oder so. Und das Kennzeichen – da war ein EU davor. Das weiß ich genau. Als ich es wahrnahm, dachte ich an die EU, die uns mit ihren Vorschriften dauernd Scherereien macht«, sagte die Winzerfrau. Der Kommissar rief den Einsatzleiter im Keller an. »Achtet bitte auf Autospuren vor dem Keller. Und nehmt den kompletten Abfalleimer mit!« Und: »Kann sich bitte jemand um den Autoverleih *Buchbinder* kümmern? Die fahren doch mit Euskirchen-Kennzeichen. Wir benötigen eine Liste für alle vermieteten Autos in der Region, sagen wir Sachsen. Und die Mieter dazu«, setzte er fort. »Frank macht das«, teilte er seinem Kollegen mit, der neben ihm im Büro Platz genommen hatte. »Kommst du bitte einen Moment mit mir nach draußen?«

Die beiden Beamten gingen vor die Tür. »Ich glaube nicht, dass sie etwas mit der Sache zu tun hat. Außerdem ist ihr Lover bei der Polizei. Der neue Pressesprecher im Präsidium. Was machen wir mit ihr? Einen Haftbefehl kriegen wir sowieso nicht, dafür haben wir nichts in der Hand. Warum auch. Außerdem ist sie Journalistin. Der Shitstorm wäre uns gewiss, wenn wir sie ohne ausreichenden Verdacht festsetzen«, sagte Bosenius zu seinem Mitstreiter.

»Ich denke, wir entlassen sie mit der Auflage, sich nicht aus Sachsen wegzubewegen. Zurzeit logiert sie bei ihrem Freund in Dresden, sonst bei ihm in Annaberg, gemeldet ist sie offiziell in Berlin«, erhielt er zur Antwort. »Ich denke, wir müssen die *Buchbinder*-Spur verfolgen. Wenn der angebliche Mitarbeiter dieser renommierten Spedition, aus der die Opfer stammen, mit einem Leihwagen unterwegs war, hatte das einen Grund. Ich ahne, welchen. Die Frau hat uns das Video aus der Überwachungskamera gegeben.«

»Wir können Sie entlassen. Falls Ihnen noch etwas einfällt, melden Sie sich bei uns. Hier ist meine Karte. Allerdings würde ich Sie bitten, in Sachsen zu bleiben«, bat Kriminalhauptkommissar Bosenius Adina nach seiner Rückkehr in den Raum. »Selbstverständlich. Ich danke Ihnen«, antwortete Adina und tauschte ihre Visitenkarte gegen die des Beamten.

Die Winzerfrau betrat das Büro. »Mein Mann ist bei Bewusstsein. Gott sei Dank. Ich habe mit dem Personal vom Krankenhaus gesprochen. Allerdings ist er nicht vernehmungsfähig«, sagte sie nach dem Telefonat.

»Das ist zumindest eine erfreuliche Nachricht. Ich würde mich gern verabschieden. Ich wünsche Ihnen alles Gute und dass die Katastrophe schnell aufgeklärt wird. Wir bleiben in Kontakt«, versprach Adina. Sie ging nach draußen und rief Oli an. »Du kannst mich abholen.«

»Was für ein Glück. Ich bin gleich da.«

Bei der Lagebesprechung am nächsten Vormittag fassten die Beamten ihre bisherigen Erkenntnisse zusammen. Von den Besuchern bei der Weinprobe waren nur zwei am Leben geblieben. Die Frau und der Aufsichtsratsvorsitzende lagen im künstlichen Koma. »Das Krankenhaus tippt auf ein Pflanzenschutzmittel. Wir warten auf die Laborbefunde und die Obduktionsberichte«, stellte Kriminalhauptkommissar Bosenius fest.

»Gestern Abend hat einer ein Auto bei *Buchbinder* in Dresden zurückgebracht. Die Beschreibung passt auf den Mann vom Überwachungsvideo. Und jetzt kommt's: Der Mann, dessen Personalien bei der Vermietung erfasst wurden, existiert nicht. Weder im Melde- noch im Führerscheinregister«, setzte sein Kollege fort.

»Das Gift wurde über die Korken in die Weinflasche gespritzt. Fünf der Korken, die zu den geöffneten Flaschen passen, hatten Einstiche«, fügte der Nächste an.

»Na, dann wissen wir, was zu tun ist. Ihr habt *Buchbinder* hoffentlich angewiesen, das Auto aus dem Verkehr zu ziehen, bis die Spusi durch ist«, fragte Bosenius.

»Selbstverständlich. Allerdings hatte ein Mitarbeiter bereits das Wageninnere aufgeräumt und – tätä –

die Visitenkarte einer kleineren Spedition gefunden. Wir sind dabei, den Eigentümer ausfindig zu machen. Das heißt, den früheren Eigentümer. Dieses Unternehmen ging pleite und wurde von einer großen Spedition geschluckt. Und aus welcher Firma waren die Gäste der Weinprobe? Genau. Aus dieser sehr bekannten Spedition. Fast der gesamte Aufsichtsrat inklusive Geschäftsführung wurde ausradiert.«

»Das klingt nach einem Motiv. Wir konzentrieren uns auf die Suche nach dem Mann«, ordnete Bosenius an. Nach der Besprechung brachen die Beamten auf und widmeten sich den erteilten Aufträgen. Die Visitenkarte führte zu der Firma, die es nicht mehr gab. Den früheren Eigentümer fanden die Beamten nach mehreren Hinweisen aus seinem ehemaligen Umfeld in einem Abbruchhaus der Dresdner Neustadt. Er machte den Eindruck, als hätte er auf sie gewartet.

»Das habe ich nicht gewollt. Ich wollte ihnen einen Denkzettel erteilen, weil sie mit ihrem Preisdumping meine Existenz vernichtet haben. Alles, was ich 20 Jahre lang aufgebaut habe, was ich gespart hatte, alle meine Pläne und Ziele, meine Fahrzeuge, mein Grundstück, alles weg wegen dieser Ganoven. Verschuldet bis ans Lebensende und darüber hinaus, verlassen von der Ehefrau, verachtet von der eigenen Familie und den Kindern. Ich bin von Durchfall und Erbrechen ausgegangen. So stand das zumindest im Internet. Ich wollte nicht, dass alle sterben, schon gar nicht der Winzer«, brach es aus ihm heraus.

»Der Winzer lebt. Aber sechs Tote und drei Verletzte sind kein Pappenstiel. Wenn Sie uns bitte begleiten wollen?«, fragte der Beamte, bevor die Handschellen klickten.

Oli und Adina waren in Olis Dresdner Apartment gefahren, wo Adina bis Freitag blieb. Allein in Annaberg wollte sie nicht sein. Sie öffnete ihren Rucksack und entdeckte dort das Geschenk des Winzers.

»Was machen wir mit der Flasche Wein, die ich zum Probieren erhalten habe?«, fragte Adina.

»Am besten in die Vitrine stellen und vorher einen Giftaufkleber drauf. Sei froh, dass meine Kollegen sie nicht konfisziert haben«, antwortete Oli.

»Die haben mich gar nicht gefragt, ob ich etwas vom Tatort bei mir habe. Dieser Wein ist definitiv nicht vergiftet, denn er hat ihn mir oben im Wohnhaus überreicht. Wir könnten ihn auf sein Wohl trinken. Ich hoffe sehr, dass er sich schnell erholt, denn Unternehmer mit so einer Lebensphilosophie werden immer weniger. Leider. Und ich präsentiere am liebsten so positiv wirkende Menschen in meinem Tourismusportal.« Adina schaute Oli an. »Wenn ich es mir recht überlege, hätten mir die komischen Sprüche mehr zu denken geben müssen. Sie passten irgendwie nicht. Ich bin eben doch noch kein perfekter Ermittler«, sagte Adina.

»Was stand denn da?«

»Lebe, als gäbe es kein Morgen oder Carpe diem und so was.« Oli stimmte ihr zu.

»Ich bin so froh, dass der Fall so schnell aufgeklärt wurde. Hast du inzwischen etwas über den Toten in Schwarzkollm erfahren?«, fragte Adina.

»Ach, das wollte ich dir längst sagen, aber da kamen die neuen Opfer dazwischen. Er war tot, bevor er eingebuddelt wurde. Du musst keine Horrorgedanken von lebendig Begrabenen mehr hegen.«

»Da fällt mir ein Stein vom Herzen. Danke. Bei den Toten hier bewegt mich ein weiterer Gedanke: Hätte das passieren können, wenn der Winzer den Mann nicht allein gelassen hätte, also mir kein Interview gegeben hätte?«

»Adina, jetzt höre auf, hätte, würde, könnte – er hatte einen Termin mit dir!«

»Du hast recht, aber trotzdem. Ich werde schauen, was ich für den Winzer tun kann. Für kommende Woche habe ich einen Presseauftrag in Görlitz. Hat mir Mia vermittelt. Eine gemeinsame Freundin von uns begleitet Drehaufnahmen für einen Film. Berühmte Crew. Und diese Pauline will eine Reportage von mir dazu.«

»Adina, am liebsten wüsste ich dich gut bewacht in Annaberg, oder wenigstens in Dresden. Ich weiß, dass das nicht funktioniert. Ein freier Vogel geht selbst im goldenen Käfig ein.«

»So ist es«, bestätigte Adina.

# 13 E.T.A.

## LANDKREIS GÖRLITZ

### VON ROLAND SPRANGER

Adina und Pauline genossen den Blick vom Balkon der
*Bierblume* auf die wild um sich fotografierenden Touristen in der Gasse darunter. Und noch mehr genossen
sie das helle unfiltrierte Bier.

»Verdammt lecker, der Erlkaiser«, sagte Adina
anerkennend.

»Ja«, antwortete Pauline. »Ich finde, es schmeckt
genauso frisch und vollmundig, wie es goldgelb aus
dem Glas leuchtet.«

»Man merkt, dass du länger in der Werbebranche
warst.«

Lachend hob Pauline das Glas.

»Kommt authentisch wegen zufriedener Geschmacks-
nerven. Ich krieg nicht mal Prozente von der *Bierblume.*«

Anstoßen. Trinken. Touristen anschauen.

»Wie findest du Görlitz?«, fragte Pauline.

»Super. Es ist wirklich eine der schönsten deutschen
Städte. Und so intakt.«

»Ja, Glück gehabt. In den 80er-Jahren gab es bereits Pläne, den Obermarkt plattzumachen und der Stadt eine Real-Existierende-Sozialismus-Ästhetik zu verpassen. Zum Glück kam die Wende dazwischen.«

»Ich habe eine von den Filmtouren mitgemacht. Erstaunlich, was hier alles schon gedreht wurde. *In 80 Tagen um die Welt. Inglorious Bastards. Grand Budapest Hotel. Der Vorleser. Die Vermessung der Welt.* Wem erzähle ich das – du bist ja vom Fach, Pauline. Ich hab' mir gar nicht alles merken können. Nur die Defa-Filme, die hier gedreht wurden, kamen ein bisschen zu kurz.«

»Die DDR-Vergangenheit kommt immer zu kurz.«

»Angeblich wird an ihr gearbeitet. Was ist das für ein Film, den ihr hier dreht?«

Pauline verdrehte die Augen und sagte mit gesenkter Stimme:

»Gothic-Horror.«

»Ich mag keine Horrorfilme.«

»Für das weibliche Publikum nennen wir es auch *Romantic-Mystery-Gothic.* Dir könnte der Film tatsächlich gefallen, Adina: Die Story ist auf der Metaebene voll intellektuell aufgeladen.«

»Da bin ich aber gespannt. Worum geht's?«

»E.T.A. Hoffmann.«

»Eine Literaturverfilmung?«

»Nicht wirklich, wir nehmen nur Motive aus dem Werk des Autors und interpretieren sie komplett frei. Er kann sich ja auch nicht mehr wehren, weil er schon seit 200 Jahren tot ist.«

»Oh cool, ich dachte schon, es würde langweilig. Ihr greift aber auf seine *Nachtstücke* zurück?«

»Ja, vor allem auf *Der Sandmann*. Bei uns gibt es auch lebendige Holzpuppen. Automaten. Ein Prototyp ist quasi ein Kampfroboter. Eine Geheimorganisation will mit ihren Replikanten die Weltherrschaft an sich reißen. E.T. A. Hoffmann ist der Verschwörung auf der Spur.«

»Wird bestimmt ein Erfolg. Verschwörungen sind ja voll in Mode.«

»Ja, und es kommt noch besser: Wir kreuzen das mit einem anderen Thriller-Genre, das ebenfalls immer funktioniert.«

»Serienkiller?«

»Genau.«

»Ach komm.«

»Der Sandmann ist ein Mörder, der Kindern die Augen ausreißt. Das mit den Augen ist sogar aus der literarischen Vorlage übernommen. Genau wie das Feuer. Ständig brennt es irgendwo. Und die Menschen haben deshalb Brandnarben, die den Schauspielern aufwendig angeschminkt werden müssen. Tatsächlich hat es auf dem Set schon mal gebrannt. Also, in echt.«

»Wow. Wie ist das passiert?«

»Die Brandursache ist noch ungeklärt. Zum Glück wurde niemand verletzt. Der Dreh steht insgesamt nicht gerade unter einem guten Stern. Ein Stuntman hat sich bei einem Sturz vom Pferd verletzt, weil sich der Sattel gelöst hat.«

»Ziemlich mysteriös. Passt aber zum Genre. Wie soll euer Film heißen?«

»Arbeitstitel ist *E.T.A.* – mal sehen: Hoffmann ist auf dem internationalen Markt ja nicht so griffig wie Sherlock Holmes. Die Franzosen können noch nicht mal ein H aussprechen. Und der Titel Sandmann ist durch andere Filme eigentlich schon verbrannt.«

»Und E.T.A. Hoffmann ist quasi euer Detektiv?«

»Ja.«

»Erinnert mich stark an *Abraham Lincoln Vampirjäger.*«

»Abraham Lincoln war aber ein Präsident. Und Thorsten Danner bleibt als Monsterjäger nicht so blass wie der Lincoln-Darsteller als Vampirjäger. Ich finde, der Danner hat sogar eine gewisse Ähnlichkeit mit E.T.A. Hoffmann.«

»Nur, wenn man was mit der Nase macht. Der Romantiker hatte ja auf zeitgenössischen Bildern einen riesigen Zinken.«

»Aber der Danner ist schon eine gute Besetzung: Er kann was und ist gerade Everybody's Darling. Bringt dem Film bestimmt ein paar Zuschauer mehr. Und Bela Altmann als der Sandmann ist natürlich eine Klasse für sich. Eine Zeitlang war er komplett von der Bildfläche verschwunden. Fast ein Jahrzehnt. Keiner weiß genau, was er in der Zeit gemacht hat.«

»Wahrscheinlich Auszeit am Swimmingpool in Beverly Hills. Und als er sich den nicht mehr leisten konnte, Swimmingpool auf den Kanaren.«

»Jedenfalls war er sehr wählerisch mit seinen Rollen. So wie Sean Connery. Nachdem der die Rolle des Gandalf in *Herr der Ringe* und den Morpheus in *Matrix* abgelehnt hatte, beschloss er, nicht mehr so wählerisch zu sein.«

»Ja, aber deshalb hat er in *Die Liga der außergewöhnlichen Gentlemen* gespielt. Eine außergewöhnlich gute Graphic Novel als Vorlage für eine katastrophale Verfilmung. Sean Connery hat seine Karriere danach für immer beendet.«

»Wir sind besser aufgestellt, weil wir Anspruch haben. Bela Altmann wird danach nicht zum Swimmingpool flüchten oder auf den Golfplatz, sondern sich noch auf vielen roten Teppichen zeigen. Unser Regisseur Attila Zeiler versucht, sowohl romantische als auch expressionistische Bildsprache in den Film einfließen zu lassen.«

»Das wird dann so was wie eine Mischung aus Caspar David Friedrich und Friedrich Wilhelm Murnau?«

»Ja. Mit einem Schuss Splatter. Und mehr Sex.«

»Cool. Ich bin gespannt. Und natürlich bin ich dir dankbar, dass ich durch deine Mithilfe beim Dreh dabei sein kann, Pauline.«

»Immer gerne, meine Freundin. Ich bin ja hier nicht nur für die Pressearbeit zuständig, sondern Executive Producer.«

»Meinst du, dass du mir auch Interviews mit Danner oder Altmann einrichten kannst?«

»Wenn man dir den kleinen Finger reicht …«

»Und natürlich mit dem Regisseur. Wie heißt der noch mal?«

Pauline verdrehte die Augen und seufzte.

»Attila Zeiler. Ich werde sehen, was ich tun kann.«

»Wann geht morgen der Dreh los?«

»Schon um sechs. Wir wollen mit dem Morgenlicht, das durch die Fenster fällt, arbeiten.«

»Dann wird es höchste Zeit.«

Die beiden stießen noch mal an und tranken.

»Das Bier macht Lust auf mehr«, sagte Adina.

»Das nächste Mal«, antwortete Pauline.

*

»Wow.«

Adina drehte sich mit offenem Mund um die eigene Achse.

»Hier wurde *Grand Budapest Hotel* gedreht. Ich liebe den Film.«

»Ich auch«, antwortete Pauline. »Einige der Säulen wurden dafür vergoldet, aber wir zaubern daraus auch ein schönes Setting. Bei uns ist es ein Theaterfoyer.«

»Das müsste ja ein riesiges Theater sein.«

»Film lügt halt. In Wirklichkeit war die Location ein Kaufhaus. Auf die Idee Einkaufen mit Ästhetik zu verknüpfen, kommt heute keiner mehr.«

Das im Jugendstil erbaute Warenhaus Görlitz konnte seine Schönheit in unsere Zeit retten. Es war eines der am besten erhaltenen Kaufhäuser, die zu Beginn des 20.

Jahrhunderts entstanden. Freitragende Treppen. Balkone, die von überall her schöne Perspektiven in den Raum zuließen. Eine mit Ornamenten verzierte Glaskuppel. Reich geschmückte Kronleuchter hingen von der Decke herab.

»Erkennst du einen Unterschied zwischen den Kronleuchtern?«, fragte Pauline.

»Hm.« Adina verzog das Gesicht. »Wenn du so fragst, gibt es vermutlich einen.« Wegen des Gegenlichts, das durch die Glaskuppel fiel, schaute sie mit zusammengekniffenen Lidern nach oben.

Sie zeigte auf einen Kronleuchter und fragte:

»Der da?«

»Falsch. Das ist nicht der Nachbau. Lass dich überraschen.«

»Ich lass mich nicht gern überraschen. Die beste Überraschung ist keine Überraschung.«

»Einer der Kronleuchter stürzt auf E.T.A., also auf Danner. Mordanschlag. Die Szene wird aus verschiedenen Perspektiven aufgenommen. Natürlich bremst das Corpus Delicti rechtzeitig ab, damit der Schauspieler nicht verletzt wird. Der Aufprall, bei dem das ganze Glas des Kronleuchters auf dem Boden explodiert und wie Pfeilspitzen in verschiedene Richtungen fliegt, wird später computeranimiert gestaltet.«

Ein Stand-In stellte sich unter den Kronleuchter. Die Beleuchter richteten die Scheinwerfer.

»Und was macht E.T.A. hier im Theater?«

»Er will ein Mädchen treffen. Olimpia.«

»Weil er sie liebt?«

»Ja, allerdings ist sie ein Roboter.«

»Auf irgendeine Art sind Beziehungen immer kompliziert.«

Jemand rief »Ruhe bitte«, und plötzlich war alles still. Eine hübsche Dunkelhaarige erschien in einem sonntagsweißen Kleid auf einer der freitragenden Treppen.

Thorsten Danner betrat am anderen Ende den Raum in einem dunklen Gehrock im Empire-Stil. Seine anfangs schnellen Schritte verlangsamten sich. Er hielt unter einem Kronleuchter inne und starrte das Mädchen an. Dann fiel der Kronleuchter in die Tiefe. Bremste nicht. Knallte mit einem Riesenkrach auf den Boden. Glas splitterte durch den Raum. Die ganze Crew ein vielstimmiger Schrei. Der lauteste von der dunkelhaarigen Schauspielerin.

Danner stand blass zwischen Bleikristallen, die um ihn herum zu einem chaotischen Ornament verstreut waren.

Pauline atmete aus.

»Zum Glück hält er sich an keine Regieanweisungen.«

»Wie meinst du das?«, fragte Adina.

»Er steht wieder mal nicht dort, wo er stehen soll.«

*

Adina machte Fotos auf dem Balkon der *Bierblume*. Von den Bieren. Von Thorsten Danner, wie er absichtlich schlecht rasiert in die Kamera lächelte. Wegen dieses Lächelns wollten zehntausende Frauen bei Instagram ein Kind von ihm. Dann begann das Interview.

**Spielen Sie E.T.A. Hoffmann mehr als Dichter oder als Detektiv?**
Ich bin an beiden Facetten interessiert.

**Haben Sie vor dem Dreh etwas von E.T.A. Hoffmann gelesen?**
Ja, alles. Ich bin E.T.A. Hoffmann. Wir haben auch Überschneidungen im Wesen.

**Tatsächlich? Welche?**
Ich bin der letzte Romantiker. Außerdem schmeckt mir das Bier hier. Alkoholgenuss war ja eine von Hoffmanns Angewohnheiten, die er bis zu seinem Lebensende beibehielt.

**Gestern waren Sie auf dem Filmset in Lebensgefahr, weil Sie in einer Actionszene fast von einem Kronleuchter erschlagen worden wären.**
Berufsrisiko.

**Wie man hört, drehen Sie alle Stunts selbst.**
Fast alle. Ich hab' mir mal bei einer Verfolgungsjagd über Hausdächer den Knöchel gebrochen. Die Szene wurde auch im Film verwendet. Immerhin. Seit der Zeit bin ich vorsichtiger mit Sprüngen aus großer Höhe.

**Ist das in Ordnung, wenn man die Verletzung eines Schauspielers zeigt? Wie er sich wehtut?**
Das hat Peter Jackson in *Herr der Ringe* und *Der Hobbit* mehrmals gemacht. Viggo Mortensen brach sich zwei Zehen, als er einen Uruk-Helm wegkickte. Den Schmerzlaut und das verzerrte Gesicht ließ der Regisseur im Film, weil es wie der Schmerz über einen verlorenen Freund wirkte. Im *Hobbit* zeigt er einen Zwerg mit real durchtrennter Unterlippe. Natürlich wirkt sie echt. Wir Schauspieler arbeiten ja auch gerne mit Regisseuren, die etwas aus uns herauskitzeln. Für die wir an die Grenzen gehen.

**Und so ein Regisseur ist Attila Zeiler?**
Ja. Er ist ein Berserker. Wenn er sich zerteilen könnte, würde er alle Rollen selbst spielen. So zerteilen wir uns für ihn.

*

Interview mit Attila Zeiler. Treffen bei einem sehr guten Italiener am Obermarkt. Adina nahm gebratenen Zander auf Kräuter-Risotto. Zeiler labte sich an Gnocchi in Salbei-Butter und geraspeltem Parmesan.

**Warum E.T.A. Hoffmann als Filmheld?**
Er steht für die Gothic Horror-Tradition, die ich mit meinem Film wiederbeleben werde. Schauen

Sie sich den riesigen Erfolg der Gruselfilme an, die in der frühen Phase des Tonfilms in Hollywood entstanden. *Frankenstein* mit Boris Karloff. *Dracula* mit Bela Lugosi. Die Darstellung der Schauspieler wurde ikonisch, aber das Erfolgsrezept war deutsch: Beleuchtung und Bildsprache aus dem expressionistischen Film der Weimarer Zeit. Und natürlich die Gruseltradition der Gebrüder Grimm. Außerdem ist E.T.A. Hoffmann als Held noch nicht verbraucht.

**Und Görlitz ist als Schauplatz ideal dafür, oder?**
Görlitz ist halt ein Rundum-Paket. Du findest von der Großstadt bis zum dörflichen Ambiente sehr viele wunderschöne Drehorte gleich für mehrere Epochen. Es gibt komplett erhaltene Gründerzeitstraßenzüge, unsanierte Villen, die Hallenhäuser der ehemaligen Tuchhändler und einen Marktplatz, der filmisch wunderbar in diverse Jahrhunderte passt.

**Gruslig ist doch auch, dass der Filmdreh bisher von einer mysteriösen Unfallserie heimgesucht wurde?**
Bisher hatten wir einen Brand, bei dem zum Glück niemand verletzt wurde, aber echte antike Möbel in Flammen aufgingen. Einen Reitunfall. Einen fallenden Kronleuchter, der fast einen der Hauptdarsteller erschlagen hätte.

**Stimmt es, dass Sie die Filmaufnahmen dieser realen Ereignisse im Film verwenden?**
Ja, warum nicht? So arbeite ich. Nichts ist authentischer als die Authentizität.


**Ja, aber ist das legitim? Sie gestalten Fiktion und zeigen die realen Ängste der Schauspieler. Ihre wirklichen Verletzungen. Und tatsächliche Verwüstungen.**
Noch ist ja nichts passiert, was in einem Krieg als Verletzung durchgehen würde.


**Ist ein Film Krieg für Sie?**
Wahrscheinlich unterscheiden sich Film und Krieg gar nicht so sehr voneinander. Jedenfalls für einen Regisseur. Manchmal wird es auch offensichtlich. Francis Ford Coppola hat zum Beispiel beim Dreh von *Apocalypse Now* einen Krieg geführt. Gegen die Umstände. Die Schauspieler. Das Wetter. Gegen alles. So wie ich hier. Sun Tzu sagt: *Der General, der eine Schlacht gewinnt, stellt vor dem Kampf im Geiste viele Berechnungen an.* Ich plane alles genau, aber wenn man erfolgreich sein will, braucht es beides: gute Vorbereitung und Flexibilität.


*

Mittelalterliche Hallenhäuser. Arkadengänge. Renaissancebauten. Adina hatte sich sofort in den Platz verliebt. Man brauchte nur die Stühle und Sonnenschirme der Straßencafés wegräumen, und schon war der Untermarkt eine wunderbar geschichtsträchtige Filmlocation.

Auf dem Set herrschte hektisches Treiben.

Kabel wurden verlegt. Statisten angewiesen. Kameras positioniert. Neonreklamen abgehängt.

Thorsten Danner und Bela Altmann standen vor einem Pferdewagen mit riesigen Holzbierfässern und stritten heftig miteinander.

Adina ging unauffällig in die Richtung der Streithähne, um ein paar schöne schmutzige Details für ihren Artikel aufzufangen.

Plötzlich ein Knirschen, das schnell in ein Grollen überging.

Die Holzbierfässer hatten sich in Bewegung gesetzt und rollten vom Wagen.

Thorsten Danner zerrte seinen Kollegen Bela Altmann mit einem kräftigen Ruck an den Jackettaufschlägen aus der Gefahrenzone. Beide stürzten.

Die Fässer rollten über den Untermarkt. Techniker, Komparsen, Schauspieler, Hilfskräfte stürzten auseinander. Ein Fass zerschellte an einer Hauswand. Ein Fass zermalmte eine Kamera. Eines rollt eine Gasse weiter. Andere stießen aneinander und setzten ihren Weg in unterschiedliche Richtungen fort.

Verdammt viele Unfälle für einen einzigen Film, dachte Adina.

*

Adina ging auf die Mitte der Brücke. Hier hört Deutschland auf und fängt Polen an, dachte sie. An den Häusern auf der anderen Flussseite sollten große Schilder bei den Passanten am deutschen Ufer Interesse wecken: Zigaretten. Nachtklub.

Sie nahm den steilen Fußweg zur Pfarrkirche Sankt Peter und Paul, die hoch über der Neiße lag. Zwischenzeitlich blieb Adina stehen und schaute hinüber auf die polnische Seite. Graue alte Häuser am Fluss, an denen der Zahn der Zeit nagte. Darüber ein riesiger, gut frequentierter Biergarten mit einer ganzen Reihe von Dixi-Klos. Würde in Deutschland nie genehmigt. Weiter hinten die Plattenbauten, die aus einer Zeit stammten, die in Görlitz erstaunlich wenig Schrammen hinterlassen hatte.

Als Adina die mächtige Fünf-Hallen-Kirche betrat, hatte das Punkt-12-Konzert bereits begonnen. Sie setzte sich neben Bela Altmann. Er beachtete sie nicht. Bei den Mittagskonzerten wird die Sonnenorgel vorgestellt. Sie wurde 1697 vom kaiserlichen Hoforgelbaumeister Eugenio Casparini geschaffen, der zwar jahrzehntelang in Italien lebte, aber in der Lausitz geboren wurde. Die Sonnenorgel war sein Alterswerk, für das er in die Heimat zurückkehrte. Ein Prospekt mit 17 »Sonnen« (strahlenförmig angeordneten Pfeifen) und einem Register mit Tierstimmen und anderen spektakulären Special Effects gehörten zu ihren Besonderheiten. Am Ende des Konzerts war der ganze Körper mit Musik erfüllt.

»Großartig, nicht wahr?«, flüsterte Altmann.

»Ja, groß«, antwortete Adina und machte das Aufnahmegerät an.

*

Interview mit Bela Altmann.

**Sie wären gestern fast von einer ganzen Armee Bierfässer überrollt worden. Wie gehen Sie mit so einem Unfall am Filmset um?**

Ach, hören Sie auf! Ich bin geschmeidig ausgewichen. Ein Bela Altmann wird nicht überrollt. So schlecht können die Umstände gar nicht sein.

**Das passt zu Ihrem Image. Sie waren immer der negative Held.**

Ich war nie ein Held, und ich war auch nie negativ. Ich hab' scheiß Filme gedreht, und das ist alles. Besser. Schlechter. Ich kann mit den ganzen Worten nichts anfangen.

**Sie waren zehn Jahre verschwunden. Was haben Sie in dieser Zeit gemacht?**

Miles Davis hat zehn Jahre seine Wohnung nicht verlassen. Würden Sie ihn auch fragen, was er in dieser Zeit gemacht hat, wenn er vor Ihnen sitzen würde?

**Er sitzt ja nicht vor mir.**
Ab und zu hat sich Miles Davis eine Pizza kommen lassen. Verstehen Sie das? Nein, verstehen Sie nicht. Sie haben keine Ahnung vor der Seele des Künstlers. Vom schöpferischen Prozess. Und das, obwohl Sie gerade dieses Orgelkonzert gehört haben. Für Sie besteht leider keine Hoffnung.

**Sie bereichern diesen Film, aber hilft er auch Ihnen?**
Ein Bela Altmann braucht keine Hilfe.

**Stimmt es, dass Sie pleite sind?**
Warum fragen Sie mich eigentlich die ganze Zeit komplett stumpfsinnige Sachen? Da kommt jemand angeschissen und provoziert mich, weil er von irgendeinem Laden angestellt ist, mit mir ein Interview zu machen.

**Ich habe eher den Eindruck, dass Sie mich provozieren wollen.**
Ich finde, dass Ihre Fragen ziemlich sinnlos sind und darüber hinaus höchst impertinent. In diesem Sinne: noch schönen Aufenthalt in Görlitz.

*

Der Nikolaifriedhof. Verwunschener Ort. Romantisch-düstere Atmosphäre. Vor allem in der Abenddämmerung.

»Wunderbare Filmlocation«, nickte Pauline zufrieden.

Schiefe Grabsteine. Grabhäuser für die einflussreichen Familien der Stadt. 1633 wurde der Friedhof erweitert, um die Toten einer Pestepidemie zu begraben.

»Hier kommt es zum Showdown zwischen E.T.A. Hoffmann und dem Sandmann«, erklärte Pauline.

Adina nickte.

»Und hoffentlich zu keinem weiteren Unfall.«

»Langsam glaubt man schon, dass ein Fluch auf der Produktion liegt. Aber die Szene ist schnell im Kasten. Ist ein Nachdreh. Wir waren vor ein paar Tagen schon mal hier, aber Attila war mit den Action-Szenen nicht zufrieden. Er möchte noch Aufnahmen aus anderen Positionen.«

Sparsames Licht hüllte die beiden Hauptdarsteller, die sich zwischen den verwitterten Grabsteinen gegenüberstanden, in eine lebensmüde Aura. E.T.A. Hoffmann gegen den Sandmann. Thorsten Danner versus Bela Altmann. Halb gut gegen ganz böse.

»Mehr Licht auf den Sandmann!«, rief Attila Zeiler. »Und bitte die Drohne starten!«

Die Drohne hob surrend ab.

Adina verfolgte ihren Flug. Sie stellte sich vor, alles von oben zu sehen. Wie die Leute kleiner wurden. Der Friedhof. Und dann spürte sie es. Irgendwas passte nicht. Irgendwas passte ganz und gar nicht.

Attila Zeiler sah sich noch einmal kurz um – dann rief er:

»Und Action!«

Bela Altmann hob den doppelläufigen Nachbau einer Perkussionspistole vom Anfang des 19. Jahrhunderts.

»Ich habe Sie erwartet«, sagte der Sandmann.

Der Dichter nickte leicht entrückt. Und dann beschleunigte Thorsten Danner in nur 2,8 Sekunden in die Metaphysik.

»Dunkle Ahnungen eines grässlichen mir drohenden Geschicks breiten sich wie schwarze Wolkenschatten über mich aus, undurchdringlich jedem freundlichen Sonnenstrahl.«

Irgendwas fühlt sich falsch an, dachte Adina. Auf ihre innere Alarmanlage konnte sie sich schon immer verlassen. Auf die ganzen chemischen Prozesse, die sich ausschütten.

Der Sandmann machte etwas mit seinem Gesicht, das nur Bela Altmann konnte. Deshalb fanden ihn Frauen auch noch in seinem fortgeschrittenem Alter sexy.

»Etwas Entsetzliches ist in dein Leben getreten! Ich, der Sandmann. Ich bin deine Nemesis.«

Adina rannte los, sprang über einen umgestürzten Grabstein und prallte im Flug gegen die rechte Seite von Thorsten Danner. Der Donnerhall eines Schusses aus einer Pistole mit Perkussionsschloss. Deshalb hatten am Set alle Ohrenstöpsel drin. Arbeitssicherheit. Adina schlug mit Danner auf dem Boden auf. Alle Luft aus ihnen raus. Sie saß breitbeinig auf ihm. Als er seinen Kopf heben wollte, drückte sie ihn nach unten.

»Und sofort zweiter Schuss!«, befahl Attila Zeiler.

Der Sandmann feuerte.

Vom Grabstein, hinter dem Adina Pfefferkorn und Thorsten Danner lagen, flogen Gesteinsbrocken weg.

Am ganzen Set kollektives Luftanhalten. Eher so ein leises Lufteinsaugen.

Bela Altmann schaute verstört auf die Pistole in seiner Hand – dann zu Attila Zeiler.

»Verdammt, das Ding ist ja scharf geladen!«, brüllte Altmann.

Zeiler nickte.

»Offensichtlich.«

»So eine Scheiße, ich hätte mich selbst erschießen können, als ich sie mir vorhin an die Birne hielt.«

Attila Zeiler zog eine Glock aus der Jackentasche und rief:

»Jetzt beruhigen sich alle! So sieht eine Pistole im 21. Jahrhundert aus. Plastik, aber wirksam. Wir bringen das jetzt ein für alle Mal zu Ende.«

Alle blieben wie eingefroren an ihrem Platz. Adina war auf die Aufnahmen der Drohne gespannt.

»Warum, Zeiler?«, rief sie hinter dem Grabstein, immer noch auf Danner sitzend. »Warum haben Sie aus Ihrem Projekt einen Katastrophenfilm gemacht? Sie haben doch alle Unfälle selbst herbeigeführt. Die Brände. Den Reitunfall. Den Kronleuchter. Die herrenlosen Fässer. Die scharf geladene Pistole. Warum?«

»Ja, warum wohl?«

Attila Zeiler lachte und fuchtelte mit der Pistole herum.

»Wegen der Authentizität. In meiner Kunst geht es immer um alles oder nichts. Und natürlich geht es im Filmbusiness um Aufmerksamkeit. Was wäre werbewirksamer als ein Film, dessen Dreh von Katastrophen heimgesucht wird, so wie damals *Apocalypse Now?* In Kombination mit dem mysteriösen Image von Bela Altmann sicher die perfekte Melange an der Kinokasse. Oder halt bei Netflix.«

Altmann starrte. Mit seinen grauen Altmann-Augen.

»Lassen Sie mich aus dem Spiel, Zeiler. Sie Geisteskranker.«

Zeiler richtete die Waffe auf ihn.

»Sie sind doch irre. Ihr Name zieht noch beim älteren Publikum, aber kein Regisseur, der bei Vernunft ist, will noch mit Ihnen arbeiten. So ist es doch. Ich war Ihre einzige Chance.«

Bela Altmann starrte Attila Zeiler mit seinem durchdringenden Bela-Altmann-Blick an.

»Ich brauche Ihre Hilfe nicht, Sie unfähiges Arschloch!«

Altmann drehte die Pistole in seiner Hand, sodass er sie jetzt am Lauf festhielt.

»Ich könnte Sie jetzt gleich erschießen, Altmann«, brüllte Zeiler, »aber das wäre ein zu spektakulärer Tod für Ihre limitierten Schauspielkünste.«

Wütend stampfte Altmann auf Zeiler zu.

»Ich bin schon in Filmen gestorben, als Sie Ihr trauriges Dasein noch nicht begonnen hatten.«

Ein Schuss. Die Kugel zerfetzte Bela Altmanns rechtes Ohrläppchen. Blut lief über das weiße Hemd und den Gehrock Bela Altmanns. Der Regisseur schaute verstört, als könne er selbst nicht verstehen, was er angerichtet hatte. Sein verletzter Schauspieler hob den schweren Pistolenknauf und schlug damit auf Attila Zeilers Schädel ein, immer und immer wieder, bis die Knochen nachgaben und Blut und Gehirnmasse spritzten. Die Drohne schwebte über dem Szenario. Kameras filmten. Adina drückte Danner immer noch nach unten. Mehrere Leute aus der Crew mussten Bela Altmann gewaltsam von seinem Regisseur wegziehen.

*Der Film »E.T.A.« wurde von Pauline Sommerfeldt fertiggestellt. Er schaffte es in seinem Erscheinungsjahr als einzige nationale Produktion an die Spitze der deutschen Filmcharts. Bei Netflix war er für fünf Tage die meistgesehene nicht-amerikanische Produktion.*

*Bela Altmann wurde wegen Totschlags in einem minderschweren Fall zu 19 Monaten Gefängnis verurteilt. Während seiner Haft gründete er eine Theatergruppe in der Anstalt.*

*Adina Pfefferkorn erhielt für ihren Artikel über die Vorkommnisse bei den Dreharbeiten zu »E.T.A.« den Henri-Nannen-Preis.*

# DIE AUTOREN

Petra Steps, Jahrgang 1959, waschechte Vogtländerin, jedoch im Kuckucksnest Zwickau geboren. Diplomphilosophin, Hochschullehrerin, Journalistin, Herausgeberin, Autorin, Ehefrau, Mutter und Oma. Sie ist (Mit-) Herausgeberin von Krimianthologien und Autorin beziehungsweise Mitautorin von Reisebüchern, veröffentlicht Beiträge in Regionalia und Krimianthologien und gibt Schreib-Workshops. Für den Förderverein Schloss Netzschkau e.V. veranstaltete sie die Krimi-LiteraturTage Vogtland. www.krimi-literatur-tage.de

In der vorliegenden Anthologie wird sie von Roland Spranger, Jahrgang 1963, unterstützt. Er lebt in Hof. Neben seiner Autorentätigkeit arbeitet Roland Spranger als Betreuer in Wohnprojekten für geistig behinderte Menschen. Außerdem moderiert er regelmäßig die Live-Talkshow *Gwaaf zur Nacht* und ist Mitinitiator des Podcasts *Kunstverächter*. Seit der Einladung zu den Autorentheatertagen am Staatstheater Hannover 1998 wurden Sprangers Stücke auf zahlreichen Bühnen in Deutschland aufgeführt (zuletzt *Der Rest*, Uraufführung Februar 2020 am Theater Hof ). 2002 wurde sein Debütroman *ThRAX* veröffentlicht. Für seinen Thriller *Kriegsgebiete* erhielt der Autor den Friedrich-Glauser-Preis 2013 in der Sparte »Bester Kriminalroman«. Mit der Kurzgeschichte *C* wurde der Autor in der Kategorie »Bester Kurzkrimi« im Jahr 2016 erneut für den Friedrich-Glauser-Preis nominiert. Sein Kriminalroman *Tiefenscharf* schaffte es im April 2018 auf die Krimibestenliste. Zuletzt erschien *A Kind Of Blue*, ein Buch mit Short Stories.

# DANKSAGUNG

Ein Teil der Recherchen für das Buch wurde durch den Vogtlandkreis im Rahmen der Förderung der Kulturarbeit ermöglicht. Ich danke insbesondere Frau Gabriele Klug, die im coronageplagten Chaos den Durchblick behielt, für die unkomplizierte Unterstützung. Dadurch konnte ich mich in der Dresdner Region, der Sächsische Schweiz und der Oberlausitz umschauen.

Ich danke allen, die mich inspiriert haben, insbesondere meiner Familie für schöpferische Ideen, meiner Freundin Sally Ido für ihre Fragen und dem Jazz-Drummer Yogev Shetrit für seine Musik, die mein Schreiben begleitet hat. Ein besonderer Dank gilt meiner Tanzlehrerin Melanie Tilch, die im Rahmen der Endkorrektur noch einige versteckte Fehler entdeckt hat.

Ohne den Gmeiner-Verlag und meine Lektorin Claudia Senghaas mit ihrer unendlichen Geduld wäre das Buch nicht möglich geworden. Auch dafür ein herzliches Dankeschön.

*Weitere Titel finden Sie auf den
folgenden Seiten und im Internet:*

**WWW.GMEINER-VERLAG.DE**

# Alle Bücher von Petra Steps:

**Mörderisches Erzgebirge**
ISBN 978-3-8392-2095-5

**Mörderische Prachtbäder**
ISBN 978-3-8392-2234-8

**Mörderisches Vogtland**
ISBN 978-3-8392-0059-9

**Mörderisches aus Sachsen**
ISBN 978-3-8392-0057-5

**Glück Auf –
Oje du fröhliche**
ISBN 978-3-8392-2528-8

**Mords-Sachsen 1**
ISBN 978-3-89977-718-5

**Mords-Sachsen 2**
ISBN 978-3-89977-753-6

**Vogtland hoch vier**
ISBN 978-3-8392-1872-3

**Kurbäder im Herzen
Europas**
ISBN 978-3-8392-2418-2

GMEINER SPANNUNG

WWW.GMEINER-VERLAG.DE
*Wir machen's spannend*

Anne Nordby
**Eis. Kalt. Tot.**
Thriller
505 Seiten
13,5 x 21 cm,
Premium-Klappenbroschur
ISBN 978-3-8392-0024-7
**€ 16,00 [D] / € 16,50 [A]**

Wenn sich die beschaulichen Gassen von Kopen-
hagen in einen Ort des Grauens verwandeln und du
nicht weißt, ob du das nächste Opfer bist …

Ein bizarrer Fall für die Super-Recognizerin Marit
Rauch Iversen und ihre Kollegen von der Mordkom-
mission.

Zwischen Abscheu und Faszination – Anne Nørdby
besitzt das einzigartige Talent, das Unaussprechliche
in Worte zu fassen. Verbunden mit einer gehörigen
Portion Adrenalin.

GMEINER SPANNUNG

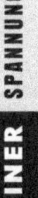

**WWW.GMEINER-VERLAG.DE**
*Wir machen's spannend*

# DIE NEUEN Lieblings- plätze